KB251843

시의 조건, 시인의 조건

지은이 **박태일**(朴泰一, Park, Tae-Il) 1954년 경남 합천에서 나서 부산대학교 국어국문학과에서 박사 학위까지 받았다. 1980년 중앙일보 신춘문예 시부문에 「미성년의 강」이 당선하여 문단에 나섰다. 『열린시』동인. 1985년 부산가톨릭대학교를 거쳐 1988년부터 경남대학교 국어국문학과 교수로 일하고 있다. 주요 저서로 시집『그리운 주막』(1984)·『가을 악견산』(1989)·『약쑥 개쑥』(1995)·『풀나라』(2002)·『달래는 몽골 말로 바다』(2013)·『옥비의 달』(2014)과 연구서『한국 근대시의 공간과 장소』(1999)·『한국 근대문학의 실증과 방법』(2004)·『한국 지역문학의 논리』(2004)·『경남·부산 지역문학 연구 1』(2004)·『마산 근대문학의 탄생』(2014), 비평집『지역문학 비평의 이상과 현실』(2014), 산문집『몽골에서 보낸 네 철』(2010)·『시는 달린다』(2010)·『새벽빛에 서다』(2010)를 냈으며, 엮은책으로『두류산에서 낙동강에서—가려뽑은 경남·부산의 시 1』(1997)·『크리스마스 시집』(1999)·『김상훈 시 전집』(2003)·『예술문화와 지역가치』(2004)·『정진업 전집 1—시』(2006)·『허민 전집』(2009)·『소년소설육인집』(2013)·『무궁화—근포 조순규 시조 전집』(2013)·『동화시집』(2014)이 있다. 김달진문학상(1991)·부산시인협회상(2002)·이주홍문학상(2004)·편운문학상(2014), 최계락문학상(2014)을 받았다.

시의 조건, 시인의 조건

초판인쇄 2015년 1월 1일 **초판발행** 2015년 1월 10일
지은이 박태일 **펴낸이** 공홍 **펴낸곳** 케포이북스
출판등록 제22-3210호 **주소** 서울시 서초구 반포대로14길 71 엘지에클라트 302호
전화 02-521-7840 **팩스** 02-6442-7840 **전자우편** kephoibooks@korea.com

값 28,000원
ISBN 978-89-94519-52-4 03810

이 도서의 국립중앙도서관 출판시도서목록(CIP)은 서지정보유통지원시스템 홈페이지(http://seoji.nl.go.kr)와 국가자료공동목록시스템(http://www.nl.go.kr/kolisnet)에서 이용하실 수 있습니다.(CIP제어번호: CIP2014037864)

박태일 비평집

시의 조건, 시인의 조건

THE REQUIREMENTS OF POETRY AND POET

／ **일러두기**

이 책에서는 오늘날 표준어 규정에서 벗어나 '안팎'을 '안밖'으로 적었다. '안+ㅎ+밖=안팎'을 버리고 '안+밖=안밖'을 따른 것이다. 바르고 고운 말로 표준어를 삼지 않고 '현대 서울말로' 정한 원칙의 잘못에 대한 바로잡기 본보기다.

지난 서른 해를 넘는 문학사회 생활에 썼던 비평글을 모아 보니 수월찮다. 그 가운데서 경남·부산 지역문학을 중심으로 쓴 글은 『지역문학 비평의 이상과 현실』이라는 책으로 묶었다. 그리고 거기에 들지 않은, 우리시 현장 일반에 걸린 시 창작 방법이나 실천비평과 관련한 글을 이 자리에 모아 『시의 조건, 시인의 조건』이라는 이름으로 내놓는다. 그러니 이것이 내 두 번째 비평집인 셈이다.

1부에서는 우리 시문학 사회의 현실을 짚고 현대시 창작 방법론에 드는 글을 묶었다. 단출하나 오랫동안 크게 달라지지 않았던 속살이다. 2부는 책의 뼈대인 실천비평에 드는 글이다. 지난 2012년과 2013년 두 해에 걸쳐 『시와시학』에 썼던 계간평이다. 구체적인 지적을 통해 계간평의 쓰임새를 실질 있게 되살리기 위해 애썼다. 그러다 보니 호오가 분명한 글이 되었다. 이제껏 나는 계간평을 쓸 기회가 두 번 있었다. 처음이 1996년 『경남문학』에 썼던 글이다. 『지역문학 비평의 이상과 현실』 2부에 실은 네 꼭지 글이 그들이다. 혹독한 지적도 마다하지 않았다. 이번『시와시학』계간평에서도 부정적인 평가에 이를 수밖에 없었던 작품이 더러 있었다. 다만 그 무렵과 달리 해당 시인의 이름을 빼기도 했다. 굳이 들낼 필요가 없다고 본 까닭이다.

3부에는 백석에 관한 글을 묶었다. 백석과 맺은 인연은 석사논문을 준비하던 시기인 1980년대 초반으로 거슬러 올라간다. 그 뒤 1991년 박사논문에서도 한 부분을 빚졌다. 백석 시에 대해 가진 내 생각의 얼개는 그런 시기에서 더 나아가지 않았다. 그러니 여기 실린 글은 그때 마련한 생각의 변주 또는 동어반복일 따름이다. 3부에서 가장 먼저 쓰인 것은 「백석 시의 공간 현상학」이다. 백석에 대한 글을 모아 낱책을 엮고자 하는 기회가 있어 거기 싣기 위해 학위 논문의 해당 부분을 짧게 줄인 글이다. 이미 용도 폐기해야 할 것임에도 굳이 싣는다. 백석 시에 대한 생각의 밑바탕일 뿐 아니라, 적지 않은 세월 내가 거쳐 온 글맵시의 변화 과정까지 한눈에 볼 수 있는 감회가 새로운 까닭이다. 4부에는 서평이나 개별 작품에 대해 쓴 짧은 글을 묶었다. 우리 당대의 좋은 시를 읽는 즐거움이 더하기 바란다.

오래 묵은 글을 간추리면서 거친 말씨는 손질을 했다. 지역사회 봉사 활동으로 재직교의 평생교육원에서 시민 상대 시 창작 수업을 한 지도 열세 해를 넘겼다. 그런 경험을 중심으로 시 창작론을 한 권 내 보라는 권유도 있었다. 내 몫이 아니어서 마음을 두지 않았던 일이다. 그럼에도 결과적으로 이 책은 시 창작반 학습자나 그와 비슷한 자리에 있는 이들에게 창작 방법론으로 읽힐 수 있으리라. 비록 좁직하고 고집스러운 생각이지만 내 것과 자신의 것을 맞부딪쳐 헤아려 가는 울림이 즐겁기 바란다.

오랜 세월 시와 더불어 아프고 시와 더불어 행복할 수 있도록 삶을 아기자기하게 이끌어 준 이 책의 많은 시인에게 고마움을 전해 드린다. 또 다시 케포이북스 공홍 사장님의 도움을 받는다. 각별한 고마움을 따로 적는다. 거의 모든 내 시의 첫 현실독자인 아내와 만난 지 서른일곱 해, 혼인한 지 서른두 해를 넘겼다. 고스란히 내 문학이 걸어온 세월이다. 내 일 남의 일로 곁에서 마음 다칠 일이 잦았다. 새삼스러운 고마움을 한 마리 학처럼 고이 접어 아내 손에 맡긴다.

2014년 겨울,
박 태 일

제3부 — 백석과 장소시학

제4부 — 우리시를 읽는 즐거움

1부

좋은 시와 나쁜 시

성인 학습으로서 시 창작과 그 방향
시의 길손이 지닐 네 가지 덕목
좋은 시와 나쁜 시
장소시의 발견과 창작
생태시의 방법과 미세 상상력

성인 학습으로서 시 창작과 그 방향

1. 시의 역동학

모든 시대와 그 사회 구성원은 자신의 시를 갖는다. 오랜 세월 다채롭게 사회적 정합성을 마련해 나온 것이 시다. 마땅한 문화 관습으로 살아남기 위한 제도적·심리적 노력을 멈추지 않았다. 오늘날 맞닥뜨리고 있는 당대시란 그러한 노력이 빚어낸 결과물이다. 앞선 시대의 영향에다 가깝고 먼 문학사회의 역장이 엮어 낸 바다. 우리가 떠받들고 있는 시에 대한 규정은 부분 개념이거나 시대 개념일 따름이다. 흔히 '모든 시는'이라 힘주어 말할 때 그것은 '어떤 시'의 부풀림이거나 '다른 시'에 대한 지배·폭력을 뜻한다. 이러한 시의 역동학을 받아들인다면 우리가 떠맡고 즐겨야 할 시의 자리는 뜻밖에 넓다.

이즈음 문학사회에서 입살을 타고 있는 문제 가운데 하나가 시인 범람이다. 어른을 대상으로 삼은 시 창작 학습이 그것을 부추기는 빌미로 손가락질을 받고 있다. 시의 품격을 떨어뜨렸느니, 시의 진정성을 잃어버렸느니 호들갑을 떤다. 자격을 갖추지 못한 사람이 시인으로 버 젓이 나돌아다닌다거나 그들에게 시인이라는 이름을 붙여 거리로 내 모는 매체의 저질화를 꾸짖는다. 대학까지 예외 없이 개방 대학임을 내세운다. 평생교육원을 꾸린다. 문예창작이나 시 창작 강좌가 들어섰 다. 거기서 이른바 '수준 낮은' 시들이 쏟아져 나온다. 그 학습자의 등 단을 부추기는 '저질' 매체가 더욱 재미를 본다. 이러한 시인 범람은 시 의 위기 징후인가.

이들을 향한 눈길을 바꾸어 볼 필요는 없는 것인가. 왜냐하면 과일 점에서 포도주를 찾는 것과 다를 바 없는 잘못을 저지르는 일일 수 있 기 때문이다. 농익은 포도주를 잴 때 쓰일 잣대로 신선한 과일을 재려 한 결과는 아닌가. 오늘날 시 창작 강의실의 현황과 문제점을 짚고 효 과 있는 학습 방법을 찾아보는 일이 주어진 과제였다. 그런데 거기에 두루 걸리는 문제는 글쓴이에게 넘치는 일이다. 다만 지역사회에 대한 생활문학의 실천이라는 뜻으로 일터 평생교육원에서 소박하게 시 창 작반을 꾸리고 있는 나다. 그로 말미암아 겪었던 바가 실마리를 풀어 줄 수 있을 것이다. 논의 범위를 어른의 사회 학습으로서 시 창작 문제 로 묶는 까닭이다.

2. 시 창작 환경의 변화와 사회 학습

　우리 사회에서 시 창작은 오래도록 정규 학교교육에서만 다루어졌다. 초등·중등에서 이루어진 강독이나 부분적인 창작 활동이 그것이다. 그러다 보니 어린이나 청소년을 대상으로 삼은 교육이 대종이었다. 고등교육기관을 비롯한 성인 학습에서 시 창작은 한결같이 이어져야 할 과정이나 내용이 아니었다. 대신 전문 시단 진입이라는 사회적 인정 기제가 바로 문제로 떠오른다. 시민사회 구성원이 가꾸어 나갈 교양으로서 시 창작 활동은 가라앉거나 그칠 수밖에 없었다. 전문 시단이라는 제도 장치를 넘어서지 못하는 한 '습작'이나 '비시적'인 단계로 다루어진다. 갑작스레 시문화의 경계가 높아지고 두터워진 셈이다. 시 향유 욕구가 억압·왜곡될 수밖에 없었다.

　그렇다고 정규 학교교육 안에서 시 창작이 제자리와 몫을 분명히 지니고 있는 것은 아니다. 거기서도 소극적인 자리에 머문다. 하급 교육기관에서 이루어지는 문학 학습은 창작 실기보다는 강독이 먼저다. 시 갈래라 해서 예외는 아니었다. 학습자가 활발하게 창작에 끼어들고, 결과를 더불어 즐기기 힘들다. 그것을 다른 학습 활동으로까지 넓혀 나가는 일은 더욱 어렵다. 소수 문예반 학생 가운데서나 이 일을 넘볼 수 있을 따름이다. 공식 교육 현장에서는 누리기 힘든 일이다. 입시 장벽에다 획일화한 하향식 교육 탓이다. 즐기는 창작보다 지식 이해가 앞선 시 창작 학습은 스스로 제 길을 가로막았다. 그리고 그대로 단단하게 굳었다.

고등교육기관에서 시 창작은 자연히 악순환을 거듭한다. 문화는 학습이고 훈련이다. 하급 학교에서 이루어진 소극적이고 굳어진 문학 학습은 고등교육이라서 탄력을 받을 리 없다. 수요 창출에는 실패다. 우리나라 대학은 그 안에 거의 국어국문학 전공을 둔다. 그러나 시가 아니라도 창작 강좌를 이끌고 있는 곳은 많지 않다. 대학의 문학 학습 또한 이론·지식 중심이지 실기 학습은 아니다. 창작이 목표가 되거나 이음매가 되는 활동은 꿈일 따름이다. 그리하여 창작 학습에서 멀리 떨어진 대학 생활을 겪은 이들이 하급 학교교육 현장으로 내려가 자신이 배운 바를 다시 오랜 세월 단순 재생산할 뿐이다. 대를 물린 인습의 강고함이다.

이저런 대안으로 문예창작 전공이 대학사회에 들어선 지도 벌써 십 년을 내다본다. 그러나 그 또한 눈앞에 맞닥뜨린 직업 환경과 '문학 노동자' 만들기라는 목표를 만족시켜야 한다는 강박에 떠밀린다. 묵은 언어문화로서 시를 즐길 수 있을 너비와 깊이를 마련하지 못하고 있다. 대학의 창작 교과가 오히려 사회의 직업 환경을 바꾸는 창조 학습은 처음부터 바랄 수 없는 지경이다. 어른을 대상으로 삼은 사회 학습으로서 시 창작 자리는 한결같이 억눌려 있다. 바람직한 문학 욕구를 펼치고 그것을 가꾸어 나갈 수 있는 사회적 배려 또한 엷다. 그렇다고 전문 시단이나 매체 권력이 자신이 지닌 힘을 거두고 진입 장벽을 허물 리는 없다.

사회 학습으로서 성인 시 창작 환경의 열세는 우리 근대 문학사회가 오래도록 만들어 온 인습이다. 이렇게 볼 때 오늘날 많은 이들이 입에 올리고 있는 시인 범람 현상은 부정적인 쪽으로만 내몰 일이 아니다. 성인시 창작의 수요자는 이제껏 문학 제도 바깥에 놓여 있었다. 그러나 일찌감치 정규 학교교육 안에서 시문화에 대한 학습과 교양을 겪었던 세대다. 그들의 취향 발견이나 재발견, 문학적 욕구 확산이 지닌 뜻은 결코 가볍지 않다. 지난 시기와 달리 디지털 매체 활용과 사회 변화는 그 가능성을 크게 키웠다. 자유로운 시 향유는 적극 북돋워야 할 일이다. 귀족적 고공비행 공간만을 우기는 일은 특권 확인에 지나지 않는다.

많은 이들이 걱정스러워 하는 점은 교양시·생활시로서 가꾸고 싶은 선량한 학습자의 소박한 욕구나 문학 능력이 엇나갈 수 있는 자리다. 가끔 지역사회에서 볼 수 있는 바, 늘그막에 허명을 좇는 문인이 제 역량은 돌아보지 않은 채 학습자들을 농단해 대는 경우가 그 하나다. 게다가 '누구 부대', '아무개 사단'이니 해서 패거리를 이끌고 다니는 직업 문단꾼까지 뛰어든 마당이다. 시민사회 구성원의 문화 욕구와 건강한 취향이 걸려 든 셈이다. 문학이 눈앞의 이익이 된다는 사실을 깨닫는 순간, 그것을 재빨리 찾아드는 직업 꾼들은 늘 있게 마련이다. 문학사회라 해서 세상 여느 영역과 다를 바 없다. 나무라고만 있을 일이 아니다.

그리고 이러한 역기능은 새삼스러운 바도 아니다. 어느 때나 크작게 있었던 일이다. 공론에 이를 정도로 이해관계가 커졌다는 점만 다를 뿐이다. 시의 향유에 대한 시민사회의 욕구와 학습 행태를 낮추어 보거나 고개를 돌려 버린다고 물길이 바뀌는 것은 아니다. 부분적인 문제가 들난다 하더라도 시를 빌려 취향을 가꾸고 사회 재적응을 위한 도구로 쓰겠다는 학습자의 욕구는 존중받아 마땅하다. 올려다보는 엘리트문화에 대한 모방 학습이 어느 정도 자리가 갖추어지면, 다음에는 문화 민주화라 할 길이 열리게 마련이다. 사회 구성원 누구나 제 기대와 힘에 걸맞은 취향을 만족할 권리를 지닌다. 그것을 뒷받침할 사회 역량이 문제가 될 따름이다.

게다가 전통적인 시 향유의 바탕 또한 많이 바뀌었다. 오늘날 시 창작과 활용 방안에 대한 사회적 수요는 매우 구체적이고 다채롭다. 그에 따른 욕구 다변화는 지난 시기 학습과는 다른 활기를 지도자나 학습자에게 아울러 요구한다. 새로운 직업환경으로서 논술지도사·독서지도사·문예창작지도사·시치료사와 같은 영역 분화가 사회 학습으로서 시 창작의 무게를 더욱 늘렸다. 이어 주고 이어 받는 식의 수동적인 전통 학습으로는 떠맡기 힘든 변화다. 시문화에 대한 인식 전환은 필연적이다. 창작 지도자에게도 보완학습·재학습이 필요한 때다. 전통적인 인정 제도의 진입 장벽도 낮아졌다. 진입 방법도 다양해졌다.

이제까지 사회 학습으로서 시 창작 환경의 변화를 살폈다. 지난 시기 우리시 학습 방식에 대한 인습에서 벗어나고자 하는 자리에 그것은 놓여 있다. 시민사회 문화 욕구 표출 방식 가운데 하나로서 어른의 시 창작 학습을 보는 눈매가 중요하다. 여러 자리에서, 여러 높낮이에 걸쳐 이루어지고 있는 향유 활동을 적극적으로 받아들일 필요가 있다. 그것이야말로 새로운 문학사회의 실질일 수 있다는 입장 바꾸기가 중요하다. 문제는 그에 대한 사회적·제도적 배려다. 건전한 문화 능력을 가꾸고 펼 수 있는 마당과 길을 마련하는 일이 남았다. 이제까지 정규 학교교육 바깥에서 홀대 받고 있었던 성인 학습으로서 시 창작은 새로운 길로 들어선 셈이다.

3. 성인 학습과 시 창작의 방향

성인 학습으로서 시 창작은 정규 학교교육과 다름이 있다. 그것은 무엇보다 학습자가 이미 어른이라는 데서 말미암는다. 단기 목표 달성과 자유로운 경험 창발이라는 두 특성이 그것이다. 첫째, 단기 목표 달성 문제다. 어른은 어린이나 청소년과 같은 전통 교육 수요층과 다르다. 뒷날의 문화 향유를 위한 잠재적 문학 능력 개발이나 그것을 위한 주제 학습에 중점을 두기 힘들다. 미래를 위한 준비학습이 아니다. 짧은 시일 안에 학습자가 놓인 자리를 올려 세우고 목표에 이르기 위한 가능성을 키워야 한다. 눈앞에 맞닥뜨린 문제 해결 학습이라는 특징이 그것이다. 문제 해결 과정과 결과를 길게 잡을 수 없다.

사실 많은 평생교육원이나 여러 문화공간에서 이루어지는 창작 학습이 성급한 시단 진입이나 시집 간행과 같은 과제 지향적인 모습을 보이는 것은 당연하다. 전통적인 자리에서 보면 매우 이질스럽고 질 떨어지는 것으로 보일 만하다. 그러나 어른을 대상으로 삼은 문제 해결 학습이라는 특성을 이해한다면 쉬 풀릴 일이다. 성인 학습으로서 시 창작은 바로 시 이전 표현에서 시다운 표현으로, 시인 이전 삶에서 시인의 삶으로 단시일에 옮겨 가고자 하는 변화 욕구와 성취를 위한 드라마를 그 안에 품고 있다. 그리고 이 일은 가까운 이들로부터 소박한 인정이라는 심리적 영역에서부터 직업사회의 기능 영역에 이르기까지 안밖의 학습 욕구에 걸쳐 있다.

거친 본보기일지 모르나 어학 능력시험을 끌어들여 보자. 학습자의 능력에 따라 낮은 급수나 높은 급수에 응시할 수 있다. 낮은 급수든 높은 급수든 해당 어학의 필요성과 그 활용을 긍정하는 너른 밑자리가 핵심이다. 시 창작은 특수한 엘리트문화로서 어학시험과 같은 기능 영역과 크게 다른 것이라고 믿어 온 숭문주의적 편견이 문제가 될 따름이다. 어학 급수와 마찬가지로 시에도 여러 높낮이가 있다. 어학의 종류에 따라 쓸 자리가 다르듯이 시인에게도 머무는 자리가 있고 경계가 있다. 보다 마땅한 높이에, 보다 만족스런 자리로 사람들이 몰리는 일은 시 창작 쪽이라 해서 다를 바 없다. 단선적으로 굳어진 고정관념만 내려놓으면 넉넉한 새 시의 마당이 열린다.

둘째, 자유로운 경험 창발이다. 어른의 경험은 유소년의 것과 다르다. 오랜 기간 다양한 삶을 겪고 여러 문제와 맞닥뜨려 본 사람이 어른이다. 단계적 학습 프로그램은 일정한 한계가 있다. 지식 습득이 목표가 될 까닭도 없다. 한 사람 한 사람이 지닌 이질적인 경험 현실을 뜻한 바대로 드러낼 수 있도록 틀 잡아 주고 밀어 주는 일이 요긴하다. 학습자의 개성 개발에다 개별적인 동기 부여와 목표 성취가 주요 일거리인 셈이다. 학습자에게는 자발성이 강조된다. 자발적 학습이라는 쪽에서 볼 때 어디보다 효과적인 곳이 성인 학습이다. 이런 장점은 시 창작이라 해서 예외는 아니다. 학습자 스스로 시놀이의 즐거움과 고통을 자기 것으로 삼을 수 있는 기회가 되어야 한다.

따라서 지도자는 가르친다기보다는 도와준다는 마음가짐을 지닐 일이다. 표현의 세련도나 기법의 적확한 적용, 또는 규격화된 관습적 상상력을 흉내내도록 하는 데에 목표를 두지 말아야 한다. 성인시 창작 학습의 지도자는 어느 정도 이름을 얻은 시인일 경우가 보통이다.

자신이 놓인 자리나 적확하지도 않은 시사적 맥락으로 학습자의 작품이 지닌 완성도를 잴 위험이 있다. 겉도는 지식이나 단편 정보를 들먹이며 학습자의 자발성을 억누르고 그들이 지닌 신선한 경험의 질을 떨어뜨리지 않도록 노력해야 한다. 자칫 학습자에게 열등감만 굳히기 십상이다. 시적 취향과 목표는 다양하다. 그것을 살리는 쪽에서 어른 시 창작의 방향 모색은 필수적이다.

단기 성과와 자유로운 경험 창발이라는 두 특성을 살폈다. 성인시 창작 학습에서 늘 맞닥뜨릴 일이다. 이 위에서 시 창작 학습은 마땅한 방향을 잡아 나가야 한다. 그것은 넷으로 나누어 볼 수 있다. 학습 주체, 문학성의 높낮이, 학습 방법, 학습 평가가 그것이다. 첫째, 학습 주체 문제다. 무엇보다 지도자가 지닌 문학적 개성을 강조하지 않도록 조심해야 한다. 시 양식과 표현에 대한 일정한 이해가 이루어지면 나머지 학습은 학습자가 개성적 욕구를 제대로 찾고 들내는 자발적 과정이다. 학습자가 끌어낸 내면적 욕구가 꼴을 갖추어 나가는 변화 과정을 즐겁게 지켜볼 수 있어야 한다. 지도자는 군림하기보다 학습 조장자며 조력자 역할이 걸맞다.

둘째, 문학성의 높낮이 판단 문제다. 지도자의 고정관념이나 권위적인 태도가 평가 잣대를 흐리지 않도록 애쓸 일이다. 어른 학습자가 지닌 개별 능력과 개인 성취도는 죄 다르다. 지도자는 몇몇 굳어진 잣대로 판단을 이끌어 내려는 손쉬운 길을 따르기 쉽다. 학습자의 역량을 고려한 기대지평과 학습 목표를 마련하고, 거기에 이르도록 뜻을 맞추는 상호 존중이 중요하다. 그리고 작품 다듬기를 할 경우에는 구체적인 지적으로 학습자의 이해 지평을 넓혀 주어야 한다. 가능성이 엿보이느니, 수준이 높거나 낮니 하는 추상적인 말머리는 싹둑 잘라야 한다. 궁색하고도 쓰잘머리 없는 말 잔치로 떨어질 따름이다.

시의 밑자리는 특별한 말놀이다. 그 위에서 이루어질 수 있는 시에 대한 최소 규정은 가락글이다. 시청각 영상시 덕분에 근대 인쇄시의 전통도 넓혀지고 있다. 게다가 시집에 실리면 죄 시다. 다만 좋은 시인가 나쁜 시인가라는 다채로운 차별적 판단이 남아 있다. 취향과 목표에 따라 달라질 일이다. 문학성의 높낮이를 형식 실현 문제나 표현의 세련성, 낯익은 문학 전통에 가깝다는 점과 같은 굳어진 잣대로 헤아리는 일은 조심해야 한다. 사회 학습으로서 성인시의 문학성 문제는 더 느슨하게 다가설 필요가 있다. 학습자의 기대지평에 이르는 단계나 역량 신장에 따라 상대적으로 나타나게 될 높은 편차를 받아들여야 한다.

셋째, 학습 방법 문제다. 상호 참여가 중요하다. 학습 내용이나 과정에 지도자의 일방적인 강요가 아니라 학습자와 상호 참여적 구성을 이끌어 내야 한다. 몇 가지 길이 있다. 초급·중급·고급과 같이 나눈 수준별 학습도 그 하나다. 초급 경우 소박한 교양시 수준이다. 가까운 이들과 친교를 나누고 그들의 인정을 이끌어 내는 자리를 목표로 삼는다. 중급 경우 지역사회의 인정을 얻는 자리로까지 넓혀진다. 고급은 중급을 거친 뒤 한 개성 있는 시인으로 두루 활동할 수 있을 자리를 겨냥한다. 학습자의 기대지평이 어느 높이인가에 따라서 학습 방법 조정은 어렵지 않다. 이 가운데서 사회 학습의 핵심은 교양시다. 시로 말미암은 놀라운 변화와 보람이 가장 오롯한 자리다.

넷째, 학습 평가 문제다. 성취도 진단은 수준별 학습 목표 위에서 학습자 상호 평가를 살려 내는 소집단별 접근이 마땅하다. 학습자의 다양한 취향을 서로 부추기고 자극을 주받을 수 있는 방법이다. 자기 정위에서부터 갈등 치유, 자아 존중감 강화, 사회적 인정, 공동체 귀속, 또는 자격 취득에 이르기까지 시적 욕구는 여러 갈래다. 이런 점들을 고려하여 그 취향과 성취도에 걸맞은 평가가 이루어져야 한다. 중요한 점은 시라는 언어 관습을 가까이하고 즐김으로써 마침내 행복한 느낌을 갖는 일이다. 지도자에 의한 하향식 평가보다 학습자들이 서로 자기 변화를 직접적으로 즐기고 자기 자리를 헤아리도록 이끄는 길이 훨씬 나은 쪽이다.

사회 학습으로서 어른의 시 창작 학습 방향을 네 가지로 짚었다. 이런 쪽에서 다시 개별 강좌의 학습 내용과 강도, 그리고 소요 시간들이 함께 다루어져야 한다. 학습기관이 떠맡아 줄 지원 정도도 주요한 고려 대상이다. 그러나 무어니 무어니 해도 가장 중요한 문제는 성인 시 창작 학습을 맡아 밀고 갈 지도자의 자질이다. 아직까지는 어느 정도 이름을 얻은 보통 시인에 의한 꼴이 흔하다. 빠른 시일 안에 전문 시지도사 체제로 바뀌어야 할 일이다. 보통의 시인과 지도자, 곧 교사로서 시인은 뚜렷한 거리가 있다. 어른 시 창작이 독립 영역으로 다루어져야 한다는 뜻이다. 대학에서부터 먼저 시 창작과 지도론을 마련하여 이 일을 앞당겨야 하겠다.

4. 시 창작과 문학 복지

시를 쓰면 다 시인인가. 이른바 '질 떨어지는' 시를 내놓은 이들에 대한 비아냥이다. 그런데 답은 그렇다. 시를 쓰면 다 시인이다. 좋은 시를 쓰는 시인인가 그렇지 못한 시인인가라는 판단 주체의 가변적인 평가가 남았을 따름이다. 모든 시인이 죄 좋은 시인이 될 까닭은 없다. 마찬가지로 모든 시가 다 문학사를 겨냥하고 명작을 겨냥할 까닭은 더욱 없다. 문학 관습의 최소 요구 조건 위에서 보다 많은 이들이 시를 누릴 수 있는 사회적 배려는 문화 민주화라는 쪽에서 필수적인 일이다. 어른 시 창작 학습자는 자신이 지닌 문학 능력을 다듬고 가꾸기 위한 정신적·직업적·문화적 수련을 기꺼이 받아들인 이다. 시로 말미암아 행복할 권리가 누구보다 넉넉하다.

그럼에도 아직까지 사회 학습의 하나로서 어른의 시 창작 환경을 마뜩잖게 보는 이가 적지 않다. 짧게 보면 문제가 없을 리 없다. 사실 시 자체는 귀한 것이 아니다. 그를 향한 사회의 노력이 시를 귀하게 만들기도 하고 하찮게 만들기도 한다. 우리 사회에서 시는 오래도록 엘리트문화였다. 사회 학습으로서 시 창작은 낯선 자리다. 그러나 장기적으로 시의 사회적 정합성을 굳건하게 다져 줄 새로운 실천이 바삐 이루어지고 있는 곳이다. 집단 외부성 또한 어떤 취향 문화에 못지않다. 무엇보다 우리 말글로 말미암은 행복한 삶의 가능성을 싱싱하게 품고 나갈 창조의 역장이다. 개인 취향에서 시민사회의 문학 복지라는 쪽으로 성큼 다가설 일이다.

시의 길손이 지닐
네 가지 덕목

1. 들머리

예사 말이라면 얼마나 좋을까. 그런데 특별한 말이다. 비틀어서 말하고 줄여서 말한다. 어렵게 말하고 어렵사리 말한다. 시침을 떼서 말하고 돌려 말한다. 그러면서 스스로 제 말을 제가 헤아린다. 행동하지 않고 헤아리는 언어라 못났다. 눈앞에 놓인 세상 이익과도 멀다. 하찮다. 못나고 하찮은데도 가까이서 새록새록 환하다. 사람과 사람 사이에, 세상과 나 사이에 시가 있다. 시로써 삶이 새롭다. 비트는 만큼 자유롭고 헤아리는 만큼 참되다. 쩔뚝거려 아름다운 삶이 있다. 시.

시는 그래서 잘났다. 잘난 만큼 오래도록 잘 살았다. 삶을 제대로 되새김질할 수 있는 특권은 아무 데나 주어지는 게 아니다. 세상이 시를 어려워할수록 시의 밑자리는 더욱 단단해졌다. 언어 관습으로서 시는 독야청청하다. 그걸 뻐기고 다니는 시인은 또 얼마나 잘났는가. 시는,

시적인 삶은 세상 무엇보다 잘 먹고 잘 살았다. 제 대접받는 일에만 골몰했다. 모진 시. 그래서 시가 지닐 기본 덕성은 겸손이다. 시 아닌 것에 대한 친절이다. 저 아닌 세상에 대한 배려다.

말로 말미암은 유별난 창조 활동으로서 우리 시대 시가 지녀야 할 바 바람직한 시정신은 여기서 비롯한다. 제가 대접받은 만큼 자기를 대접해 준 세상을 대접할 줄 알아야 한다. 시인은 이 일을 바탕으로 문학사회가 펼쳐 놓은 지속과 변화, 포괄과 배제의 시공간적 역장을 떠도는 길손이다. 전통과 다투고 인습과 화해한다. 그 길을 거들어 줄 덕목은 새삼스럽지만 다음 네 가지다. 겨레 말글에 대한 이바지, 웃음 창발, 평균적인 문학에 대한 거부, 이타적인 정신이 그것이다.

2. 겨레 말글에 대한 이바지

우리 근대시 수련이 어느덧 백 년을 넘어섰다. 문자시(printed poem)로서 근대시가 닦아 나온 길은 굽이가 많았다. 한때는 웅변이었다. 낯익은 자탄이었다. 어떤 때는 계급이니 민족과 같은 무기를 앞세웠다. 벽에 흩날리는 전단도 즐거웠던 시절이다. 이런 가운데서 시인은 글로 생각하고 느끼는 훈련을 거듭했다. 글로 세상을 다듬어 내는 솜씨를 키웠다. 말글을 빈 창조 과정을 열심히 닦은 이가 시인이다. 어느덧 시와 더불어, 한글과 더불어 행복했던 집단 기억이 너무나 많다.

한글이 근대 문자언어로 뿌리내리기까지 어느 것보다 그 길을 갈고 닦는 일에 이바지가 컸던 문화 관습이 시다. 각별히 나라잃은시기 35년에 걸친 피식민문화 속에서 우리 말글은 노예언어였다. 19세기 후반 늦게서야 공식 자리를 얻었던 우리 한글로서는 엎친 데 덮친 격이었다. 게다가 그때까지만 해도 한글은 상층 지식언어였다. 그 위를 무겁게 누르고 있었던 왜식 한문투가 버젓이 멋내는 자리로 내려앉았다. 현학을 뻐기고 문학적 허풍을 지껄이는 데는 그저 그만이었다.

1920~1930년대 유학생 지식인 시인을 비롯하여, 1950년대 후반기 동인들과 1960년대 현대시 동인의 시어는 본디 이 흐름에 줄을 댄 기호 놀이였다. 관념 과장과 대수롭지 않은 형상 기표에 기댄 기의 놀이였다. 그것을 철학적이니 높은 정신이니 해서 떠받드는 인습은 아직도 남아 있다. 한결같이 우리 둘레를 싸고 있는 역사·정치·법률 언어의 착란을 보라. 그같이 겉도는 자리를 놓고 입술에 침을 말리는 벌말 비평도 보인다. 비평가의 무지 탓으로 돌리면 될 일이다.

근대시는 한글을 갈고 다듬은 공이 오롯하다. 배달 말글로 생각하고 표현하여 우리가 행복한 느낌을 갖게 되는 아름다운 자리에 시의 보람이 일찍부터 드높았다. 문학 언어에서 더 나아갔다. 겨레 말글 학습과 훈련이라는 이러한 드넓은 전통은 오늘날 새삼스런 어려움을 겪고 있다. 어느덧 디지털 언어, 영어가 대언어로서 세상을 독점하는 시대다. 우리 말글에 대한 사랑은 더욱 바쁘고 가파르다. 겨레 말글을 지키고 가꾸는 일에 시인의 남다른 책무를 더욱 요구한다.

시는 궁극이 말놀이다. 말로 말미암아 무겁고 말로 말미암아 가볍다. 그러나 모든 놀이에는 규칙이 있다. 말놀이에서는 그것을 마땅한 제 나라 말글사랑이라 붙여 보자. 기호 놀이에서부터 인식 놀이까지 결코 특정 문화·이념 토양에서 자유로울 수 없다는 뜻이다. 그럼에도 우리시는 놀이로서는 너무 심각했다. 시로서는 재미가 덜했다. 한글을 가다듬어 온 백 년에 더해 앞으로 나아갈 정보사회가 펼쳐져 있다. 한글에 대한 짝사랑이 시인의 즐거운 운명이 될 전망이다.

3. 웃음의 정신과 웃음시

　우리 문학 전통 속에서 웃음은 귀하지 않다. 민중노래와 이야기, 그리고 짓놀이를 오가면서 곳곳에서 질펀하다. 웃음은 겨레 삶을 극단에서 버티게 이끌었고 불행을 넘어서게 해 주었다. 그런데 근대문학에 들어서서 웃음이 제자리를 거두어 버렸다. 드문드문 엿보이는 이야기 문학 쪽과 달리 시에서는 웃음의 전통을 이어받은 흔적이 희미하다. 우리시는 웃음이 사라져 버린 심각하고 무거운 표정으로 한결같았다. 독자사회는 시의 즐거움을 많이 빼앗겨 버린 셈이다.

　일이 이렇게 된 데에는 숭문주의 전통에 한 원인이 있을 것이다. 여러 취향 가운데서 어느 것보다 높은 관심과 사랑을 받아 온 시가 아닌가. 그리고 시문화를 이끌어 왔던 이들은 대체로 상층 엘리트였다. 근대 문학을 열어젖힌 주요 인물이 거의 언론인이나 지식인이었다는 점이 이 일을 더욱 굳혔다. 숭문주의 전통에다 사회 교도 역할까지 기꺼이 도맡고자 했다. 이런 격식문화·규범문화 속에서 가벼운 웃음거리가 제대로 자리를 틀어 앉기란 힘들었는지 모른다.

그러나 얼핏 빛나는 본보기가 없었던 것은 아니다. 한무학·전영경·이상화로 나아간 흐름이 그것이다. 다만 이들에게서는 빈정거리는 웃음이나 싸늘한 웃음이 앞섰다. 향유자를 억누르는 힘이 강한 것이다. 웃음의 터가 좁았다. 그런 점에서 우리시에는 향유자들을 해방시켜 주는 더 자유로운 웃음이 필요하다. 맺힌 곳은 풀어 주고 높은 곳은 낮추는 웃음 미학은 우리시가 남겨 놓은 싱싱한 미개지다. 웃음이 지닌 전복과 해방의 값어치를 넉넉하게 즐길 수 있어야겠다.

당대시를 놓고 볼 때 김지하가 펼친 웃음은 명분에 치우쳤다. 박남철이 내던진 웃음은 보다 가벼워야 했다. 김영승이 열어젖힌 성적 웃음은 막다른 데까지 나아가지 못했다. 그나마 약한 웃음 전통은 이제 줄기까지 말라 가는 꼴이다. 웃음시는 이쯤에서 되살아날 때가 되었다. 근대시는 무거운 주제와 내용을 무겁게 표현하는 일에만 눈길, 손길이 자주 갔다. 웃어넘기기 위한 가벼운 웃음이 필요하다. 웃음이 목표인 시가 시일 수 있을까 하는 의심은 버리는 것이 좋다.

시가 가벼워지면 그만큼 세상을 보는 눈은 다면적이 된다. 가벼워서 훨씬 더 너른 삶자리를 오갈 수 있다. 삶의 뿌리와 둥치를 온 마음으로 어루만져 주는 작은 웃음이 곳곳에서 필 때가 되었다. 세련된 말놀이로서 시가 새로운 창조적 영향력을 지닌다면 웃음이 주요 디딤돌이 됨 직하다. 근대 백 년 우리시에서 가장 흐릿했던 부분이다. 웃음으로 모방·창조할 뿐 아니라 해명해 가야 할 삶은 너무 많다. 앞선 시대와 다른 가능성을 멈칫거리지 말고 펼칠 일이다.

4. 평균 문학에 대한 거부

문학 가운데서도 시는 엘리트 갈래다. 소설이 상업적 독서 공간에서 사랑받아 온 것과는 다르다. 돈벌이에서 멀찌감치 떨어져 있음으로써 시에 대한 선택은 그만한 무게가 실렸다. 오늘날 시는 더욱 다채로워진 디지털 취향 문화 속에서 제자리를 새롭게 가다듬어야 할 과제에 맞닥뜨렸다. 그 일에 엘리트적 됨됨이가 다시 한 번 길을 열어 주리라 생각한다. 눈앞의 이해관계에서 떨어진 곳에서 창조적 자발성을 잃지 않으려는 태도다. 평균적인 문학에 맞서려는 노력이 그것이다.

시는 문학사회 제도라는 거시 전략 안에서 다시 시인이 가려 뽑은 미시 전략의 결과다. 상징 권력으로 보자면 시문학 사회 안에는 크게 세 자리가 있다. 전문시와 대중시 그리고 교양시다. 가장 평균적인 데가 대중시다. 전문시는 창조적 높이를 위한 실험성과 문학 자체 규약을 향해 애쓰는 시다. 교양시는 나날살이에 터를 둔 소박한 문화 감수성에 걸쳐 있다. 오늘날 우리시는 실험에 골몰하지도 않는다. 교양시의 바탕은 무시당한다. 대중시 전략만이 시단을 매끄럽게 떠다닌다.

대중시는 다중이 쉽고도 널리 받아들일 만한 평균적인 생각과 느낌 안에서 안정적일 시류성을 줄곧 겨냥한다. 창조 방향도 기존 문학 명성의 안쪽으로 향한다. 그들에 대한 모방과 상호텍스트성을 즐긴다. 있어도 그만 없어도 그만일 것 같은 낯익은 체험의 짜깁기가 버릇이다. 거기다 진지함까지 꾸며대는 분위기다. 물론 시의 유행을 마련하는 자리로서 대중시적 평균 문학은 중요하다. 전문시의 높이를 낮게 일반화하고, 교양시의 개인 취향을 세련시키는 몫이 뚜렷하다.

문제는 기존 문화와 맞서려는 창조성은 홀대하고, 대중시만을 한결같이 부풀리는 현실이다. 사회 인정 제도나 출판 자본도 이쪽에만 관심을 둔다. 기존 문화의 복제에 뿌리를 두고 있는 대중시가 전문시의 높이를 외면하고 교양시의 소박한 자리를 억누르는 현상은 분명 잘못이다. 시대에 걸맞지 않은 예술이야말로 참일 수 있다는 생각은 아도르노의 것이었다. 새삼스럽게 그러한 부정 정신이 필요한 때다. 오히려 이해하지 못할 시들이 더 많아지기를 기다리는 까닭이다.

이와 함께 교양시에 의한 소박한 감수성이 머물 자리도 마련해야 한다. 발밑에 놓인 삶의 친교가 더 중요한 교양시다. 시의 자리는 이들에 의해 든든하다. 앞으로 시의 시대가 온다면 그것은 몇몇 천재에 의한 결과가 아닐지 모른다. 드넓은 교양시의 향유가 그 자리를 크게 차지할 것이 틀림없다. 평균적·복제적 상상력에 휘둘리는 대중시적 자의식에서 힘껏 벗어날 일이다. 시의 창조적 높이를 겨냥한 전문시와 나날살이 속에 굳게 터 잡은 교양시, 사뭇 다른 두 길로 우리시는 힘차게 열려 있다.

5. 사회시학과 이타 언어

근대시는 개인의 인격적 상상력을 바탕으로 삼은 개인시다. 낭만주의 전통에 뿌리내린 개성론과 그에 따른 시인의 개별 내면 표출이 그것이다. 시는 세계의 자아화를 지향하는 주관 갈래라는 흔한 규정도 이에 터무니를 둔다. 그런데 오랜 전통에서 보자면 이것은 좁은 시대 개념에 지나지 않는다. 더 앞선 시기부터 서정시는 함께하는 집단성과 사회성을 큰 특징으로 가꾸어 왔다. 게다가 근대시의 좋은 작품 또한 시의 객관성 확보를 위한 노력을 멈추지 않았다.

250년 남짓 넘지 않은 낭만주의 미학에서 비롯한 개인주의 서정 시학은 근대시의 주류였다. 밀려드는 산문 시대에 시가 살아남을 수 있었던 기능적인 자리였음에 틀림없다. 그러나 개별 발화라 해서 서정이 특정 개인의 인격적 상상력에 갇힌 감정 토로라는 뜻은 아니다. 인격 교체가 뚜렷이 이루어지는 교환 발화가 극이다. 서술자의 이음매 자리가 확연한 매개 발화가 이야기다. 이들과 다른 단독 발화가 서정시의 특성이다. 우리시가 되찾아야 할 밑자리는 뜻밖에 넓은 셈이다.

시는 본디 노래였다. 더불어 함께 나누는 노래로서 늘 사회적 긴장이 바탕이었다. 서정 담론은 흔히 시인 개인의 입을 빌린다. 그러나 그것은 개인과 개인이, 개인과 집단이 하나로 얽혀 이루는 집단적 동일성을 전제로 삼는다. 우리 근대시사에서도 그것을 얻기 위한 노력을 기울인 시는 적지 않다. 민요시나 사물시 또는 현실주의시와 같은 경향은 바로 객관성, 집단성을 겨냥한 본보기다. 함께 나누기 위한 노력이 이념 장벽을 굳혀서 쟁론을 부추긴 때도 있었다.

시는 이타 언어다. 우리 근대시는 오래도록 개인의 내면 감정 찌꺼기 배출이나 알 수 없을 허깨비 관념 놀음에 빠져 있었던 것은 아닌가. 시인에게 있어서는 그런 작품이 시대나 바깥 세계로부터 밀려오는 긴장을 맞받아치는 일정한 방법이 된 것은 사실이다. 그러나 우리시는 아직까지 개인 정서 표출만을 시의 외길인 양 한결같이 뒤따르고 있다. 낭만주의 인격적 상상력이 지닌 소극성을 벗어나서 드넓게 사회적 이타성을 얻기 위한 노력이 새삼스러운 때다.

시가 홀대받는 시대다. 그럼에도 우리시가 꿋꿋이 찾아 들어서야 할 자리는 넓고 깊다. 새로운 소재론과 주제론의 심화·확대는 당연한 걸음걸이다. 세상을 향한 수직·수평적 교직 위에 이루어질 창조적 모험심이야말로 우리시에 대한 집단 외부성을 더욱 가꾸어 주는 일이겠다. 거시 주제나 추상적 내면 놀이가 아닌 구체 현실, 전방위적으로 생명 가치를 구현하는 이타 언어, 더불어 함께 누리는 노래의 사회성을 되찾을 수 있는 방향 모색이 그로부터 가능할 성싶다.

6. 마무리

거듭하거니와 시는 엘리트문화 관습이다. 너무 오래 잘난 모습으로 살아왔다. 우리 사회 창조 인자의 으뜸 자리일 뿐 아니라, 가장 오랜 전통 갈래가 시다. 엘리트문화로서 지닐 수월성과 관습문화로서 지닐 집단적 편익을 거듭 키우기 위해 자기 쇄신은 필연적이다. 보다 겸손할 때가 되었다는 뜻이다. 말글로 창조하는 이로서 시인의 마음자리가 밑바닥에서부터 든든해야겠다. 이런 생각에서 당대시가 가꾸어 나가야 할 몇 가지 마땅한 시정신을 짚어 보고자 한 글이다.

한결같은 배달말 학습이 그 으뜸 자리다. 새로운 웃음 시학을 창발하고, 평균적·대중적 문학을 향한 유혹에서 비켜서야 한다. 아울러 시를 이타 언어로 넓혀 나가려는 창조적 성실성을 짚었다. 새로운 문화 시대, 지식 정보 사회에서 중요 창조 인자로서 시의 자리는 더욱 넓혀지고 있다. 시에서 더 나아가 이제 시적인 것이 문제다. 시적인 언어, 시적인 삶이 세상을 구하는 일과 같은 큰 역할은 할 수 없다. 그러나 세상을 살 만하게 만드는 데에 빠질 수 없을 요소임에는 틀림없다.

시적 허용이란 묵은 용어가 있다. 이미 시어의 쓰임새를 넓히기 위한 설명 장치가 아니다. 오늘날 사회 창조 인자로서 시에 대한, 시를 향한 희망과 기대를 새삼스럽게 담은 용어일 수 있다. 창조 가능성을 넓히기 위해 최선에 이른 적공이야말로 마땅하고도 필요한 시정신이 아닌가. 시에 대한 평가는 후대적일 경우가 많다. 그러나 시를 향한 사랑은 늘 당대적이어야 한다. 오늘 이 자리에서 보내는 시에 대한 집중과 열정이야말로 시정신의 처음이자 끝이다.

좋은 시와
나쁜 시

1. 시와 취향문화

시는 제도와 관습의 산물이다. 끊임없이 이어진 시공간적 단위의 구성원이 서로 받아들이거나 받아들인 것으로 믿어 온 담론 구성물일 따름이다. 그런 점에서 오늘날 우리 둘레 주류 시론에서 말하고 있는 시에 대한 생각은 부분 개념이거나 역사적 정의에 머문다. 처음부터 시의 본질이니 순수한 시정신이니 호들갑을 떠는 일은 수사적 부풀림이거나, 특정 시관에 대한 배타적 우월성을 굳히기 위한 꾀에 지나지 않는다. 이 점에 대한 자각을 분명히 하지 않는다면 특정 시관을 금과옥조로 일반화시키는 잘못에서 벗어나기 힘들다.

따라서 시와 비시의 경계는 유동적이다. 너무 느슨해서 오히려 경계의 나눔이 불필요해 보일 정도다. 어떤 작품이 시냐 시가 아니냐는 물음이 어리석은 까닭이다. 그보다는 좋은 시인가 나쁜 시인가 하는, 특

정한 시적 취향과 그 관점을 밝히고 그에 대한 정당성을 토구하기 위
해 나아가는 일이 생산적이다.

   ① 콩나물죽

    후룩후룩 먹으며

    아버지 생각하였다

    우리 아버지 돌아오시면

    죽 안 먹으려니 하고

   ② 새벽빛을 보고 싶어

    불을 켜지 않고

    지켜보고 있다

    새벽빛에 젖고 싶어

    한없이 젖어들고 싶어……

    푸르른 몸이여

    여명의 마음이여.

①과 ②는 둘 다 시임에 틀림없다. 무엇보다 먼저 이 둘은 줄글 꼴로
쓰여진 예사로운 산문과는 다르다. 겉꼴에서부터 들쭉날쭉 글줄이 들
고 난 가락글이다. 오늘날 가장 흔한, 그리고 가장 낯익은 시꼴이다.
그리고 둘 다 시집이라는 형태공간에 실려 있다. 그러하니 이 둘을 두
고 시가 아니라고 말하기는 어렵다. 다만 남은 문제는 있다. 이 둘 가

운데서 어느 쪽이 더 좋은가 나쁜가라는, 작품에 대한 호오·취향에 대한 물음이다. 이 둘이 시인가 시가 아닌가라는 물음과는 다른 차원의 것이다.

먼저 ①을 좋은 시로 여기는 이가 있을 수 있다. 시 속에 담겨 있는 현실감각을 눈여겨본 사람일 성싶다. 짐짓 배고픈 아이의 생각과 몸짓을 이음매로 내세운 가난이라는 현실이 짧은 시줄 속에 잘 옹글었다. 거기다 이 시는 나라잃은시대인 1930년 3월 『중외일보』 지면에 실렸다 이른바 조선총독부의 검열에 항왜적이라 적발되기도 한 작품이다. 우리의 빈궁 현실을 다루어 민족의식을 북돋울 수 있는 위험이 큰 작품으로 본 까닭이다. 이런 풀이까지 덧붙인다면 ①에 대한 독자의 호감은 더 높아질 것이다. 그런데 이 작품은 '김천 이욱정'이라 가명으로 투고한 무명시인의 습작기 작품에 지나지 않는다.

이와 달리 ②를 나쁜 시로 꼽는 이가 있을 수 있다. 이 작품만을 따로 떼어 놓고 본다면 ②는 구체적인 삶과 겉돌아 추상적이다. 작품 내용도 어름하다. 반복법에 이끌린 영탄조마저 없었다면 이 시를 객쩍은 벌소리로 볼 독자가 적지 않을 것이다. 그런데 실상 이 작품은 그렇게 낮추어 보기 힘든 시다. 명망가 시인인 정현종의 것인 데다, 그에게 오늘날 우리나라에서 가장 상금이 많은 시문학상 수상의 영광을 안긴 작품군 가운데 하나였던 까닭이다. 이런 무거운 사실을 일깨워 준 뒤 다시 독자에게 ②에 대한 호오를 물어보라. 이 작품을 벌소리에 가깝다고 여겼던 이도 마냥 생각을 지켜 나가기 어려울 것이다. 왜냐하면 처음에 지녔던 눈길을 그대로 밀고 나가려면 유명 문학상과 그 심사위원회의 식견, 그리고 시상 주체의 사회적·제도적 명성과 권위 체계를 딛고 넘어서야 하기 때문이다. 그것은 한 개인이 떠맡기 힘든 일이다.

위에서 본 바와 같이 좋은 시와 나쁜 시를 결정짓는 취향의 요건 또한 단순하지 않다. 그것은 시 자체에서 오는 것 못지않게 시 바깥에도 있다. 어쩌면 시 바깥 요인이 더 결정적이다. 다시 말해 시 작품은 문학사회의 거시 제도 안에서 마련한 미시 전략의 결과다. 각급 학교 문학교육, 등단 방법, 문학상과 같은 다양한 인정기제나 제도적 틀, 대중 매체와 저널 문화면의 명성 생산과 재생산, 또는 인맥·학맥·지맥과 같은 문화자본, 서점 유통 단위에서 나타나는 판매지수나 기호도 순위와 같은 유통 회로의 소비 전략이 그 내면화의 세부를 이룬다. 이른바 시의 역장이다.

흔히 문학사회 안에서 시의 자리는 세 가지 역장을 보여 준다. 전문시와 대중시, 그리고 교양시가 그것이다. 이 셋은 서로 다른 시적 취향과 목표를 겨냥한다. 그러면서 서로 긴장, 대립, 보족 관계를 거듭한다. 오늘날 우리시는 이러한 세 역장을 껴안고 있는 제도의 결과물이다. 좋은 시인가 나쁜 시인가 하는 잣대와 조건은 이 역장 안에서 다시 나뉠 수밖에 없다. 그렇게 이루어진 여러 길항관계를 받아들일 때라야만 비로소 시에 대한 열린 개념 정의와 이해가 가능하다. 이러한 전제를 깔고서 좋은 시의 요건을 몇 가지로 들어 보고자 한다. 그 과정에서 나쁜 시의 모습 또한 자명해질 것이다.

2. 좋은 시의 다섯 가지 요건

첫째, 좋은 시는 무엇보다 좋은 시인으로부터 말미암는다. 좋은 시의 첫째 요건이 이것이다. 시인을 바라보는 눈길에는 크게 둘이 있다. 심리적 시인관과 사회적 시인관이다. 심리적 시인관이란 시인 안쪽에 시인이 됨 직한 특질을 갖추고 있다고 보는 생각이다. 이럴 경우 시인은 보통 사람과 나뉘는 특별한 이로 여겨진다. 사회적 시인관은 이와 달리 시인은 사회 안쪽의 인정기제에 따른 결과라는 생각이다. 이럴 경우 시인은 여느 사람과 다름없다. 다만 시 창작 수련과 발표에 남다른 노력을 기울인 이를 뜻한다. 그가 시인일 수 있는 터무니는 등단 제도나 방식을 거쳤는가 아닌가에 있을 따름이다.

우리 근대시사에서 좋은 시인으로 일컬어지는 이들은 그 삶에서 흔히 특별한 면모를 지닌다. 때로 안타까운 요절이나 열정적 연애와 같은 비장함, 언어 바깥의 선정성으로 겉칠된 삶이 그것이다. 곧 특별한 삶에서 좋은 시가 나올 것이라는 소박한 인과론, 개성론의 틀은 시인 됨됨이에 타고난 각별함을 요구한다. 심리적 시인관을 밀 수밖에 없다. 시작에 대한 즉흥성과 삶에 대한 예외성을 버릇처럼 요구하는 태도가 이로부터 말미암는다. 그러나 좋은 시인은 세상의 그러한 조급한 기대와는 달리 끊임없이 시와, 말글과 다투는 이다. 그의 작품이 좋은 시 자리에 오를 개연성은 그만큼 크다.

둘째, 언어를 중심으로 좋은 시의 요건을 따져 봄 직하다. 시는 두말할 것도 없이 숱한 말글 관습 가운데 하나다. 그러면서 말글의 특이성과 가능성을 극대화하려는 갈래다. 드높은 언어 관습이자 진지한 말놀이인 셈이다. 이 점을 형식주의자의 생각에 따라 일탈이라 부르든 비틀기라 부르든 시가 언어라는 조건을 받아들이는 한에서는 달라지기 힘든 자질이다. 따라서 좋은 시는 말글의 진폭이 넓고, 다채롭게 활용 가능성을 보여 준다.

그런데 무엇보다 언어는 자민족 중심적이다. 말글 활용의 가능성이란 바로 민족어의 가능성과 다르지 않다. 백 년 남짓한 근대 시기 동안 우리시는 노래로 불려졌던 노래시가 아니라 눈으로 읽는 문자시로서 한글의 용례를 키우고 쓰임새를 세련시킨 공이 크다. 이 점은 무엇과도 바꿀 수 없는 근대시의 전통이다. 좋은 시는 이러한 전통을 따르면서도 그것을 더욱 변화, 발전시킨 경우다. 따라서 우리 근대의 제국 언어였던 왜식 한문 투에 갇혀 있는 시는 좋은 시가 되기 힘들다. 영어 공용어론이 솔솔 피어나고 있는 오늘날 눈길에서 볼 때도 이 점은 달라짐이 없다.

글말이란 입말과 달리 본디부터 지식계층, 엘리트문화물이다. 따라서 겨레 구성원과 더불어 함께하고자 하는 언어로 나아가지 못하는 시는 특권문화로 떨어질 위험이 늘 도사리고 있다. 근대 민족국가의 민족다움을 재는 주요 상수 가운데 하나는 말할 것도 없이 말글의 동질성이다. 그러나 오해 없기 바란다. 이 말의 요체는 추상적인 정치 이념의 동질성이나, 섣부른 민족혼과 같은 명분론과는 거리가 멀다. 그것은 민족 구성원이면 누구나 손쉽게 다가서서 생각과 느낌을 주받을 수 있는 언어여야 한다는 뜻이다. 담긴 뜻의 깊고 얕음이나, 언어 기법의 각별함과는 관계없는 일이다.

셋째, 표현에서 본 좋은 시의 요건이다. 시는 무엇보다 언어의 긴밀성을 요구한다. 따라서 수필이나 소설과 달리 압축과 생략을 바탕으로 삼는다. 시는 줄여 써서 많이 말할 수 있는 길을 따르고, 소설은 늘여 써서 적게 말하는 길을 따른다. 이 둘의 차이를 힘껏 맞세운 자리에 시와 소설의 관습적 정당성이 있다. 시가 소설에 가까워져 번잡하고 느슨해지면 더는 오롯한 시의 자리를 내세우기 힘들다. 거꾸로 소설이 시처럼 줄이고 다듬어 말과 말 사이의 긴장을 애써 키우고, 생각을 건너뛴다면 더는 소설 자리를 고집하기 힘들다.

그런데 압축과 생략이라는 지극히 평범한 시적 요건이 뜻하는 궁극은 어딘가? 그것은 다름 아니라 반복불가능성, 곧 다르게 쓰일 수 없을 상태에 이른 표현이 그것이다. 이 점이 진지한 말놀이로서 시 창작의 즐거움이고, 시가 다른 갈래와 맞서 끊임없이 살아남을 수 있었던 터무니다. 좋은 시란 바로 이미 알려진 표현과 다른 반복불가능성을 실천하고자 한 작품이다. 다르게 쓰일 수 없을 상태로 나아가기 때문에 그 말에 힘이 실리고, 그 뜻에 환한 자장이 피어나고, 그 주체인 시인에 대한 외경이 솟아난다.

그렇다면 이 점은 어떻게 확인하는가. 간단한 길이 있다. 해당 시의 특정 부분을 다르게 고쳐 보면 알 일이다. 이 경우 고친 상태가 본디 시보다 더 좋아 보인다면 그 본디 시는 서툴고 나쁜 시다. 거꾸로 다른 이가 손을 대었을 때, 오히려 고친 시의 상태가 더 나빠 보이는 경우도 있다. 이럴 때 본디 시는 다르게 고쳐 쓰기 힘든 상태, 곧 반복불가능성에 가까이 다가선 경우겠다. 이른바 좋은 시인 셈이다. 아무리 명망을 얻고 있는 시인이라 하더라도 다르게 쓰일 수 없을 상태에 이르고자 하는 열정과 노력, 그것이 일깨워 주는 표현 가치를 포기한다면 하루아침에 범상한 시인으로 떨어지고 만다.

넷째, 작품 내용에서 볼 때 좋은 시의 자질에 대해서는 이미 낯설게 하기라는 널리 알려진 개념이 있다. 이것은 단순히 형식주의자의 언어 일탈에만 걸리는 일이 아니다. 그것은 세계 개방, 곧 주류 이념에 대한 문제 제기나 대거리라는 적극적인 뜻을 지닌다. 손쉽게 이를 수 있는 생각이나 느낌, 이미 타자에 의해 만들어진 기지의 세계를 겨냥한 시는 좋은 작품이 되기 힘들다. 널리 승인된 작품 내용이나 문화 관습에 가까이 빌붙으려는 유행시, 특정한 내용만을 부풀리는 키치(kitsch)시와 같은 것이 본보기다.

> 사랑을 하며 산다는 건
> 생각을 하며 산다는 것보다,
> 더 큰
> 삶에의 의미를 지니리라.
>
> 바람조차 내 삶의 큰 모습으로 와 닿고
> 내가 아는
> 정원의 꽃은 언제나
> 눈물빛 하늘이지만,
>
> 어디에서든 우리는 만날 수 있고
> 어떤 모습으로든

우리는 잊혀질 수 있다

사랑으로 죽어간 목숨조차

용서할 수 있으리라

시인이라는 이름을 내걸고 있는 어떤 이의 작품 가운데 한 자리다. "사랑을 하면 산다는 것"에 대한 깨달음을 드러냈다. 겉만 번지르하고 막연한 생각에 머물렀다. 키치시라 일컬을 만큼 감상성도 두드러진다. 이런 작품의 가벼움과 얄팍함 속에는 삶에 대한, 사랑에 대한 범상한 감각만이 담겼을 따름이다. 좋은 시란 적어도 손쉬운 고정관념으로부터 매몰차게 등을 돌리고 서려는 작품에 붙일 수 있는 이름이다.

다섯째, 독자 쪽에서 좋은 시의 요건을 살필 수 있다. 압축과 생략, 곧 줄여서 말하는 방식인 시는 읽는이 쪽에서 볼 때 늘여서 읽는 일을 근본 방식으로 한다. 늘여서 읽기 어려운 시, 뻔하고 빤하지 않아 한 번에 쉽게 뜻이 잡히지 않은 시, 그것이 무엇인가를 거듭 고심하게 만드는 힘이 큰 작품이 좋은 시일 가능성이 높다. 다시 말하거니와 적게 말하면서 많은 생각과 느낌을 일깨우고자 하는 역설적 갈래가 시다. 그런 까닭에 독자의 거듭 읽기와 독서시간의 지연, 곧 소급적 독서는 필연적이다. 좋은 시란 이렇듯 읽는이를 그 속으로 끌어들이고, 그들을 자기 안에 묶어 두는 힘이 강한 작품인 셈이다.

그리고 그 힘은 여러 방향에서 작용한다. 작품 안일 수도 있고, 작품 바깥일 수도 있다. 문학교육이나 매체의 관심, 문학상과 같은 문학사회의 제도적 장치는 바깥 요인이다. 대중시에 가까울수록 독자들은 작품 바깥에 의한 규정력에 더욱 민감하게 반응한다. 시 읽기는 문화 훈

런이다. 일상언어 활동과는 길이 다르다. 세련된 언어 관습으로서 읽기 훈련과 그로 말미암은 내면화는 필수적이다. 읽는이에게 손쉽게 읽히지 않는 시란 그 훈련에 거듭 이끌어 들이는 힘이 강한 시다. 그들이야말로 특정 세대 독자나 당대 현실독자가 아니더라도 마침내 문학사나 문화 자체가 독자가 되는 시, 오래도록 독자사회로 열려 있는 좋은 시로 거듭난다.

3. 시와 창조적 가능성

좋은 시란 시인의 됨됨이에서부터 언어를 거쳐 표현 방법과 인식 내용, 그리고 독자사회에 이르기까지 여러 자리에서 살필 수 있다. 위에서 나는 좋은 시를 좋은 시인이, 겨레 말글의 가능성을 극대화하려는 자리 위에서, 어쩌면 될성부르지 않은 반복불가능한 표현을 겨냥하며, 세계를 개방해 주는 쪽으로, 멀리 독자를 묶어 두는 힘이 강한 작품으로 규정했다. 여러 편차와 다채로운 맥락이 그 안에서 다시 마련되겠다. 그럼에도 좋은 시는 이러한 요건의 그물을 크게 벗어나지 않을 것이다.

그런데 그들이 뜻하는 궁극은 마침내 하나다. 뜻있는 말놀이, 문화 관습으로서 이르기 힘듦이 그것이다. 그 방위가 어디든 더욱 이르기 힘든 상태를 보여 준 작품, 그것이 좋은 시다. 오늘날 문학사회의 환경은 많이 달라지고 있다. 대중매체가 시의 취향을 이끈다. 디지털 기술에 따라 향유 방식도 바뀐다. 시를 향한 취향의 높낮이나 경계, 기대지평이 크게 달라진다는 뜻이다. 대중시의 자리가 시단을 이끈다. 문학의 인정기제 또한 그에 맞물려 움직인다. 세련된 읽기로서 시 비평과 연구의 경우 또한 다르지 않다.

그런 속에서도 시의 가능성, 곧 언어를 빌린 창조적 가능성의 확대라는 쓰임새는 줄어들지 않고 있다. 오히려 문학사회 안밖으로 지난날과는 견줄 수 없을 강도와 방향에서 좋은 시, 또는 시적인 것을 향한 헌신을 요구하고 있다. 이 가운데서 당대시의 전통과 인습의 담장을 흔드는 좋은 시가 나올 개연성은 크다. 눈에 보이지 않는 익명의 독자사회가 시인에게 시를 향한 다함없을 헌신을 한결같이 기대하는 시대 분위기, 좋은 시가 나올 수 있는 처음이자 끝자리다.

장소시의 발견과 창작

1. 장소와 장소 상상력

시의 즐거움은 말의 가능성이다. 시의 의의는 말을 빌린 세계 개방의 드라마에 있다. 우리 근대시가 오랜 세월 마련해 온 세계는 매우 다채롭고 화려하다. 그 속에는 우리 사회 역사의 흔적이 고스란히 담겨 있을 뿐 아니라, 우리가 놓쳤거나 눈감고 있었던 세계에 대한 넉넉한 사랑도 아낌없이 실렸다. 그럼에도 여전히 우리의 삶은 미지로 남아 있고 세계는 아직 눈뜨지 않은 채로 놓여 있다. 우리시는 한결같이 미지의 도전 앞에 떨고 있는 듯한 긴장과 애틋함을 함께한다.

그런데 우리시가 오래도록 관심을 가져왔으면서도 본격적으로 다가서지 못했던 자리가 있다. 그것이 장소에 대한 사색이다. 풍토와 지형, 지역을 포괄하는 넓은 뜻의 장소에 대한 발견과 상상적 개방은 뜻밖에 깊지 못했다. 편협하게 몰아붙이자면 우리시는 너무 오래도록 사람 중심의 자아 개방에 매몰되어 있었다는 평을 받을 만하다. 개별이든 집단이든 인격적 상상력에 머물러 있었다. 그러다 보니 건너 쪽에 있는 다른 삶의 진실과 가능성을 놓치고 있었다.

장소에 대한 감각도 그런 하나다. 시의 지형학이란 바로 장소시의 가능성을 뜻한다. 시의 지역성 또한 마찬가지다. 장소와 사람의 서열 역전이 지금 우리시에 요구되는 방법론이다. 그러한 깨달음을 빌려 인격적 상상력에 갇힌 우리시를 보다 넓은 삶자리, 보다 넓은 공감 영역으로 끌어낼 수 있어야 한다. 이 글은 우리시에서 장소 상상력과 장소시의 가능성을 찾아보기 위한 가벼운 시론이다. 장소시의 됨됨이를 몇 가지로 찾아보는 것으로 일을 감당하려 한다.

2. 장소시의 됨됨이

두말할 것도 없이 문학은, 시는 구체적인 자질을 가장 큰 힘으로 삼는다. 구체성에 대한 감각이야말로 근대시의 가장 주요한 방법론이며 터다. 그리고 구체성의 핵심 요건 가운데 하나가 장소다. 장소는 그 안에서 삶을 영위하고 있는 사람이나 그들이 얽혀 이루어 내는 사건보다 근원적인 요인이다. 장소는 더 넓게 지역에서 나라로 나아갈 수도 있다. 모든 삶은, 세계는 특정 장소에 대한 사랑과 친밀감을 뿌리로 삼는다. 장소사랑은 삶의 실존적 근거며 삶의 핵심 감각이다.

근대 민족국가는 정치·경제·국민 통합을 꾀했다. 나아가 지리 통합도 마찬가지다. 거대한 교통망 개발과 통신 수단 발달, 그리고 전국 규모로 이루어지는 토목공사에 따라 국가 안쪽의 지역과 장소는 왜곡되고 파괴당했다. 국가 기획 아래 획일화한 장소 통합이야말로 근대 국가 통치의 주요 방향이었다. 이러한 현상을 랄프는 무장소성이라는 용어로 풀이했다. 오늘날 지역과 장소에 대한 새삼스러운 관심은 바로 그러한 근대 국가의 획일화한 지역 파괴와 장소 왜곡에 대한 성찰이며 대안인 셈이다.

그리고 이러한 장소에 대한 재인식을 위해 무엇보다 먼저 새로운 일깨움이 필요하다. 장소에 대한 개방적인 이해가 그것이다. 장소는 시간적, 공간적으로 역동적인 장이다. 자본과 정치, 문화의 실천과 재구성이 이루어지는 물질 토대임과 아울러 심리 영역이다. 이 점에 대한 이해를 가다듬지 않으면 장소 이미지나 장소성 파악은 어렵다. 그것은 오랜 세월 구성원의 선택과 배제, 강화와 쟁론을 거친 결과다. 이러한 개방적 인식 위에 섰을 때만 장소시의 적극적 의의 제시가 가능하다. 특정 지역이나 장소를 중심으로 삼은 새로운 장소 개방과 세계 개방의 노력이야말로 장소시의 요체다. 크게 일곱 가지로 나누어 됨됨이를 살펴보고자 한다.

첫째, 장소시는 장소의 기억을 담은 시다. 사람의 기억은 이중성을 지닌다. 개인기억과 집단기억이 그것이다. 지나간 삶에 대한 집단기억 가운데 가장 흔한 것이 역사다. 그런데 그것은 개인의 기억에 대한 억압과 추상화의 결과일 따름이다. 집단기억은 개인기억을 규정하고, 개인기억은 다시 집단기억의 형성을 부추긴다. 이 둘 사이 길항이야말로 지나간 삶의 진실에 대한 다양한 개방 가능성을 보여 준다.

시인은 기억의 보존과 창조라는 삶의 역정에 참여하는 주요한 문화
인자 가운데 하나다. 특히 장소는 그러한 개인기억과 집단기억이 하나
로 맞물리는 초점으로서 의의가 크다. 장소를 이음매로 삼아 개인과
집단은 구체적인 표현의 자리를 얻는다. 우리 근대시 속에 숱하게 나
타나는 장소의 흔적은 그 장소가 포괄하는 삶을 고스란히 웅변한다.
1930년대 백석의 토착적인 '북관' 장소시와 김광균의 유흥 근대도시
'서울'·'개성'의 장소시는 뚜렷하게 맞서면서도 동시대 우리 겨레 삶
의 기억을 온축하고 있는 좋은 본보기다.

> 기나긴 긴허리의 길을 다 지낸 뒤에는
> 외마대의 골짝이 되는 큰고리로 들어라.
> 그러고는 웃뚝 섯는 놉흔 령의 달바위재를
> 한 거름, 한 거름 숨차게 올나 서면은,
> 하얀-바다, 넓기도 하여라,
> 이는 나의 고향의, 황포의 바다.
>
> — 김억, 「황포의 바다」

『해파리의 노래』(조선도서주식회사, 1923)에 실린 시다. 우리 근대 장소
시의 앞자리에 놓일 작품 가운데 하나다. 1920년대 근대, 지적·문화
적 변화의 중심에 서 있었던 서북 지역 엘리트 문인의 자긍심이 강하
게 드러나는 작품이다. '황포' 고향에 대한 장소사랑이 '외마대', '큰고
리', '달바위재', '황포'로 나아가는 땅이름의 상대적 무게에 죄 실렸다.
비록 생략된 꼴로나마 고향 "황포의 바다" 기슭에 대한 개인기억이 뚜

렷하고도 넘쳐 나는 장소 나열의 무게 속에 담겨 있는 셈이다.

둘째, 장소시는 땅이름의 시다. 장소시는 말할 것도 없이 특정 장소나 경관적 특성에 대한 표현 가치를 겨냥한다. 따라서 그것은 자연스럽게 땅이름 명명 문제로 귀결한다. 땅이름만큼 장소의 됨됨이를 잘 담고 있는 것은 없다.

푸른 불 시그낼이 꿈처럼 어리는
거기 조그마한 역이 있다.

빈 대합실에는
의지할 의자 하나 없고

이따금
급행열차가 어지럽게 경적을 울리며
지나간다.

눈이 오고
비가 오고……

아득한 선로 위에
없는 듯 있는 듯
거기 조그마한 역처럼 내가 있다.

— 한성기, 「역」

이 작품은 1950년대 한성기의 추천작 가운데 하나다. 피폐한 정신을 추스르기 위해 추풍령 가까이에서 머물 때 쓴 작품이다. 이 시에서 전경화하고 있는 것은 외로움이라는 정서다. 지역성이나 장소성은 온데간데없다. "빈 대합실"이 있고, '급행열차가' 채 서지도 않고 지나가 버리는 "조그마한 역"은 우리나라 어디서나 볼 수 있는 곳이다. 그런데 이 작품의 제목을 '역'이 아니라 '추풍령' 또는 '추풍령역'이라 붙였다고 가정해 보자. 뒷사람에게 미칠 정서적 공감 영역은 훨씬 커졌을 것이다. 시인이 자신의 내면 정서에 초점을 두는 바람에 보다 구체적인 표현 가치를 얻을 수 있었을 땅이름 문제에 생각이 미치지 못했다.

지금도 모차르트 때문에
튤립을 사는 사람이 있다
튤립, 어린 날 미술 시간에 처음 알았던 꽃
두근거림 대신 피어나던 꽃
튤립이 악보를 가진다면 모차르트이다
리아스식 해안 같은
내 사춘기는 그 꽃을 받았다
튤립은 등대처럼 직진하는 불을 켠다
둥근 불빛이 입을 지나 내 안에 들어왔다
몸 안의 긴 해안선에서 병이 시작되었다
사춘기는 그 외래종의 모가지를 꺾기도 했지만
내가 걷던 휘어진 길이
모차르트 더불어 구석구석 죄다 환했던 기억

······ 튤립에 물어보라

— 송재학, 「튤립에 물어보라」

사춘기를 되새기는 아름다운 시다. 사춘기 내면에 대한 구체성이 시인 특유의 감각적 표현을 빌려 잘 담겼다. "리아스식 해안", "긴 해안선"과 그 어느 구석에 피어 환했을 '튤립'으로 표현하고 있는 바 '사춘기'의 시공간적 전경화에 성공하고 있다. 그런데 이 작품에서 한 발 더 나아가 시줄 "모차르트 더불어 구석구석 죄다 환했던 기억"에서 '기억'이라는 낱말을 시인의 고향이기도 한 '영천'으로 바꾸었다고 가정해 보자. 시인의 의도와는 전혀 다른 자리에서 또 하나 성공적인 장소 회상의 시가 될 수 있었을 법하다.

장소시는 땅이름에 고심한다. 장소시는 땅이름 발견의 시다. 땅이름이야말로 개인이 집단이 되고, 집단이 개인 속에서 구체화하는 흥미로운 기호 영역이다. 땅이름만큼 과거 기억을 잘 담아내고 있는 요소는 드물다. 좋은 장소시가 되기 위해 땅이름의 명명공간에 대한 꼼꼼한 배려가 따라야 할 일이다.

셋째, 장소시는 장소 발견과 해체의 시다. 이제껏 많은 시인들은 시적 배경이나 대상이 될 만한 장소는 따로 존재한다고 생각했다. 이름이 널리 알려진 경승이거나 유적지는 좋은 표적이었다. 그들은 겉으로 알려진 역사적, 공공적 내력 못지않게 세상 사람에게 일정한 정서적 환기력을 지닌다는 좋은 점이 있다. 우리시가 오랜 세월 특정한 장소에 대한 유별난 반응이라는 시적 경험을 한결같이 보여 온 것은 바로 그러한 보장된 환기력에 즐겨 기댔던 측면도 강하다.

그러나 좋은 장소시는 이미 알려져 있거나, 문화적 맥락 속에서 정평을 얻게 된 유명 장소를 겨냥하는 일과는 거리를 둔다. 기존의 공공적 환기력에 손쉽게 걸터앉는 타협을 경계해야 한다. 모름지기 유명문화인의 문화재 답사기의 뒤치다꺼리나 하듯이 장소를 좇아 다니는 시인도 있다. 문화적 유행에 추파를 던지는 듯한 태도를 보인다. 자신의 창조적 가능성을 의심받아 마땅한 시인이다. 한때 우리 둘레에 유행했던 격 낮은 장소시들을 떠올리면 당장 이해될 일이다.

혈육은 작은 슬픔이다

머리가 벗겨지기 시작한 아우를 데리고
아침, 감은사지 간다 경주교육문화회관 조리팀장인
아우는 계란 반숙을 주문하고
나는 아우가 주문하는 대로 나이프를 들었다
아침, 감은사지에 오르며 아우는 작아진다

혈육은 작은 슬픔이다

어린 날의 가출은 두려움도 무엇도 아니었다
감은사지는 오랜 세월 가출했었다
마주 보는 삼층석탑은 가출하지 않았다
아버지와 마주 보는 형의 그림자가
아우에게는 두려움이었을 것이다

　　　가출 후 중국집 배달원을 시작으로

　　　아우는 화덕을 껴안고 살게 되었다

　　　혈육은 작은 슬픔이다

　　　감은사지, 그 적멸보궁의 깊은 침묵을 떠나며

　　　불꺼진 화덕의 짚을 수 없는 깊이를 기억하는지

　　　아우는 내내 말이 없다 어린 날의 선이

　　　콧날에 아련하게 남아 있는 아우는

　　　아침, 감은사지 형과의 동행이 밤길 같았을 것이다.

— 김윤배, 「감은사지를 가다」

경주를 찾는 관광객이라면 한 번쯤 다녀가고 싶을 대표적인 경관이 동해구 감은사지나 대왕암일 것이다. 이 작품은 아름다운 감은사 옛터를 글감으로 잡은 장소시다. 그러나 여느 격 낮은 시인의 작품과 완연히 나뉜다. 묵직한 역사적 무게와 공공적 이미지가 굳어져 있는 감은사지에 대한 전혀 새로운 장소 상상력을 펼친다. 감은사지의 공공적 장소 이미지에 매몰되지 않고 그것을 뛰어넘는 공력이 돋보인다. 감은사지라는 역사적 경관의 무게에 자신의 고뇌에 찼을 한 시절 '혈육'의 큰 '슬픔', 가족사를 교묘히 묶어 감은사지에 대한 새로운 장소성을 이끌어 냈다.

좋은 시인은 이렇듯 장소에 대한 재발견과 창조를 가능하게 한다. 새로운 장소의 발견과 재인식이야말로 장소시가 지닌 참된 세계 발견의 의의를 그대로 보여 주는 일이다. 평범한 시인들이 유명 장소에 대한 심리적 타협으로 한결같은 본보기와 다른 장소 창조를 이 시는 증명하고 있다. 격 낮은 장소시들은 그 장소의 이름만 가려 버리거나 지워 버리면 아무 곳에서나 해당할 설익은 정서 노출이나 그렇고 그런 경관에 대한 감격에 머물 따름이다. 필연적인 장소성을 얻어 내지 못하는 것이다.

넷째, 장소시는 이념작용에서부터 자유롭지 않다. 특정한 장소에 대한 집착이나 편향은 대체로 집단적인 이념 경향과도 맞물린다. 우리 근대시에서도 특정한 장소가 집단적, 사회적 이념에 의해 선별적으로 도드라지곤 했던 본보기를 드는 일은 어렵지 않다. 장소야말로 개인과 집단의 교차점일 뿐 아니라, 그 둘을 싸안는 구체적인 삶터인 까닭에 늘 이념작용의 표적이 되곤 했다. 나라잃은시대 유치환의 '아라비아'가 표상하는 탈현실의 장소나 정지용의 '고향'이 대변하는 회고적 향수 공간은 당대 제국주의 지배·수탈 이념과 일정한 동거를 보여 준다. 나아가 1950년대 전쟁기 시에 나타난 전장 또한 대부분 뚜렷한 이념작용의 장소였다.

이들과 달리 1970~1980년대 신경림이나 이동순의 뛰어난 장소시는 그대로 우리 근대시의 현실주의 지향을 보여 준다. 강고한 체제 이념에 맞선 대항 이념으로서 장소 발견과 장소 제시의 힘을 담고 있다. 시인은 자칫 자신도 모르게 이념 복무의 덫에 걸려들 수 있다. 조심스럽게 장소 발견과 창조의 거리로 들어설 일이다.

다섯째, 장소시는 생태학적 상상력을 뿌리로 삼는다. 21세기는 무엇보다 생태학의 시대다. 기계론적, 사람 중심적 세계관에서 벗어나 유기론적, 장소 중심적 세계관을 요청한다. 사람(문화) 중심에서 장소(생태)

중심으로 세계 이해의 서열을 바꾸어야 한다. 따라서 장소시는 바로 미래의 구체적인 생활세계의 시학이며, 갱신의 현장론으로 열려 있다. 나날살이의 터에 대한 발견과 그것의 미세한 세부 정황 인식은 그대로 우리 삶의 현장에 대한 무거운 사랑과 새로운 실천 의지와 다르지 않다.

근대 산업사회의 거대 기획과 거대 관리 아래 놓였던 삶과 삶터에 대한 새로운 발견의 자리는 생활세계의 재인식에 있다. 오늘날 장소시가 지니고 있는 적극적인 정치적 의미가 이것이다. 장소시는 국가적 상상력의 고리를 예민하게 끊어 내면서, 잊히고 갇혔던 삶의 자리를 우리에게 되살려 내는 장소 신생의 역동적인 드라마를 펼칠 것이다. 이런 점에서 장소시의 의의는 더한다.

여섯째, 장소시는 지역시를 지향한다. 특정 장소시는 그것이 놓인 지역의 풍토와 사람, 그리고 사건, 인문 환경을 포괄하는 더 넓은 맥락 위에서 존재한다. 따라서 장소시는 나름의 독특한 전략을 갖는다. 지역 특유의 사람이나 대표성을 띠는 사람을 글감으로 끌어오는 인물시, 독특한 지역적 사건을 끌어다 대는 사건시는 장소시의 가능성을 극대화하는 길이다.

특히 이른바 방언시, 곧 지역어시의 가능성은 장소시에서 뜻이 각별하다. 국가 표준어에 대한 저항과 규범 언어의 경계를 알맞게 넘나드는 언어적 대거리는 그것만으로도 삶의 투쟁을 반영한다. 지역 파괴와 지역 성찰을 위한 고리로서 지역어에 대한 관심은 장소시가 즐겨 다루어야 할 길이다. 인물과 사건, 그리고 지역어가 상승작용을 일으키는 뜻깊은 장소에 대한 이해와 성공적인 창작 방향이야말로 장소시가 즐겨 몸을 일으켜 세울 자리다.

일곱째, 장소시의 승패는 작품 맥락이 결정한다. 좋은 장소시는 무엇보다 좋은 작품이어야 한다는 뜻이다. 따라서 장소의 이름이 주는 공공적 무게나, 해당 장소의 대중적 이미지가 주는 공감 영역의 진폭보다는 시인의 명성이나 작품 자체의 수월성이 승패를 결정한다. 말하자면 단순한 반영론적인 현실 장소 자각이나 발견으로써는 좋은 장소시를 만들 수 없다는 뜻이다. 아래 두 편을 견주어 보자.

① 열차는 평산을 지나쳤다 한다.

산역에서는 낡은 의자에 기댄 남자들 두엇,

불을 끄고 통과할 어느 역에도

어쩌면 정거하지도 않을 기차를 우리들은 기다렸다.

밤은 깊고 자정 가까이

달은 떠올라 헌 거적대기 같은 빛이

세상을 덮어 주기도 하였지만

오늘 가지 못하면 내일

갈 수도 없고

마침내 영영 가지 못할 그곳에 가기 위하여

저쪽 어느 역에서도 우리들처럼

정든 마을에서 빠져나와 어둠 속에

서성대는 사람들이 있었을까.

발 밑에서는 버리고 가는 낙엽 또는 떨어져 뒹구는

젖은 노자 몇 닢

— 김명인, 「고산행(高山行)」

② 막차는 좀처럼 오지 않았다

대합실 밖에는 밤새 송이눈이 쌓이고

흰 보라 수수꽃 눈시린 유리창마다

톱밥난로가 지펴지고 있었다

그믐처럼 몇은 졸고

몇은 감기에 쿨럭이고

그리웠던 순간들을 생각하며 나는

한 줌의 톱밥을 불빛 속에 던져주었다

내면 깊숙이 할 말들은 가득해도

청색의 손바닥을 불빛 속에 적셔두고

모두들 아무 말도 하지 않았다

산다는 것은 때론 술에 취한 듯

한 두릅의 굴비 한 광주리의 사과를

만지작거리며 귀향하는 기분으로

침묵해야 한다는 것을

모두들 알고 있었다

오래 앓은 기침소리와

쓴 약 같은 입술담배 연기 속에서

싸륵싸륵 눈꽃은 쌓이고

그래 지금은 모두들

눈꽃의 화음에 귀를 적신다

자정 넘으면

낯설음도 뼈아픔도 다 설원인데

단풍잎 같은 몇 잎의 차창을 달고

밤 열차는 또 어디로 흘러가는지

그리웠던 순간들을 호명하며 나는

한 줌의 눈물을 불빛 속에 던져주었다.

— 곽재구, 「사평역에서」

　　두 시 모두 시인의 초기 작품에 든다. 김명인의 1970년대 작품이 ①이다. 곽재구의 1981년도 등단작이 ②다. 이 둘은 모두 장소시의 전형을 보여 준다. 그러면서 둘 사이 앞뒤 영향관계, 상호텍스트성은 뚜렷하다. 표절이라고 해도 변명하기 힘든 상태로 보인다. 그런데 오늘날 이 둘 가운데서 대중적인 명성을 얻고 있는 작품은 앞서 쓰인 ①이 아니다. 오히려 ②다. 두 작품의 성공과 실패를 결정지은 것은 무엇보다 ②가 보여 준 형상력에 있다. ①의 '평산'과 ②의 '사평'은 그 실재 여부와는 무관하다. 다만 작품 내적 맥락에서 ②가 상대적으로 정치하고 섬세할 뿐 아니라, 유기적인 맥락을 마련하고 있다. ①은 잊혀지고, ②가 더 사랑받게 된 까닭이다. 무엇보다 좋은 장소시는 장소의 실재 여부와 관계없이 작품 자체로 뛰어나야 한다. '평산'은 평범한 범칭으로 잊혀졌지만, '사평'은 시인의 상상적 장소 창조에 따라 아름답고도 고유한 문학적 장소로 뿌리내린 셈이다.

3. 장소시의 미래

시의 장소성은 넓게는 풍토성이다. 좁게는 나날살이의 미세 공간에 대한 체험적 관심을 뜻한다. 좋은 장소시는 이미 알려진 장소성에 새로운 뜻을 더하고, 새로운 이미지를 더한다. 나아가 새 장소를 창조하여 세계 개방의 바탕을 마련한다. 실재적이건 상상적이건 장소에 대한 꿈과 관심은 우리시의 중요한 국면으로 뜻을 더해 가고 있다. 무엇보다 시인 내면의 객쩍은 주관 토로에서 벗어날 수 있는 가능성을 열어 준다. 좋은 시인이란 다름 아니라 자기 고유의 장소사랑을 실천하는 사람이다.

여기서부터, ─ 멀다
칸칸마다 밤이 깊은
푸른 기차를 타고
대꽃이 피는 마을까지
백 년이 걸린다

— 서정춘, 「죽편(竹編)·1─여행」

제목이 번잡스럽지만, 아름다운 작품이다. 이 작품은 장소와는 무관하게 대와 대꽃을 노래한 시다. 장소시가 아니다. 그런데도 많은 독자에게는 담양을 지날 때면, 아니 어디라 할 것 없이 남다른 대밭 풍광을 거칠 때면 이 시가 생각날 법하다. 장소시가 아닌 작품에서 뛰어난 장소성이 재창조되곤 한다. 이렇듯 좋은 장소시는 마침내 남달리 장소를 사랑하는 사람에 의해, 지역을 사랑하는 사람에 의해 그들의 해석공간 속에서 완성된다.

시는 뜻대로 마련하는 공산품이 아니다. 모든 시인의 시적 열정에는 나름의 필연성이 있다. 장소사랑과 장소시에 대한 관심 또한 마찬가지다. 손쉬운 유행과 싸우고, 기존 명성과 고정관념에 짓눌리면서도 자기 터에 대한 사랑과 관심을 힘껏 드러내는 장소시의 가능성은 앞으로 매우 다채롭게 열릴 것으로 생각한다. 세상의 가장 중요한 바탕은 사람이 아니다. 그 사람과 뭇 생명을 모두 하나로 어울려 싸안고 있는 터, 곧 장소다. 이러한 깨달음을 가진 사람에게 장소시와 장소 상상력은 새삼스러운 가능성의 공간이자 새로운 미적 잣대로 떠오르리라.

생태시의 방법과
미세 상상력

1.

생태문학에 대한 당위론을 백 번 거듭한다고 해서 세상이 더 나아질 성싶지 않다. 이즈음 분위기로 보자면 생태문학 담론이 유행처럼 이어졌던 십여 년 앞에 견주어 더욱 생태사회로 올라섰다는 지표를 찾기는 어렵다. 우려했던 바 생태산업은 더 몸집을 불려 빈곤층에 대한 생태학적 계층화만 더한다. 지칠 줄 모르는 거대 토목행정과 투기정치는 한결같이 최적화한 공간 파괴와 환경 낭비를 부추긴다. 이런 가운데서 생명가치가 더욱 존중되고, 더불어 함께하는 일반 시민의 삶이 질적 갱신에 이르고 있는가는 의문이다. 이른바 생체권력(bio-power)의 자기 정당성은 사회 곳곳에서 거듭 강화되고 있다. 이즈음 생태시의 현장을 둘러보는 눈길이 어두운 문맥에서 벗어나기 힘든 까닭이다.

지난 시기 우리 근대시에 있어서 큰 문제 가운데 하나는 문학 바깥 명분과 언어 실제 사이의 거리였다. 근대 자본주의 체제 스스로 지니고 있는 근원 문제인 명분과 실제의 간극과 그로 말미암은 소외 문제는 시 쪽이라 해서 예외는 아니었던 셈이다. 우리시는 시대의 파행 경험으로 말미암아, 그 거리를 그대로 안고서 좋은 문학일 수 있었고 좋은 시일 수 있었다. 한때는 반제국이나 반민족 명분이, 또 한때는 계급 명분이 우리시의 존재 정당성을 지켜 주었다. 우리시는 이러한 시 바깥 거시 구도에 따라 창작·평가·향유됨으로써, 자신의 자리를 굳혀 왔다. 명분과 실제의 거리는 좁혀 들 줄 모른 채 이어졌다. 그러다 보니 구체적인 사회적 발언 기회가 잦은 문학 먹물들의 경우, 말잔치가 더욱 화려해지고 교묘해진 것 또한 사실이다.

그런데 생태 문제는 지난 시기, 그러한 문학 바깥쪽 명분론과는 놓인 자리에서부터 크게 다르다. 무엇보다 특정 계층이나 지역에 걸리는 국지 문제가 아니라 전 계층·전 지구에 걸리는 총체 과제일 뿐 아니라, 사람에서 더 나아가 모든 생명에 걸리는 실존담론이다. 따라서 어느 경우보다 생태 문제는 실천학이며 실천성을 묻는 물음이다. 급진적 실천주의자가 되거나, 사회 경계 바깥에 놓인 이상주의자로 나아갈 문지방으로 모든 문학인을 불러 모은다. 대도시의 독재, 거대자본의 독점, 제도정치의 폭력이 한결같이 줄어들지 않은 가운데에 우리는 산다. 생태시는 단순히 명분의 명료성이나 담론 선점을 빌려 정당성을 떠벌리고 있을 수 없다. 지난 시기 명분과 실제의 거리를 그대로 떠안은 채 거대 담론에 휘둘렸던 창작에 대한 반성으로서, 다양한 문제 인식과 해결 방법 모색이 필연이다.

2.

생태시는 크게 세 가지 방향을 지닌다. 첫째, 생태 오염과 파괴 현장에 대한 고발시·현장시다. 둘째, 생태파괴의 근본 원인인 자본주의 체제와 그로 말미암은 다양한 제도 현실에 대한 비판과 대항이다. 이런 쪽에서 생태시는 늘 새로운 전위문학이나 급진적 아나키즘을 앞세운다. 생태시가 바탕에서부터 반체제시나 정치시인 까닭이다. 셋째, 생태 윤리를 내면화하고 생태 미학을 가꾸어 나가는 길이다. 우리 당대 좋은 생태시는 위에 보인 세 방향이 마련하는 영역 안에서 빛난다. 그런데 어느 쪽으로 들어서든지 새로운 방법으로 요구되는 것이 미세(微細) 상상력이다. 근대시가 보여 주었던 거시 담론적 발상이나 헛된 명분론에서 성큼 내려서, 생태시의 실천 가능성을 더할 수 있는 한 길이 이것이다.

　①그 우물은 깊었다.
　찬 물이 고여 있었다.
　우물 안쪽으로 쌓아올린 돌 틈에선
　검푸른 이끼가 자라고,
　이끼에 서린 물방울이 툭 떨어져
　투명한 소리로 울리곤 하였다.
　한나절 우물에 귀를 대고 있으면
　떨어진 물방울 소리들이
　소리끼리 어우러져

한 편의 시로 울리는 걸 들을 수 있었다.

② 우물은 우물가에

닭의장풀이며 여뀌, 질경이풀들도 기르면서

자잘하고 여린 꽃들로

박새나 노랑턱멧새들을 불러

지저귀게 하였다.

③ 그 우물은 깊었다.

하늘을 향해

까마득한 바닥까지 열어 놓고 있었다.

—이건청, 「오래된 우물」[1]

이 작품은 우리 시대 생태시의 한 전형을 보여 준다. "오래된 우물"이라는 제목에서부터 맑음과 투명함이라는 생태 가치를 머뭇거림 없이 담아냈다. 그 우물은 첫째 "찬 물이"고이고, 둘째 "이끼에 서린 물방울이 투명한 소리"로 떨어질 뿐 아니라, 셋째 '가에' "자잘하고 여린" 풀을 키워 내며 새들을 "불러 / 지저귀게" 한다. 그래서 그 우물은 '오랠' 뿐 아니라 '깊기'까지 하다고 ③에서 말했다. 말하자면 이 시는 ①·②·③ 크게 세 매듭으로 나누어 "오래된 우물"이 간직하고 있음 직한 생명의 이미지를 잘 갈무리하고 있다. 생태 윤리와 미감을 드높이는 데 이바지할 바 크다. 그리고 그 점을 한마디로 말해 주고 있는 곳이 ③이다. "하늘을 향해 / 까마득한 바닥까지 열어 놓고" 있다는 시줄은 흔

---

1   『현대시학』 6월호, 현대시학사, 2004.

히 거듭하는 근대시의 전형적인 우물 이미지와 다르다. 윤동주의 「자화상」에서 엿볼 수 있는 바와 같은 자아 성찰의 공간이나, 자기 반영성에서 더 나아갔다. "하늘을 향해" 열어 놓은 "까마득한 바닥"은 '사람 〉 자연'이라는 근대적 서열 관계를 '사람 〈 자연'으로 바꾼 근본적인 역전과 변화를 고스란히 보여 준다.

그런데 전형적인 만큼 발상부터 범상한 데 머물렀다. 눈으로 잡을 수 있는 묵은 우물 안밖 경관이라는 장소 설정은 짐짓 작위적이기까지 하여 신선함이 떨어진다고 꼬집어도 할 말이 없겠다. 그러나 아래 두 시는 방향이 더 예각적이고 미시적이다. 손으로 잡을 수 있는 구체적인 대상이나 사물에 대한 관심과 그로 말미암은 개방적 인식이 오롯하다.

① 가재가 뒷걸음친다
  가장 빠른 자보다도 더 빨리 달려야 생존한다고 믿는
  강박증의 사내 앞에서 가재는 유유히 뒷걸음친다
  뒷걸음치며 묻는다
  급류를 타고, 물살보다도 바삐 달려나간 너는 무엇을 보았느냐고
  달리면 달릴수록 네 몸이 일으키는 흙탕물에 눈앞이 뿌예지지는 않냐고
  일급수에 사는 가재가 삼급수를 걸러 마시는 내게 묻는다

  가재가 뒷걸음친다
  앞만 보며 걸어도 돌부리를 걷어차기 일쑤인 나는
  가재의 뒷걸음질에 갸우뚱한다
  뒤돌아보지 않고도 돌 밑 제 구멍 찾는 가재

부채꼬리 활짝 펴며 앞뒤로 흔든다

줄달음에 팥죽땀 흘리는 나를 보며

한여름 물그늘에 부채질보다 더 좋은 게 있냐는 듯

— 반칠환, 「가재」[2]

② 7번국도를 타고 오르던 촛대바위 어디쯤

바다와 직각을 이루는 벼랑에

소나무 한 그루

허공을 향해 비스듬히 누워 있었다

따라와따라와 아우성대는 파도를 내려다보며

허공으로 마악 한 발을 떼려 하며

가지도 잎도 무성히 달지 못한 채

가까스로 난쟁이 되어 기우뚱 와선에 든

저 엉거주춤 소나무

어째서 벼랑을 떠나지 못하는 걸까

벼랑에서 마악 한 발을 떼려만 하며

목련꽃 비단나비가 꼬박꼬박 누더기가 되는

집 베란다에서 마악 한 발을 떼려 할 때마다

가지와 잎들이 일제히 소리치곤 해

2　『시와정신』 여름호, 시와정신사, 2004.

"발을 묶어두세요, 우리가 물오를 수 있도록"

밤새 뒤척이던 소나무의 잎 끝 가지 끝에

아침마다 말간 바다 이슬이 맺힐 때

허공으로 누운 줄기를 타고 오르는

물의 힘을 믿겠다 나는

마음의 줄기를 타고 오르는

눈물의 힘을 믿겠다

—정끝별, 「눈물의 힘」[3]

　①은 가재라는 작은 대상을 빌린 동물 알레고리다. 말할이인 나와 가재 사이에 세 차례 대조를 마련한다. 첫째 삼급수와 일급수로 대조되는 삶터의 대조, 둘째 빠른 앞걸음과 느린 뒷걸음으로 드러나는 바 나아가는 방위 대조, 셋째 돌부리에 걸어차이는 나와 뒤돌아보지 않고도 제 구멍 잘 찾는 가재 사이에 나타나는 자기정위 행태의 대조가 그것이다. 따라서 이 시는 가재에 견주어 삼급수에 살면서, 바삐 앞걸음질해서 나아가나 돌부리에 걸어차일 뿐인 내 삶의 허울 좋음, 불행감을 낮게 일깨운다. '가재'가 대표하는 작은 생물과 사람 사이 삶의 대비를 빌려 오늘날 대다수 사람이 놓인 삶의 조건에 대한 성찰과 반성을 일깨우고자 하는 뜻을 담은 생태시다. 따라서 알레고리 짜임새나 그 뜻에서 새로울 것은 없다. 그럼에도 미세한 대상인 '가재'를 빌린 새로

3　『현대시학』 7월호, 현대시학사, 2004.

운 의미화가 무리없이 이루어졌다. 새로운 현실 발견, 세계 인식의 즐거움을 이 시는 서툴지 않게 잘 담아낸 셈이다.

이와 달리 ②는 '소나무'라는 흔한 경물을 끌어들여 생태학적 자각을 이끌어 내고 있는 식물시다. "7번 국도" 어느 곳 "바다와 직각을 이루는 벼랑" "소나무 한 그루"에 대한 집요한 응시를 담았다. "벼랑에서 마악 한 발을 떼려만" 하는 것으로 '엉거주춤' 위태해 보이는 '소나무'가 사실은 질긴 목숨을 지니고 있음에 대한 시인의 믿음이 굳다. 이를 빌려 시인은 자신의 "집 베란다"에서 키우고 있는 식물에 대한 사랑을 새롭게 깨닫는다. "발을 묶어두세요, 우리가 물오를 수 있도록"이라며 "가지와 잎들이 일제히 소리"치는 듯한 정경은 매우 질긴 생명력에 대한 믿음을 일깨우는 강도에 그대로 맞물린다. 그리하여 시인은 살아 있는 목숨을 목숨이게 하는 물의 생명력뿐 아니라, 그것을 향한 자신의 간구를 "눈물의 힘"을 믿는다는 표현으로 갈무리하고 있다.

①에 견주어 ②는 보다 직설적이다. 그러나 두 작품이 보여 주고자 하는 바는 서로 멀지 않다. '가재'라는 대상을 빈 신생에 대한 일깨움과 마찬가지 바닷가 '소나무' 한 그루를 향항 집요한 대상 인식은 생명 가치에 대한 재인식을 그대로 드러낸다. 오늘날 우리에게 시급하게 요구되는 생태 윤리에 대한 자각과 학습이다. 게다가 이 둘은 그것을 한결같이 미세(微細) 상상력을 빌려 보여 준다. 손에 잡히는 작은 사물이나 하찮아 보이는 생명에 대한 구체적인 관심을 빌려 새롭고 유의미한 상상적, 체험적 확대를 이뤄 내고 있는 셈이다. 우리시에서 이러한 발상법은 연원이 새로운 것은 아니다. 그럼에도 생태학적 시대인 오늘날 이것의 의의와 필요성은 더하다. 무엇보다 작은 것을 빌려 실천하고,

세계를 기능적으로 개방한다는 전략적 의의가 그것이다. 미세 상상력이 단순한 소재주의에 머물지 않는 까닭이다.

산업사회는 대량생산, 대량소비와 그로 말미암은 크작은 쓰레기 양산 체제를 뜻한다. 그에 걸맞게 거시 담론 또는 비장의 미학이 문학사회를 휩쓸고 있는 들뜬 시대다. 미세한 사물이나 작은 대상에 대한 관심이 성공적인 체험으로 거듭나기 힘들지 모른다. 그러나 생활세계의 생태학적 전회를 향한 실천적 관심을 가진다면, 뜻밖에 미세한 것에 대한 관심은 필연적이며 매우 직접적이다. 사물세계의 낭비와 과잉 쓰레기 배출의 주요 국면은 그대로 넘쳐나는 미세 사물이며, 미세 생물의 죽음이다. 세계의 죽음과 파괴는 작은 것부터 말미암는다. 잊혀지고 그늘로 숨을 수밖에 없는, 사람의 일상 관심으로부터 멀어진 자잘한 존재에 쉽게 깃든다.

따라서 관점의 축소와 인식의 확대라는 쪽에서 미세 상상력은 매우 기능적인 생태시의 방법일 수 있다. 이제까지 소박한 페티시즘이나 트리비얼리즘이라 하찮게 내쳤던 방법과 그런 세계에 대한 재발견과 재인식이 그것이다. 작고 잊혀지기 쉬운 미세한 것을 빈 생명가치의 회복과 새로운 신생에 대한 꿈을 가꿀 수 있는 길이야말로, 생태시의 주요 국면이 됨직하다. 거듭하는 명분론에 빠지거나 거시 담론에 기대어 과장하는 몸짓으로 한결같았던 소모적인 눈길의 재조정이 부분적으로는 가능할 것이다. 그리고 그런 점에서 우리 생태시는 이미 좋은 본보기를 많이 마련했다, 앞으로 거듭 강조하고, 적극 키워 나가야 할 방법이다. 앞서 살핀 두 편의 작품은 장차 우리시가 마땅히 일구어 나갈 미세 상상력의 걸음걸이를 앞질러 보여 준 경우다.

3.

생태문학은 실천문학이다. 생활세계 문학이다. 이러한 눈길에서 볼 때, 생태시는 무엇보다 과거 문학에서 보여 주었던 소모적인 거대 이념이나 명분 논쟁에 머물러서는 곤란하다. 게다가 근대 미학의 기반까지 새로운 헤아림이 필요하다. 근대문학의 사회적 명성 생산과 재생산 체계에 갇혀 있어서는 곤란하다는 뜻이다. 좋은 생태시나 바람직한 생태시라는 잣대와 값어치에서부터 기존의 미학적 방법론과는 달라야 한다. 기존 문학사회의 제도적 틀에서 벗어나 시적 실천을 위한 시도적 노력을 전방위적으로 찾아 나가야 할 필요가 있다. 정치시든 고발시든 윤리시든, 어느 쪽으로든 작은 것을 빌린 구체적인 실천에 미세 상상력은 필수적이다. 손으로 잡을 수 있는 구체 세계, 생활세계의 사물이나 생명에 대한 소재적 관심과 인식론적 전회야말로 많은 시인이 가꾸어 나가야 할 방향이다.

그런데 이때에도 결코 잊지 말아야 할 점이 있다. 시는 문학의 하나다. 그런 점에서 언어체라는 운명을 벗어난 실천은 한계가 있기 마련이다. 그것을 그대로 지니고 있는 한, 생태파괴에 대한 시적 대응은 거듭하는 선언적 언명으로 끝날 위험이 있다. 따라서 언어체로서 시에 대한 완성도를 높이기 위한 갈구와 노력이 더 거세져야 할 일이다. 생태학적 미래를 위한 바람직한 시의 이바지는 마침내 얼마나 좋은 시를 만드는가에 있다. 새로운 미학적 고뇌가 거듭 깊어져야 하는 까닭이다. 그것이야말로 어느 누구보다, 어느 사회 부문보다 나무 원료인 종이를 가장 많이 소비할 수밖에 없는 문학인에게 놓인 발밑의 윤리 감각이다. 좋은 생태시는 미세 상상력을 넘어서 어느 길에서든지 뛰어난 시여야 한다. 이 소란스럽고 들뜬 기표문화의 시대, 하향 평준화의 조바심에 맞서 창조적 깊이에 대한 사회적 욕구는 앞으로 더 커질 것이다. 시의 앞날을 낙관해 볼 일이다.

2부

실천비평의 언저리

시의 조건,
시인의 조건

1.

시 전문지나 시 마당이 강세다. 서점 한 자리에, 누리집 곳곳에 얹혀 있는 그들을 보면서 우리시가 놓인 현주소를 아낌없이 느낀다. 이름도 어슷비슷한 것이 어깨를 부딪치며 자신을 웅변한다. 그럼에도 얼마나 많은 이가 그것을 골똘히 찾아 읽을지는 알 수 없다. 한 해 시가 2만 편 넘게 발표된다는 통계도 이제 놀라운 사실이 아니다. 매체 과잉에다 시인 과잉이라 말해 보아야 호들갑일 따름이다. 한 매체가 나오기까지 그 자장 안에 모이고 얽힌 사람들 이해관계를 어떻게 헤아릴 수 있을 것인가. 시도 취향문화 가운데 하나다. 사진동우회나 산악회처럼, 쓰는 이도 매체도 많을수록 좋다. 그만큼 시가 살아갈 향유층이 두텁다는 뜻 아닌가.

그럼에도 안심이 되지 않는 까닭은 무엇일까. 시문학 사회 안에서마저 읽히지 않는 시, 동창회 하듯 안쪽 결속만을 목표로 삼는 문단 조직, 고교 문예반 학생 높낮이에도 미치지 못할 솜씨를 한껏 떠벌리는 시인, 발간 목표가 말글을 빌린 창조 가능성이 아니라 오히려 자신이 살아남기 위한 데만 있는 듯싶은 매체, 게다가 기꺼이 그 둘레를 강아지마냥 돌 따름인 시비평. 시가 나날살이 마당 곳곳으로 내려서는 길은 매우 바람직스럽다. 그러나 싸구려 공산품 찍어내듯 한 매체와 작품만 거기를 채운다면 거듭하는 사회적 낭비도 그에 더할 바 없다.

> 밤새 불친절한 시를 읽으면
>
> 내 못 가본 도시 리스본이
>
> 지구의 어느 끝에 있다는 것이 위안이 된다
>
> 막 리스본에 도착한 아침이 마가렛꽃을 밟으며 어느 집 안뜰로 걸어가고
>
> 오래 참은 강물이 당나귀 울음소리를 낸다
>
> 읽을수록 면도날 소리를 내는 리스본
>
> 이로써 나는 불친절한 시를 읽다가
>
> 모르는 나라 수도를 떠올린 이유를 말한 셈이다
>
> —이기철, 「불친절한 시」[1] 가운데서

시인은 "밤새 불친절한 시"를 읽는다 했다. 그러나 그런 시를 밤새 읽을 리는 없다. 두어 줄 읽다 던져 버릴 시에 질린 시인의 '불편한' 심기가 '밤새' 읽는다는 경과 표지를 짐짓 가져다 놓게 했을 따름이다. 시인은

---

1 『시와사상』 겨울호, 시와사상사, 2011.

그런 "시를 읽으면"서 한 번도 가 보지 못한 포르투갈 서울 '리스본'을 떠올린다고 의뭉스럽게 말한다. 왜냐하면 한 번도 못 가 본 곳일 뿐 아니라 "지구의 어느" 모를 땅끝에 있을지라도 이즈음 나도는 시를 읽는 일보다는 훨씬 값어치 있을 일인 까닭이다. 게다가 리스본이라는 이름씨는 "읽을수록 면도날 소리를" 낸다고 하지 않는가. 설마 남의 시나 시집을 면도날로 잘라 버리기야 하랴마는 그렇게라도 하고 싶은 불편한 마음만은 아낌없이 드러낸 셈이다. 시인은 '불친절한' 시라 에둘러 말하고 있지만, 사실은 시 같지 않은 시들에 대한 심히 불편한 심기를 지리적 원거리와 면도날 이미지를 빌려서 '시적'으로 표현했을 따름이다.

2.

앞에서 본 바와 같은 불만은 이기철 시인 개인의 것이 아니다. 단순히 취향이나 안목 차이에서 비롯한 판단이 아니라는 뜻이다. 이른바 '등단'을 했으니 시인이고, 시인이라는 이가 시라고 쓴 작품이니 시임에 틀림없다. 매체와 시인이 유유상종, 못 실릴 까닭이 없다. 그럼에도 문제는 그런 현상이 시문학 사회 모두에 걸쳐 있다는 점이다. 작품 높낮이나 매체 상호 긴장이 엷어진 지도 오래다. 전문시나 대중시, 또는 교양시 어느 자리 없이 경계가 보이지 않는다. 그게 그것일 따름이다. 내집단 구성원끼리 움직이는 소리만 부산스럽다. 그런 가운데서 더욱 망가지는 것은 그나마 남아 있었던 사회적 정합성이다. 우리시가 예술 문화계의 단순한 가장자리가 아니라, 어느덧 시민사회의 건전한 문화 역량이나 품격마저 왜곡시키는 주범으로 몰릴 지경으로 나아가고 있는 셈이다.

> ① 세상의 기준이란 지나고 보면
>
> 언제나 그들만의 문법이 되어
>
> 화무십일홍의 흉흉한 시절도 가고
>
> 아직도 험한 시간의 그늘이 남아 있네.
>
> —「시간의 그늘」[2] 가운데서

> ② 그러나 대지의 음경 같은 둔중한 추가 내 안에 있어
>
> 버짐처럼 번진 사막으로 머리채 끌고 가 내동댕이치는 깊은 밤
>
> 파르스름한 초승달의 칼 같은 눈초리 아래서
>
> —「내 영혼의 개와 늑대의 시간」[3] 가운데서

> ③ 뜻밖에 아픈 사랑을 이해한다는 장력은
>
> 유사한 오해를 혹은 상해까지 함의하듯
>
> 조각 편, 편 당신이 모자로 쓴 주어를 만지작거리는 동안
>
> 혀를 맛보지 못한 당신은 무수한 혀를 낳고
>
> 코를 맡아보지 못한 당신은 무량한 냄새를 낳아

---

2 『문학과창작』 겨울호, 문학아카데미, 2011.
3 『유심』11·12월호, 만해사상실천선양회, 2011.

색을 먹고 향을 먹은 이미지를 산란한다

— 「미식가」[4] 가운데서

옮긴 시 ①은 "세상의 기준", "그들만의 문법", "화무십일홍의 흉흉한 시절", 그리고 "시간의 그늘"이라는 네 말마디를 중심으로 한 토막을 이루었다. 그런데 네 마디 모두 외연이 너무 큰 말들이라, 무슨 뜻을 담고자 한 것인지 읽는이가 맥락을 잡을 수 없다. 시는 신문 기사류나 그로 말미암은 소박한 객담 토로와는 다르다. 굳이 시라는 형식을 빌려서 내놓아야 할 만큼 뜻있는 생각이었을까라는 의심을 벗기 힘든 시줄이다. 읽는이 마음에 울림을 줄 구체 체험이나 그것을 담아낼 표현력을 갖추지 못하다 보니, '의' 토씨를 거듭 네 차례나 되풀이하며 생각을 어름하게 얼버무리고 말았다. 마지막 "시간의 그늘"이라 한 데서 그나마 감각적 어룽을 느낄 수 있다. 하지만 그마저 흔해 빠진 표현이어서 막연하기는 마찬가지다. 아마 시인은 자신이 쓴 이 토막에서 토씨 '의'를 네 번이나 쓰고 있다는 사실조차 살피지 못한 채 작품을 내놓았으리라.

②는 젊은 시인의 것으로 보인다. 외연이 큰 말을 마구잡이 굴리는 버릇에서는 ①보다 더하면 더했지 덜하지 않다. 다만 ①과 달리 비유적 자질을 빌려 시의 표현성을 드높이겠다는 뜻이 뚜렷하다. 그러다 보니 ②는 세 가지 비유 층위로 짜였다. 첫째가 '둔중한 추가 머리채 끌고 가 내동댕이치다'라는 의인법 층위다. 가장 바닥에 놓이는 것이다. 두 번째가 "음경 같은 둔중한 추", "버짐처럼 번진 사막", 그리고 "칼 같은 눈초리"

시의 조건, 시인의 조건   79

로 이어진 직유 층위다. 세 번째가 "대지의 음경"과 "초승달의 칼"이 꾸며 주고 있는 은유 층위다. 가장 높은 자리다. ②는 이러한 세 층위에서, 모두 여섯 개에 걸친 비유 표현을 빌려 "깊은 밤"과 나의 정황을 담아 보고자 했다. 그러나 세 겹에 걸친 비유 가운데 어느 것 하나 제대로 울림을 지닌 것이 없다. 그들이 복합적으로 엮어 내는 표현 가치라 할 만한 것을 엿보기란 더 어렵다. 다만 "초승달의 칼 같은 눈초리"라는 시줄에서 '초승달'을 '눈초리'로 본 데는 그럴싸하다. 그런데 그것조차 근대시 전통으로 볼 때 이미 1950년대부터 쓰였던 데다, 서정주도 시 「동천」에서 잘 써 먹은 관습 표현에 머물 따름이다. 따라서 ②는 비유 자체가 겉돌아 ①에 견주어 장식적이라는 힐난까지 받을 처지에 놓였다.

③을 쓴 시인은 재미있는 시법을 구사한다. 어떤 맥락을 순조롭게 만들어 가기보다 오히려 그것을 흩어 버리려는 듯한 말씨다. 그것을 위해 서로 의미 연관성이 큰 낱말이나 쉽게 연상되는 것을 고르지 않고, 생뚱한 낱말을 가져다 놓았다. 시는 크게 보아 말장난이다. 그러나 뜻있는 말장난이다. 그럼에도 이 시인의 시에서 엿볼 수 있는 뜻을 찾기란 어렵다. "뜻밖에 아픈 사랑을 이해한다는 장력"은 그렇다고 치자. '장력'이라는 물리어에 대한 정감적 이해가 없는 내 무지를 탓하면 될 일이다. 그 '장력'이 "유사한 오해를 혹은 상해까지 함의하듯"으로 치달으면서는 더 오리무중이다. '오해' 다음에 '상해'를 끌어온 소리 되풀이는 말맛이라도 조금 있다. 그것조차 '함의'라는 무거운 낱말과 이어지면서 사그라진다. 다음에 이어진 "혀를 맛보지 못한 당신은 무수한 혀를 낳고 / 코를 맡아보지 못한 당신은 무량한 냄새를 낳아"라는 시줄은 낱말 바꿔치기를 했다. 이 시줄도 뜻을 찾아보고자 하나 '무수한'과 '무량한'이라는 부풀림

에서 닫혀 버린다. 그러니 "색을 먹고 향을 먹은 이미지를 산란한다"는 마지막 시줄은 아예 벌말이다. 아마 이 시인은 막연하나 외연이 큰 한자어를 뒤섞으면 시성(詩性)을 얻을 수 있다고 여기는 모양이다. 내가 보기로는 표현력 부족으로 말미암은 말 조합으로만 여겨지니 딱하다.

앞에 든 세 작품은 손쉽게 골라낸 본보기다. 단순 진술에서, 비유 표현, 그리고 낱말죽 만들기에 이르기까지 시법으로서는 다 필요하다. 다만 이들 작품은 그 하나하나가 무엇인지를 시인 스스로 헤아릴 힘이 엷어 보인다. 문제는 이런 작품이 오늘날 큰 매체, 작은 매체 할 것 없이 뒤섞여 나도는 데 있다. 화가는 빛깔을, 음악가는 소리를 빌려 자기 가능성을 극대화한다. 마찬가지로 시인은 말로써 말 많은 세상을 제 식대로 살고자 하는 이다. 그러니 말에 대해서만은 어느 사람보다 감각이 윗길이어야 할 일이다. 이 점은 나이나 작품 경향과는 관계없다. 그럼에도 말 다루는 첫 자리에서부터 의심스러운 시들이 마구잡이 나돈다.

아침에 쓰레기통을 열고
생각에 지쳐 만신창이가 된
시 원고를 구겨 버리는데,
훅,

과일 향기가 진동한다
아득하다, 멀리서 새소리 들려온다
세상의 모든 통은 그냥 통이다

썩은 과일, 귤, 사과 몇 조각 버렸는데
쓰레기통을 과일 바구니로 만들어 버린다

넌 무얼 담았느냐
쓰레기통이 나를 묻는다
두 눈을 감고 고개를 떨군다
멀리서 나뭇잎 하나 떨어진다

— 원재훈, 「쓰레기통」[5] 가운데서

과일 쓰레기를 담은 '쓰레기통'도 하찮은 자신을 '과일 바구니'처럼 만들어 제 몫을 다한다. 하물며 시인이라고 이름을 내걸고 세상에 나돌고자 하는 이는 어떤 생각, 어떤 말로 이 '세상 통'을 채우려는 것인가. 아니면 제 '몸통' 하나라도 무슨 마음을 담으며 살고자 하는 것인가. 원재훈 시인이 「쓰레기통」에서 말하고 있는 시 쓰기에 대한 깊은 자기 성찰은 한 개인의 탄식으로만 머물지 않는다. 날밤을 새우지 않더라도, '시 원고'를 '만신창이'까지 만들지 않더라도 시인일 수 있을 조건을 보다 넓고 멀리 헤아려 봄 직한 일 아닌가. 도대체 귀한 밥 먹고, 넌 세상에 무슨 짓거리를 하고 있는가고 우리 모두에게 되묻는 죽비소리 쨍쨍한 시가 「쓰레기통」이다.

---

[5] 『시와시학』 겨울호, 시와시학사, 2011.

3.

관록이란 말이 있다. 몸에 갖추어진 위엄이나 권위를 뜻한다. 긍정적인 느낌만 주는 말은 아니다. 창작 세계에서는 더욱 그렇다. 그럼에도 관록은 아무렇게나, 아무나 갖출 수 있는 것은 아니다. 관록이 있다는 이도 속을 들여다보면 엉망인 경우가 적지 않다. 세상이 허명을 씌워 놓은 경우다. 때로 전혀 관록이 붙을 세월이 아니라고 여긴 이에게서 누구 못지않은 당당한 관록을 느끼기도 한다. 관록이란 하루이틀로 이루어지지는 않지만 단순한 세월 축적으로 말미암는 것은 아닌 셈이다. 남달리 끝없는 열정이 뒷받침되었을 때 얻을 수 있을 어떤 질적 상태가 관록이다. 그런데 시 마당에서 관록이란 무엇일까. 화려한 이름을 내건 이저런 문예지 목차를 획획 넘기다 그 시인의 이름을 발견하곤, 굳이 작품을 펼치게 이끄는 힘일까. 나아가 그 작품을 읽고 나서 새삼스럽게 느끼는 만족감을 드러내는 다른 말일까.

낙엽을 밟으며 화장실에 다녀온 듯

간격을 두고 두 사람이 발을 털며 들어와 마주 앉는다.

표정을 보니 한 손금 위의 두 점,

향 날아가는 커피 앞에 놓고

둘 다 말없이 창밖을 내다본다.

아 지겨워, 어디 다른 손금 한번 타볼까?

그거 좋지, 콩깍지에서 콩알이 탁 튀어 날듯.

헌데

서둘러 전조등 켠 성급한 차들도 가라는 데로만 달리는 고속도로,

튈 곳은 어디?

— 황동규, 「늦가을 저녁 고속도로 휴게소에서」[6] 가운데서

이 작품은 제목 그대로 '늦가을 저녁 고속도로 휴게소' 정경을 바라보는 시인의 내적 독백으로 이루어졌다. "화장실에 다녀온" 듯한 두 사람이 커피를 마주 놓고 앉는다. 그 둘의 낯빛이나 커피 향 날아가도록 말 없는 행동거지로 보아 어느새 데면데면하게 바뀐 사이다. 세월은 사람을 늘 그렇게 이끈다. 뜨겁게 타올랐던 대상도, 자신이 몸 바쳤던 일도 익으면 모든 게 예사롭다. 이 시는 그런 관계, 곧 서로 "튈 곳"을 요량하고 있는 듯이 보이는 둘이 '창밖을' 보며 속으로 씹었을 성싶은 속말 대화를 직접 인용한 자리가 눈이다. "아 지겨워"부터 "탁 튀어 날 듯"까지, 말하고 다시 받는 두 월이 그곳이다. 다른 관계, 다른 만남을 얻고자 하는 속내를 "다른 손금" 타기와 "콩깍지에서 콩알이" 튀어 나는 모습으로 표현했다. 어떤가. 쉽고도 적확하지 않은가. 아무나 이룰 수 있을 솜씨가 아니다. 이런 경우, 관록이란 늘 싱싱하게 현실과 맞닥뜨리기 위해 애쓰는 시인의 가뭇없는 열정에 붙이는 다른 이름이다.

지리산 칠선계곡
거친 눈보라 속을 나는 헬리콥터는
몇 시간 동안 지상과 통신두절이 된다.

---

6 『시안』 겨울호, 시안사, 2011.

날짐승과 들짐승에게 먹이를 주기 위해

겹겹이 쌓인 눈 헤집고 사투를 벌이는 이들은

사료와 낱알갱이 수십 톤씩을 공중에서 뿌려가며

먹이를 다 줄 때까지 교신을 끊는다.

혹시나 들짐승들이 얼음계곡에 미끄러져

먹이를 놓치면 어쩌나.

식량을 찾지 못해 굶어 죽으면 어쩌나.

(…줄임…)

구름 사이로 설핏 햇살 비추고 계곡에 선홍빛

저녁놀이 걸린 걸 보고서야

다시 세상과의 통신을 위해 떠난다.

기체를 급상승해 계곡 멀리 비행운처럼

노을을 꼬리 달고 사라지는 이들은 누구일까.

— 노향림, 「겨울 헬리콥터」[7] 가운데서

오랜 세월 한결같이 구체적인 감각을 온몸으로 담아낸 노향림 시인의 특장이 잘 드러나는 시가 「겨울 헬리콥터」다. 이른바 생태시·생명시라며 괜스레 중언부언 젠체하는 시들과 다른 선명한 풍경을 보여 준다. 겨울 지리산, 곧 두류산 골짝 골짝을 돌면서 "날짐승과 들짐승에게 먹이를" 주는 산림항공기 승무원을 글감으로 삼았다. 가끔 산림항공본부에서 혹한기에 벌이기도 하는 야생조수 먹이주기와 맞물린 일이다.

---

7   『시인수첩』 겨울호, 문학수첩, 2011.

그들은 짐승들이 "먹이를 놓치면 어쩌나" 하는 염려로 "먹이를 다 줄 때"까지 바깥과 "몇 시간 동안" 교신을 끊은 채 일에 열중한다. 그러한 그들의 섬세한 마음자리가 이 시의 눈이다. 생명에 대한 외경심이 간결하게 옹근 자리다. 시인은 그들에 대한 깊은 공감을 숨기지 않았다. "계곡 멀리 비행운처럼 / 노을을 꼬리 달고 사라지는 이들"이라는 아름다운 시줄이 거기서 빚어졌다. 시인이 느꼈을 놀라움과 공감이 고스란히 읽는이의 것으로 되울리는 작품이다. 참된 생태시란 생태 문제를 짚어 대는 데서 더 나아가 예사 사람의 생태 윤리를 드높이는 데까지 나아가야 한다는 간단한 참을 이 작품은 증명한다. 한 편 한 편 최선을 다해 온 시인의 오랜 자긍심과 관록이 이렇듯 빛나는 풍경을 쉬운 가락에 오롯하게 담을 수 있게 한 셈이다.

바람에 간들간들 자지러지는 봄날
오로지 흔들리고 또 흔들릴 일만 남은
보리 보러 왔다

아무리 밟아도 눈빛 하나 까딱 안 하는 건 괜찮아
주머니 깊숙한 곳에 영영 머물러도 괜찮아
어제까지 있던 옆구리가 오늘 없어졌어
그런데 왜 하필 보리는 보린가

더 이상 오갈 데 없으니
슬그머니 빠져나간 꽃들이 돌아오지 않으니

나간 자리마다 다시 새파랗게 새순 돋아도

무엇이든 죽도록 휘감고 휘감아야 한다

옆구리란 말이 사라질 때까지 간들거리는

옆구리란 말을 모르고 살아도 푸르디푸른

보리 보러 간다

보리 잊으러 간다

— 박미란, 「보리」[8]

　모두 네 토막으로 이루어진 시다. 글감은 보리. 시인은 '봄날', "오로지 흔들리고 또 흔들릴 일만 남은" 듯한 보리를 보러 보리밭에 왔다고 말한다. 그런 뒤 보리의 생태를 두 토막에 걸쳐 일깨운다. 마무리 넷째 토막에서는 다시 "보리 보러 간다"는 월을 되풀이했다. 시인은 보리를 보러 보리밭에 갔고, 앞으로도 거듭 가게 되리라. 까닭은 둘이다. 먼저 보리나 시인 모두 "어제까지 있던 옆구리가 오늘" 빈 외로운 상태다. 게다가 오로지 흔들릴 일만 남은 보리와 자신은 새삼스럽게 한몸이다. 그런데 그 외로움은 깊다. 벗어나기 힘들지 모른다. 왜냐하면 "보리 잊으러" 보리밭에 가지만 보리는 언제까지나 거기서 '간들거리'고 '푸르디푸'를 것이기 때문이다. 흔한 글감인 보리를 빌려 흔한 주제인 외로움을 이처럼 오롯하게 담아내기란 쉽지 않다. 따라서 셋째 토막에서 잠시 거슬리는 '죽도록'이라는 낱말마저 재치로 여겨진다. 어느새 작

8　『애지』 겨울호, 지혜, 2011.

품 「보리」는 시 창작의 핵심 조건 가운데 하나를 새삼스럽게 일깨워 준다. 누구나 겪는 듯이 보이는 여느 세상살이를 어떻게 내 식으로 담아낼 것인가라는 간단한 자문자답이 그것이다.

4.

좋은 시란, 시인 스스로 떠맡지 못할 외연 큰 낱말을 마구 휘두르며 자신도 느낌이 없을 번화한 수사로 겉칠해서 이루어질 일은 아니다. 괜스레 깊은 깨달음을 지닌 양 꾸며 보아도 마찬가지다. 말 같지 않게 별로 해대는 말을 벌말이라 하거니와 우리 둘레에 시는 많으나 그 가운데 적지 않은 것은 벌말시로 보이니 딱하다. 문제는 스스로 시인이라 하면서도 그런 사실을 헤아릴 노력을 하지 않는 데 있다. 넘쳐나는 매체의 편집망에 얽혀 끼리끼리 챙기고 몰려다녀 보았자, 좋은 시를 쓸 깜냥이 아니라면 만년 문단 머슴이나 거간 노릇일 따름이다. 시인 스스로 제 시의 주인 자격으로 살아가기 힘들다. 그런 이들의 힘을 더 잘할 수 있을 다른 일로 돌린다면 자신에게나 우리 사회에 얼마나 도움이 크랴.

시인은 우리 말글의 창조 가능성에 이바지하고, 그 높낮이를 끌어올리기 위해 애써야 한다. 그러자면 열중이 최선이다. 일류시도 이류시도 삼류시도 다 필요하고, 전문 시인에 대중시인에 교양시인까지 필요하다. 그러나 그들 낱낱이 자신의 자리와 경계를 분명히 하기 위한 싱싱한 역동을 일궈 내지 못한다면 시장 상인회 조직보다 못할 문단 이해관계 말고 무엇이 남겠는가. 기실 한 편 시가 이룰 수 있는 일은 크지 않아 보인다. 그럼에도 좋은 시 한 편이 주는 위안과 행복은 시인 자신에게나 세상에 무엇보다 훌륭한 선물이다. 좋은 시는 작은 날갯짓으로, 작은 목소리로도 두고두고 되울리는 아름다운 혁명을 몸소 실천한다. 세상이 막무가내 흘러가고 취향이 마구잡이 바뀌는 것처럼 보여도 건강한 사회는 좋은 시를 포기하지 않는다. 시인의 삶은 사소할지 모르나 그가 쓰는 시는 두고두고 무거운 까닭이다.

한 번쯤
하루쯤
한 생(生)쯤은 몸을 바꾸고 싶은

저 미친 외출을 시라고, 시인이라고 말해도 되나

—이화은, 「나비」[9] 가운데서

시인은 말한다. 애벌레가 나비로 바뀌듯 오롯이 "한 생"까지 "바꾸고 싶은" 그 "미친 외출"이 시라고, 시인이라고. 우리는 어떤가. 한 번이라도 시를 향해 미친 적이 있었던가. 미쳤던 지난날 추억만으로도 행복할 수 있을 오늘이다. 그렇다. 매체 과잉에, 시인 과잉에, 반반한 낯빛

---

9   『시안』 겨울호, 시안사, 2011.

요란할 따름인 시 마당이라도 걱정만 할 일은 아니다. 왜냐하면 아직 태어나지 않은, 그럼에도 오늘날 우리보다 더 많이 더 오래 자기 단련을 포기하지 않을 젊은 시인이 있을 것이기 때문이다. 나비 한 마리는 가볍고 하찮아 보인다. 그러나 그 날갯짓은 한순간에 봄빛 환한 모든 산골짜기며, 철철이 그 둘레 마을에서 살다 간 사람들이 감당했을 짙은 삶의 무게를 일깨운다. 어찌 일생일업(一生一業), 일생일편(一生一篇)의 가혹한 저주를 포기할 수 있으랴. 좋은 시를 향해 "미친 외출"을 감행하는 젊은 시인이 2000년대도 열두 해째로 성큼 올라선 이 봄날 어느 곳에서 힘차게 날갯짓하고 있으리라 믿는다.

시간지리학으로
가는 길

1.

　지난 봄호에도 시지들은 떠들썩했다. 넘치는 시와 시인의 한마당 잔치가 걸쭉했다. 그런 가운데서 두 전문시지에서 예사롭지 않은 변화가 있었다. 『시와시학』은 시인들 육필시를 가지런히 한자리에 올렸다. 한두 사람 육필시를 선뵈는 일은 흔하다. 그러나 한 호 발표시 중심란 모두를 그것으로 채우는 경우는 드물다. 글씨를 단순한 재주가 아니라 도의 경지로 올려 세우는 동양 전통으로 본다면 육필시가 갖는 무게는 간단하지가 않다. 필획 하나하나에서 시인의 기상을 읽을 수 있는 까닭이다. 그런 점에서 『시와시학』의 시도는 각별하다. 시인의 숨소리 가득한 육필시 기획은 나이의 높낮이를 떠나 여러 세대 시인들이 지녔을, 시에 대한 초심을 엿본 듯한 즐거움을 안겨 준다.

　다른 하나는 『시안』이 보인 변화다. 이미 삼십 년 이상 버릇 든 가로

쓰기식 조판 방식을 버리고 오랜만에 세로쓰기를 선봤다. 근대 시기 내내 주류였던 세로쓰기 판형은 1970년대 중반 이후 가로쓰기 중심으로 바뀌었다. 물론 출판 기술과 환경이 고도화·대량화하면서 나타난 변화다. 시인 개인으로 볼 때는 예사롭지 않은 일이었다. 무엇보다 시집 한 권을 묶고자 할 때는 60~70편에 걸쳐야 하기에 이른 것이다. 세로쓰기 때에는 30편 안밖이면 시집 한 권을 거뜬하게 마련할 수 있었다. 그런데 절대량이 크게 늘어났다. 어느 꼴이 바람직한가 하는 논의와 별개로 그런 판형 변화는 결과적으로 우리시의 물량주의를 부추겼다. 시인의 노동생산성은 급격히 떨어졌다. 자본주의의 규모경제에 시도 어쩔 수 없이 맞물려 든 셈이다.

당대 시전문지 중심에 서 있는 두 매체다. 『시와시학』이 창간 22년에 85호를 내었고, 『시안』이 15년에 55호를 내었다. 그런 두 곳에서 아울러 보여 준 변화다. 더욱 사소해져 가는 시에 대한 안타까움과 세상을 향한 심기일전의 마음자리를 드러낸 일일까. 사실 시지 발간으로 말미암아 발간자나 편집자가 얻을 수 있을 보람이란 그리 많지 않다. 덕 볼 일은 고스란히 발표한 시와 시인들 몫일 따름이다. 세월이 지나면 편집자는 이름을 묻겠지만 시와 시인은 남는다. 그리고 그것은 우리시의 역사로 거듭 되살아간다. 두 매체 모두 긴 시간의 갈피를 헤쳐 나왔다. 그동안 갖가지 어려움이 있었을 것이다. 거대 출판 자본에 끼여, 또는 이저런 문단 이해관계에 발목이 걸려.

이미 잊힌 듯한 옛 방식을 우리 앞에 다시 끌어다 놓은 두 매체의 변화가 새삼스럽다. 중요한 점은 그것이 과거 회귀나 향수를 자극하는 단순한 일처리는 아니리라는 사실이다. 이렇듯 모든 기호나 텍스트는 제 몸에 시간을 아로새긴다. 이른바 시간지리다. 한 편 한 편의 시 또한 마찬가지다. 지난 봄철, 우리 시인들이 그려 놓은 시간지리는 어떤 모습일까.

2.

김종길 시인이 생리적 나이로 어느새 여든일곱 살에 이르렀나 보다. 시인을 처음 만났을 때가 90년대 초반이었으니 스무 해를 넘겼다. 그 사이 글쓴이도 마흔을 넘고 쉰 나이를 빠르게 흘러 왔다. 개인적으로 만날 수 있었던 기회도, 얽힌 이야기도 되새기자면 몇 꼭지는 나올 법한 관계였다. 그가 문단에 얼굴을 내밀었던 때가 광복기인 1946년. 동시를 쓰면서 시작했던 때부터 치자면 일흔 해에 가깝다. 그동안 시인이 겪어 온 나날은 우리 현대시 전개의 거의 모든 기간이라 할 만하다. 오랜 세월 동안 시인은 다작은 아니었으나 꾸준했다. 비평가로서 그는 형식주의자였다. 그러면서 창작에서는 경험 서정을 올곧게 지켜 왔다. 따라서 그의 시에서는 탈(mask)을 보기 힘들다. 모든 시에서 말할이와 실제 시인은 일치한다. 특유한 필치로 내놓은 이번 육필시에서도 마찬가지다. 긴 시간의 켜켜를 담담하게 들쳐 보이는 '나'는 그대로 시인 자신이다.

84년 전,

겨우 걸음마를 뗀,

생후 2년 6개월의 나를 두고,

스물셋 젊은 나이로

돌아가신 어머니.

지금 하늘나라에서

나를 보고 계신다면,

무슨 생각을 하실는지?

대견스러워 하실는지?

아니면, 안쓰러워 하실는지?

— 김종길, 「어머니」[1]

“84년 전 / 겨우 걸음마를 뗀, / 생후 2년 6개월의” 아들을 두고 “스물
셋 젊은 나이로 / 돌아가신 어머니”에 대한 기억이 시인에게 남아 있을
리가 없다. 철든 뒤, 어머니 또래 집안 여자나 어머니가 거쳤을 듯한 기
물들, 옷가지를 빌려 추체험할 수밖에 없었을 어머니. 불행하게도 그
에게 어머니는 늘 간접적으로 겪는 ‘다른 어머니들’이었을 따름이다.
그녀들을 겪으며 살아온 시인이 여든네 해를 넘긴 뒤에 이제는 어머니

---

1 『시와시학』 봄호, 시와시학사, 2012.

와 손수 만날 준비로 아렷한 모습을 「어머니」에 담았다. '하늘나라' 어머니는 당신 없이 긴 세월을 살아온 아들을 대견스러워할까, 안쓰러워할까. 죽음을 앞둔 시인은 일흔네 해 긴 그리움으로 한 땀 한 땀 기웠을 사모곡 한 편을 밥상보처럼 우리 앞에 펼쳐 보인다. 어머니와 함께할 첫 저승 밥상에 쓸 요량일까. 한결같이 물음표로 존재했던 어머니. 어머니 없이 살아왔던 시인의 깊었을 심회를 마지막 두 줄에 걸친 물음표가 감당하도록 이끌었다.

사람은 생리적 시간뿐 아니라 사회적 시간을 사는 존재다. 태어나서부터 숨을 멈출 때까지 그것에 둘러싸여 그것과 길항한다. 통시적 시간표 가운데서 가장 중요한 계기는 입학과 졸업, 취업과 퇴임 같은 것이다. 그들 가운데서 오늘날 우리 사회가 가장 문제시하는 자리는 대학 졸업과 함께 이루어져야 하리라 여기고 있는 취업이다. 그가 앞으로 누릴 사회적 시간의 양과 질 그리고 범위와 행태의 많은 자리가 거기서 결정되는 까닭이다. 그 뒤부터 보통 20~30년 이상 사회적 시간표에 맞추어 살게 된다. 그러다 겪는 일이 이른바 은퇴다. 몸담았던 사회관계로부터 물러나 다른 관계를 맺어야 할 때가 온 셈이다. 문제는 그 일이 이른바 퇴출이라는 원하지 않은 모습을 취할 경우다. 한 개인으로서 견디기 어려운 비극일 것이 분명한 일이다.

짧은 겨울 오후
발이 잘린 나무들이
안개 속에 둥둥 떠다니고

사람들은 빨리 걷는다

주유소를 지나고 강가를 따라

콩잎이 푸른 콩밭을 지나

빨리빨리 빨래가 되고 싶은

마음들이 있다

막차를 타고 가리

떠난 막차는 다시 오지 않는다

쿵쿵대며 막차는 자꾸 온다

나도 막차다

볕 좋은 여름 오후

대청마루에 앉아 빨래를 개듯이

이 젖은 시간의 잔등이

식빵처럼 말라 부스러지기 전

삼육검정참깨두유가

알리는 저녁 9시

가슴이 콩콩거리는 저녁 콩새가

찬 강물 속을 거슬러 날고 있네

지금은 고요한 콩의 숨소리를 듣는 시간

―김은자, 「콩새와 함께」[2]

겉으로 보면 겨울 오후에 겪는 상상적 응시를 담았다. 그런데 시의 핵심 자리는 셋째 토막이다. '막차'라는 인식, 거기에 초점을 두고 살피면 이 작품은 영락없이 사회적 은퇴를 앞둔, 또는 그러한 상태를 앞에 둔 이의 마음자리를 보여 준다. 시인은 그것을 "짧은 겨울 오후" "발이 잘린 나무"와 '쿵쿵대며' 자꾸 오는 막차, 그리고 저녁 "찬 강물 속을 거슬러 날고" 있는 콩새라는 세 가지 표지를 중심으로 찬찬하게 풀어 나갔다. 사람은 그가 원하든 원하지 않든 어느 시기가 되면 사회적 시간의 구성표에 따라 다른 시간대로 물러날 때가 오는 법이다. '막차'라는 비유적 공간이 뜻하는 바가 거기다. "안개 속을 둥둥 떠다니"기도 하고 "식빵처럼 말라 부스러지기"도 한다는 감각적 표현은 그러한 인식이 시인에게 매우 실재적이라는 암시를 준다. 그래서 뒤로 가면서 "저녁 콩새"를 불러들인 표현은 매우 적확하다. 쿵쿵거리거나 콩콩거리며 어느새 다른 곳으로 건너서야 하는 마음. 시인은 선명하고도 섬세하게 개인의 사회적 시간지리를 펼쳐 놓은 셈이다.

　　　　3.

　　우리는 오랜 기간 국가·민족과 같은 거대 시계의 시간표에 의해 살

2　『시안』 봄호, 시안사, 2012.

아왔고 살아가고 있다. 그 집단 시간의 지붕 밑에서 예사 개인의 시간 지리는 참으로 보잘것없다. 게다가 오늘날 디지털 기술은 세계 시계와 지구적 시간으로 우리를 내몬다. 그런 속에서도 한결같이 맞닥뜨리고 있는 것은 통일 시간표다. 세대별로, 지역별로 편차가 클 터이지만 아직까지 우리의 집단 시간을 끌어 잡고 있는 큰 나침반 가운데 하나다. 그리고 그 밑자리에는 을유광복과 전쟁을 거치면서 이루어졌던 월남 / 월북의 경험이 놓였다. 각별히 남쪽에서 월북은 정죄 당할 일이었다. 그 탓에 개인의 손해를 돌보지 않고 갖은 고초를 겪었던, 적지 않은 광복지사나 문인이 그 멍에를 벗지 못했다.

그런데 월남민 또한 월북민 못지않다. 그들에 대한 남한 사회의 대접은 오늘날 서울 도심 한구석으로 밀려나 있는 이북오도청만큼이나 보잘것없다. 그들이 남한사회에 편입하기 위해 애태웠을 노력과 각고의 자취도 주류 역사 속에서는 보기 힘들다. 월남 문학인으로 좁혀서 보면 사정은 더한다. 적지 않은 이들이 문학사 속에서 자취를 지웠다. 전후 국가 재건 과정이나 그 뒤 남한사회의 산업화 과정에서 그들이 겪었던 삶과 경험은 제대로 다루어진 적이 없다. 월남 작가에 대한 인명 죽보기조차 만들어지지 않은 상태가 그런 현실을 잘 말해 준다.

남한에서는 자향(自鄕) 출신이나, 잘난 유족을 둔 덕분만으로도 문학관을 입고 앉아 허깨비 명성을 재생산하기에 즐거운 다복한 문인도 있는 터다. 거기에 견주어 본다면 월남 문인에 대한 대접은 냉대에 가깝다. 승자독식의 현실이나 패거리 문학사회에서 그들이 설 자리가 있을 리 없었던 셈이다. 적지 않은 납월북 문인에 대한 대접이 그러한 쪽이니, 재외 동포문학은 더할밖에. 자연스럽게 통일이라는 집단 시간지리에 놓일 작품에 눈이 간다.

함경북도 길주군 영기동의
푸른 하늘과
탱자나무 울타리 빠져나온
저녁 연기와
철책선 넘어 온 기러기 떼
발자국이 빼곡했다

— 이채민, 「아버지의 방」[3]

월남한 아버지 고향은 함경도 길주다. 아버지의 회고 공간에서 그곳은 늘 현재적이었을 것이다. 그러나 대를 물린 자식 자리에 서면 사정이 달라진다. 건너다보는 풍경에 지나지 않는다. 게다가 부계의 경험을 자기 것으로 되돌리려 애쓰는 세대가 아니라면 정도는 더할 것이다. 어느새 3대나 4대까지 내려선 오늘날 월남민 뒤 세대에게 북녘 고향이란 그저 아련히 먼 땅일 따름이다. 부계의 시간과 내 시간이 겹치는 자리를 찾기란 더욱 어렵다. 이채민의 「아버지의 방」이 아버지에 대한 자식의 소박한 회고와 연민이라는 시간지리에 머물고 만 까닭이다. 월남민과 자손의 주변의식을 본격 문제로 끌어올리기 위해서는 보다 울림 큰 공간을 마련할 필요가 있었다.

3　『시와시학』 봄호, 시와시학사, 2012.

함경북도 길주군 영기동
푸른 하늘과
탱자나무 울타리 빠져나온
저녁 연기와
철책선 넘어 온 기러기 떼
발자국

작품 원형을 최대한 살리면서 손질한 본보기다. 당장 '빼곡했다'를 지워 시인의 주관성을 누그러뜨리는 조그만 변화로도 완성도가 높아졌다. 그런데 시인은 그렇게 하질 못했다. 아버지가 겪었을 망향의 시간을 자신과 얽힌 개인 문제로만 좁혀 본 까닭이다. 이렇듯 북녘을 향한 시간지리뿐 아니라, 스스로 그것을 몸에 아로새기고 사는 이의 작품도 보여 이채를 띤다. 중국 동포를 대표하는 시인 가운데 한 사람인 리상각의 시다. 그는 1936년 강원도 양구 출생으로 세 살 때 북녘 연변으로 올라갔다. 오랜 세월 거기서 고초를 겪으며 살아온 그다. 1960년대부터 중국 동포 매체 『천지』나 『연변문예』 편집을 맡고 주필을 지내며 중국 동포 문학 발전에 이바지한 공이 큰 사람이기도 하다.

풀잎에 숨어서 베짱이 베를 짠다
스르르 짱짱 바디소리 창창

풀개구리 찾아와 옷감을 부탁한다
한 벌 옷도 없으니 남보기 부끄럽단다

한 달 지나 오란다 바디소리 창창

두 달 석 달 지나도 베짱이 노래뿐

수풀은 쓰러지고 베짱이는 안 보인다

베틀도 없다 한 치 베도 없다

베짱이 노래를 더는 듣지 못한 채

풀개구리 알몸으로 겨울잠에 빠졌다

— 리상각, 「베짱이」[4]

　널리 알려져 있는 개미와 베짱이 이야기를 밑자리로 삼은 우화시다. 작품 밑그림에서는 시간지리를 엿보기 힘들다. 그러나 갈래와 시어 선택에서는 순연하게 그 점을 보여 준다. 연변 지역문학은 오랜 세월 북한문학의 영향권 아래서 자라 왔다. 주제공간이 선명한 탓에 울림이 크지 않을지언정 우화시는 북한 시문학의 전형 갈래 가운데 하나였다. 리상각의 작품은 그것을 자연스럽게 되살려 냈다. 더욱 눈여겨볼 점은 말씨다. '부탁'이라는 한자어 하나 빼고는 오롯이 토박이말로만 쓰였다. 우리 당대시에서는 보기 힘든 모습이다. 이러한 말씨가 우리시에서 주도적이었던 시기는 1930년대 언저리였다. 북한문학과 묶어 본다면 1960년대부터 국가단위로 이루어졌던 언어순화 정책의 큰 물줄기를 그대로 되풀이하고 있는 모습이다. 뜻밖에 「베짱이」는 우리에게는

4　『시안』 봄호, 시안사, 2012.

이미 낯선 북녘의 시간지리를 새기고 있는 셈이다. 그런데 과거적이라 할 그의 시가 오히려 신선하게 여겨지는 까닭은 무엇일까.

> 새끼 낳은 고래가, 제 몸의 상처
>
> 낫게 하기 위해 미역을 삼켰듯이
>
> 몸속의 악혈을 물로 변하게 했듯이
>
> 당신, 혹은 대상과의 불편한 관계 풀기 위해
>
> 나도 마른 미역의 뿌리를 찾아
>
> 조간대로 헤엄쳐 간다
>
> —이성주, 「미역을 풀다」[5] 가운데서

오늘날 우리시의 평균적인 말씨라 할 수 있을 모습이다. 이 투박한 한자어투에 견주어 리상각의 시는 얼마나 단정한가. 불필요하게 화려한 구문과 왜풍 한자어, 번역투에다 필연성 없는 일탈 구문을 거듭하는, 경성(硬性) 시어가 지배적인 분위기 아래서 리상각의 연성(軟性) 시어는 크게 돋보인다. 「베짱이」의 소박함 속에 담긴 새로움이 그 점이다. 우리시에 대한 한 반성적 본보기로 그의 시가 놓인 셈이다.

5　『시와시학』 봄호, 시와시학사, 2012.

4.

　시는 생리적 시간이건 사회적 시간이건 다채로운 개인의 시간지리를 펼쳐 보인다. 그것은 우리가 바라마지 않는 성공과 발전, 명예나 부와 같은 다양한 개인적 욕망과 사회적 가치 정향에 따라 재조직, 재구성된다. 아울러 그것은 개인 단위에서 나아가 집단 시간에 걸쳐 있다. 그들에 길항하는 모습에 따라 시간지리는 더욱 풍요로워질 것이다. 문제는 시인이 어떻게 개인과 집단을 넘나들면서 참되고도 싱싱한 시간지리학을 펼쳐 보이는가 하는 점이다. 상대적으로 대축적 지리라 너무 구체적인 쪽에 이른 것도 문제일 수 있지만 그 반대 경우도 마찬가지다. 그런 까닭에 좋은 시인이라면 개인 시간과 집단 시간이 맞물리는 알맞은 자리를 겨냥하지 않을 수 없으리라.

들기만 하거라

장남이

도둑 괭이마냥

온다 간다 연락도 없이

집에도 안 들르고

슬그머니 낯질만 하고 갔느냐

네 엄마도 동생들이랑 오길 바랐을 기다

힘도 덜 들었을 테고

암튼, 혼났다

잘 들어가거라

눈물이 두 손가락 끝에 잠겨 아렸다.

—신경섭, 「혼났다」[6]

'이촌향도(離村向都)'란 말은 오래도록 근대의 핵심 정황이었다. 근대는 도시의 산물이며, 도시는 다시 익명의 개인으로 얽힌 군집성을 특징으로 삼는다. 나라잃은시대에는 피식민지 노예로서, 광복 뒤에는 산업화 사회의 한 부속으로서 우리는 도시로 몰려나왔고 도시를 떠돌았다. 따라서 두고 온 곳과 새로 뿌리내릴 곳 모두 고통스러운 장소일 수밖에 없었다. 고향은 이미 떠나 몸으로 겪을 수 있는 곳이 아니었다. 새로운 도시 또한 뿌리내리기 위한 욕망 앞에 놓인, 그래서 늘 제대로 닿지 못한 곳이었다. 이미 떠나온 고향과 아직 닿지 못한 새 정주지 사이에서 우리는 모두 제 집을 갖지 못한 채 이중의 결여 위를 떠도는 나그네였던 셈이다. 그리고 그러한 모습은 디지털 혁명이 드높이 깃발을 내걸고 새로운 자본 구성과 세계 이념을 표방하며 바쁜 오늘날에 이르러서도 달라지지 않았다.

위에 옮겨 온 신경섭의 「혼났다」는 이촌향도의 시간지리를 단출한 말씨에 되살려 낸 작품이다. 말을 삼가며 조곤조곤 전화선 너머로 건네는 농촌, 늙은 아버지의 말씨는 가을 볕살처럼 가늘고 애잔하다. "도둑 괭이마냥 / 온다 간다 연락도 없이 / 집에도 안 들르고 / 슬그머니

낫질만 하고" 간 장남의 마음자리는 또 어떨까. "눈물이 두 손가락 끝에 잠겨 아렸다"라는 마지막 한 줄이 그 점을 넌지시 일깨워 준다. 오랜 세월 우리 사회가 겪어 왔던 이촌향도의 집단 시간과 어느 시골집 가족의 개인 시간이 오롯하게 옹근 한 지점이 '낫질' 끝난 논밭이나 산소 자리인 셈이다. 그럼에도 이 작품은 마지막 시줄의 범상한 표현이 보여 주듯이 개인적 시간지리에 치우친 아쉬움이 있다.

방도 가방의 일종이다

아버지가 방에 들어가신다로 방을 만들고

아버지 가방에 들어가신다로 가방을 하나 만든다.

방에 들어가는 가방과

가방에 들어가는 방이 있다.

가방이란 방이 됨이 가한 것을 말한다.

친구가 가석방 되어 방으로 들어갔다

오늘 그를 숨길 가방을 만들어

그를 석방하자, 그를 해방하자

가방들의 빛나는 이빨을 보라

가방은 입을 꼭 다물고 진실에 대하여

말을 아낀다, 감방에 들어갈지라도,

감방의 방에 들어간 가방을 위하여

사람들아 말을 아끼자

가방을 만들자.

—최종천, 「가방 만들기」[7]

말꼬리 이어물기라는 말놀이를 보여 주는 작품이다. 그런데 시간지리로 보자면 적지 않은 암시 공간을 지녔다. 이 시의 눈은 일곱째 줄 "친구가 가석방 되어 방으로 들어갔다"라는 시줄이다. 말할이의 친구는 오랜 옥살이를 마치고 나왔다. 그것도 온전한 석방이 아니라 가석방이다. 그는 "감방의 방에" 들어갔다 나온 뒤 또 다시 "방에 들어가는 가방" 신세일 따름이다. 갇혀 사는 신세라는 점에서는 우리 또한 마찬가지다. 마땅한 '진실' 자체에는 관심이 없이 오로지 먼저 믿게 된 편안한 진실, 용납할 만한 진실만 서로 나누고, 덮어줄 만한 거짓말만 선택적으로 나누면서도 잘 살고 있지 않은가. 그런 점에서 우리 모두 커다란 거짓말쟁이, 잠재적 범죄자다. 범죄자 낙인에서 벗어날 수 없이 갇힌 그 '친구'와 다를 바 없다. 따라서 이 작품은 "친구의 가석방"을 빌려 너나없이 잠재적 범죄자인 채로 살아가고 있는 사회 집단의 문제를 다루었다. 그럼에도 이 작품은 저축적 지리여서 추상적이다. '가석방'이라는 말로 뭉뚱그릴 수 없었을 개별적이고도 구체적인 경험을 담아낼 수 있어야 했다. 앞에서 본 신경섭과는 사뭇 다른 쪽으로 나아갔다. 알맞은 시간지리를 펼쳐 내기가 그만큼 어렵다는 사실을 이 작품은 말해 주고 있는 셈이다.

---

7   『시와정신』 봄호, 시와정신사, 2012.

5.

시인은 시간지리학자다. 우리가 겪고 마련해 온 다채로운 시간의 음영과 꼴을 시 속에 되새기고 각인한다. 때로는 회고 방식으로, 때로는 재현 방식으로. 지난 봄철의 시들에서 그것을 크게 세 가지로 나누어 살펴보았다. 개인의 시간지리에 초점을 둔 경우와, 집단의 시간지리에 초점을 둔 경우, 그리고 그 둘 사이 맞물린 자리를 겨냥한 모습이 그것이다. 오래도록 우리시는 밤낮이나 계절과 같은 자연의 시간지리학에는 익숙했다. 이 자리를 빌려 그들과 다른 독도법의 가능성을 엿본 셈이다.

2000년대 이후 우리 당대시는 화려한 은유 공간을 주류 시작법으로 즐겨 왔다. 40대 이후, 이른바 중심 시인이라 일컬음을 받을 만한 이들이 하나같이 머리를 맞대고 있는 자리가 거기다. 이런 시류는 쉬 가라앉을 것 같지가 않다. 그런데 그런 시는 재치와 참신한 재미는 줄지 모르나 사람 냄새 물씬 풍기는 삶자리로 내려서기는 어렵다. 디지털 시대에도 아날로그적 문제는 한결같은 법이다. 그런 까닭에 우리가 개인으로나 집단으로 겪어 온 구체적이고도 섬세한 시간지리학을 향한 바람은 멈출 수 없다. 맑은 고드름처럼 한 편 한 편 뚝뚝뚝 마음 깊숙한 곳으로 떨어져 내리는 즐거운 시간 읽기에 자주 젖고 싶다.

시론시의 자리,
창조와 수사 사이에서
문정희 신작시를 중심으로

1.

시인에게 시를 쓰게 하는 힘은 무엇일까? 끝내 채워지지 않을 몸 바깥의 사회적 인정일까. 아니면 밑 모른 채 깜깜하기만 할 따름인 내 속의 어떤 충동일까. 시인은 제도적 역할망의 산물이면서 아울러 개인 심층의 분류. 그래서 사회 정위를 위해 쓰기도 하고, 자기 치유를 위해 쓰기도 한다. 그렇다면 시인이란 그 두 일을 한 몸으로, 한마음으로 끈기 있게 살아 내는 사람 아닌가. 그 결과물인 시는 무엇과도 바꾸기 힘들 뜻깊은 세계 구성물, 세계 대체물이다. 그래서 시인에게는 자기다운 목소리와 맵시가 무엇보다 중요한 덕목이라 했던가.

제대로 된 시인이라면, 시로써 삶을 가꾸겠다는 생각이 굳은 이라면 자신이 시인일 수 있을 사회적 정합성과 내면적 정당성을 얻기 위한 노력을 그치지 않을 것이다. 자기 시 쓰기에 대한 고심이 그것이다. 많

은 시인이 시에 대한 성찰 담론으로서 시론시(詩論詩)라 일컬을 수 있는
유형의 시를 쓰고 있는 바탕은 자연스럽다. 그런 점에서 『시와시학』
여름 호에 올린 문정희 시인의 신작시 특집이 눈길을 끈다. 모두 여덟
편을 묶어 냈다. 재미있는 점은 명시적이든 암시적이든 모두 시론시의
자장에 놓고 읽을 만한 작품이라는 사실이다.

두 편은 제목에서부터 시론시라는 됨됨이를 뚜렷이 했다. 「시인의
침대」와 「날벌레의 시」가 그것이다. 다음으로 텍스트 문맥에서 두 편
이 글쓰기를 문제 삼았다. 「이빨 뽑는 사람」과 「유배 선물」이 그렇다.
마지막으로 시 쓰기에 대한 성찰이라는 자리에 놓고 보아도 될 작품이
넷이다. 「미로」·「쇠의자」·「뜨거운 소식」·「구름 모자」. 여덟 편이
하나같이 멀건 가깝건 시인의 쓰기 경험이나 자의식과 맞물려 든다.
시는 나에게 무엇인가? 나는 어떤 시인으로 살고 있는가? 시인의 신작
시 특집을 따라가면서 그 고심의 속살에 함께 젖기로 한다.

2.

시가 무엇인가에 대한 답은 시대에 따라, 관점에 따라 다를 수 있다.
시에 대한 취향 또한 마찬가지다. 다만 시가 말글을 빈 창조 행위 가운
데서 가장 높은 자리에 놓이고자 한다는 점에 눈길을 둔다면 금과옥조
가 하나 있다. 당대 독자사회의 대중적 해독력에 짐짓 기대려 하거나,

자신의 시가 좋은 시임을 애써 부풀리는 듯한 작위에서 벗어나야 한다는 점이다. 자기 식의 표현으로 오롯하게 일궈 낸 창조적인 상태, 그래서 시인에게나 읽는이에게 오래도록 한 사건으로 남을 만한 작품이어야 할 것이라는 점이 그것이다. '사건'으로서 시.[1]

범상한 상태로부터 벗어나 뜻밖의 놀라운 느낌과 생각을 일깨우는 일이 사건이다. 예기치 않은 때, 예기치 않은 곳에서 사건은 자란다. 한결같이 좋은 시의 자질이 거기에 걸쳐 있다. 될성부르지 않을 듯한 일을 될성부른 일로 되살려 주는 힘, 그런 꿈을 감당하고자 한다. 그래서 시는 적어도 세 가지 점에서 사건이다. 첫째, 시의 발화자로서 시인 자신이 사건이어야 한다. 둘째, 텍스트 자체 맥락도 사건으로 여겨질 만한 표현 가치를 지녀야 한다. 셋째, 아울러 독자사회에도 한 사건으로 읽힐 만해야 한다. 시가 사건일 수 있는 됨됨이는 작품 바깥에 있는 시인의 나이나 명성의 높낮이가 아니다. 그것은 무기도 훈장도 되기 힘들다. 자신의 시를 제대로 이고 지며 살고 싶은 시인을 괴롭히는 물음은 마침내 하나로 모인다. 내 시가 모름지기 창조의 수준에 놓인 것인가, 번화한 수사의 수준에 놓인 것인가.

왜 뱀처럼 온몸으로 기어가지 않을까

왜 허공을 걸어온 저녁의 새처럼

---

1 시를 '사건(event)'으로 규정한 이는 컬러다. 시는 "언어로 만들어지는 구조(텍스트)이며, 동시에 사건(시인의 행위, 독자의 경험, 문학사에서의 사건)"이라 말한 바 있다. 로젠블렛은 단위를 좁혀 능동적인 읽는이와 텍스트 사이에 이루어지는 시간상의 상호작용적 관여 속에 시가 놓여 있다는 점에서 사건이라 말했다. 여기서는 그런 생각들에 기댄다. 조너선 컬러, 이윤경·임옥희 옮김, 『문학이론』, 동문선, 1999, 120쪽; 루이스 엠 로젠블렛, 김혜리·엄혜영 옮김, 『독자, 텍스트, 시』, 한국문화사, 2008, 20~21쪽.

두 발을 깃털 속에 넣고

생(生)을 작고 동그란 돌멩이처럼 만들어

쩡쩡 내던지지 않을까

—「시인의 침대」 가운데서

　

첫째, 시인은 스스로 사건이다. 아무도 그에게 시인이 되라 이끌지 않았다. 시인은 스스로 말글의 질곡을 선택한 이, 시인이고자 한 데서부터 벌써 사건인 사람이다. 시를 위해, "생을 작고 동그란 돌멩이처럼 만들어" 마구 내던지는 존재다. 온몸으로 "고독 끝의 분화구"로 뛰어든다. "허공을 벽"(「날벌레의 시」)으로 삼고 부딪친다. 그 하늘 벽에 '으깨어져' 버린다. 거기서 흘러내리는 "찬란한 핏방울"이 시다. 시인에게 시 쓰기는 상소문 쓰기와 다를 바 없다. 죽음까지 불러올지 모르는 위험한 투신이다. "불면을 독배처럼 안고 / 피를 찍어"(「유배 선물」) 쓴다는 표현이 그로부터 말미암았다.

　

쇠의자에 등뼈를 세우고 앉아

밥을 먹는다

창밖 가시나무 새! 너 가지 마라

쇠의자에 수인(囚人)처럼 앉아

밥을 쪼아 먹는다

울컥! 울컥

—「쇠의자」 가운데서

「쇠의자」에서 시인은 시 쓰는 행위를 '먹는' 행위에 맞세운다. 밥을 먹 듯 '새소리를' 먹고, 새처럼 기억을 "쪼아 먹는다". 게다가 그는 '수인'처 럼 말글에 갇혀 살 수밖에 없다. 시인이 작품 아닌 다른 것으로 승부를 걸려 한다면 모두 가짜일 따름이다. 밥 먹고 사는 나날살이의 곤고함과 시 쓰기의 고통은 같다. 그래서 "밥이라는 말처럼 슬픈 말이 있을까"(「쇠 의자」)라는 시줄은 "시라는 말처럼 슬픈 말이 있을까"로 크게 되울린다.

둘째, 텍스트 맥락에서도 시는 사건이어야 한다. 힘찬 체험, 상식과 기대를 벗어나는 새로움과 생생한 표현 가치가 시를 시답게 한다. 그 래서 시인이 「구름 모자」에서 말한바, 시는 모자를 쓴 채 흘러가는 구 름을 닮았다. "아마도 구름이 웃을" 그런 놀라운 일을 감추고 있는 궁 륭이 시다. 그래서 시인은 다시 말한다.

어떤 사랑이
이토록 실핏줄처럼 살아 있는 골목을 만들었을까요

—「미로」 가운데서

무엇보다 시 쓰기는 말글을 다루는 일, 시인의 힘은 말솜씨에서 드 러난다. "실핏줄처럼 살아 있는" 시의 골목을 마련하기 위해 조바심친 다. 그런 점에서 시는 드넓은 세월의 읽는이에게 끝내 들키기를 꿈꾸 며 덮어 놓은 작고 아름다운 미로다.

셋째, 시는 독자의 해석 공간 속에서도 사건이어야 한다. 아래에 옮 긴 「뜨거운 소식」의 발화자 '나'를 읽는이로 바꾸어 읽어 보자.

차를 한잔 마시려고

물을 불 위에 올린다

물이 불을 만나 와글와글 소리를 낸다

나는 물에게 말한다

뜨거워졌니?

어서 내 몸으로 들어오너라

─「뜨거운 소식」 가운데서

시인은 시로써 독자사회와 길항한다. 자신의 시가 "물이 불을 만나 와글와글 소리를 내는" 듯한 상태로 읽는이에게 되돌려질 수 있다면 얼마나 좋으랴. 한 편의 창조적인 작품이란 세대를 달리하고 장소를 달리하면서 읽는이의 독서 경험 속에서 '뜨거운 소식'으로 한결같다. 해도 그만 하지 않아도 그만일 말이거나, 독자의 예상과 기대 속에 고스란히 갇혀, 바람 빠진 풍선을 되부는 일과 같은 고역을 강요하는 작품이 둘레에 널렸다. 당대 독자의 독서취향을 힘차게 배반하며 뜨겁게 튀어 오르는 시를 시인은 마냥 꿈꿀 일이다.

시는 시인에게나, 텍스트 자체의 완결성으로나, 독자의 읽기로나 울림 큰 사건일 수 있어야 한다. 뜻은 좋으나 텍스트 완성도가 떨어지고, 잘 가꾼 듯하나 시시한 객담에 투정일 뿐인 시는 흔하다. 시인·텍스트·독자 세 단위 모두에서 창조적 사건일 수 있을 행복한 상태로 올라선 시 쓰기는 불가능할지 모른다. 그러나 시인은 어렵고도 막막한 그런 퍼즐놀이를 오히려 즐겨 선택한 이다. 문정희 시인의 특집 신작

시는 그러한 말놀이 한가운데로 던져진 이의 황홀과 참담을 우리 앞에
이모저모 펼쳐 놓고 있는 셈이다.

3.

　　문정희 시인의 이번 신작시는 시꼴에서 눈길을 끄는 요소가 보인다.
여덟 편 가운데서 다섯 편에 걸쳐 첨가 텍스트가 붙어 있다. 첨가 텍스
트란 텍스트 앞과 뒤, 또는 옆에서 독자의 기대공간을 조건 짓는 데 도
움을 주는 제목이나 작자 이름, 주석과 같은 것을 뜻한다.[2] 근대 시기
내내 우리시의 인쇄공간은 제목과 지은이 이름, 그리고 본문 텍스트로
이루어져 왔다. 제목이 텍스트를 먼저 규정하고, 그 아래 시인의 정체
성이 다시 텍스트를 예비하도록 이끌었다. 텍스트가 두 겹의 간섭 아
래 읽는이에게 제시되는 방식이다. 그리고 본문 텍스트 아래 다시 덧
붙여지는 것이 주석이다. 텍스트를 읽는 데 필요한 원전 정보나 더 나
아간 이해를 위해 풀이를 덧붙인 자리다.
　　시를 읽는 즐거움 가운데 하나는 이러한 첨가 텍스트가 마련하는 간
섭 공간의 역동이다. 특히 텍스트 상호성(intertextuality)을 미덕으로 강
조하는 이즈음에 들어 텍스트 뒤에 주석처럼 붙이는 첨가 텍스트는 자

2　쥬네트의 생각에 따른다. 다비드 퐁텐, 이용주 옮김, 『시학』, 동문선, 2001, 138쪽.

연스런 유행으로 보인다. 그런데 문정희 시인에게 이러한 주석적 첨가 텍스트 붙이기는 지난 시기에 잘 보이지 않았던 버릇이다. 그러다 이 즈음 2010년에 냈던 시집 『다산의 처녀』에서부터 부쩍 늘었다. 그것이 시인의 어떤 변화와 맞물린 일인가는 알기 힘들다. 이번 신작시에서는 정도가 드높아진 셈이다.

① 시인의 침대는 **에트나 산***에 놓여 있다.
　절벽 끝의 화산!
　굳이 고독 끝의 분화구라고 말하지는 않겠다
　그는 침대에 누운 채 산 아래를 본다
　오직 앞을 향하여 두 발로만 걷는 사람들이
　모두 죽은 사람들로 보인다

　왜 뱀처럼 온몸으로 기어가지 않을까
　왜 허공을 걸어온 저녁의 새처럼
　두 발을 깃털 속에 넣고
　생(生)을 작고 동그란 돌멩이처럼 만들어
　쩡쩡 내던지지 않을까

　가장 화려하고 뜨거운 안감을 댄 잿빛 수건 같은
　심심함*을 선물로 받은
　시인의 침대는 에트나 산에 놓여 있다
　잿빛 수건 안감의 아라베스크 무늬 속에 **꿈꾼다***

* 시칠리아에 있는 활화산.

** 발터 벤야민(Walter Benjamin) : 한병철, 『피로사회』.

—「시인의 침대」 (강조-글쓴이)

「시인의 침대」 전문을 옮겼다. 굵은 글자로 표시된 자리는 원문과 달리 첨가 텍스트 자리를 강조하기 위해 글쓴이가 일부러 고쳤다. 먼저 시 첫 토막 첫 줄 "에트나 산"에 대한 풀이로서 "시칠리아에 있는 활화산"이라는 첨가 텍스트가 붙었다. 이어서 '심심함'과 "잿빛 수건 안감의 아라베스크 무늬 속에 꿈꾼다"는 인용 말마디에 대한 원전 텍스트가, 한병철이 쓴 『피로사회』 속에 인용된 듯한 발터 벤야민의 것임을 밝혔다. 먼 나라 이탈리아의 특정 산 이름과 발터 벤야민을 끌어들인 상호 텍스트 공간이 ①에서 어떤 효과를 얻고 있는가를 깊이 따지기가 나로서는 힘들다. 무엇보다 원전 텍스트에 대한 이해가 없는 까닭이다. 그럼에도 시의 장소가 되는 "에트나 산"은 두더라도, 첨가 텍스트로 발터 벤야민을 밝히지 않으면 아니 되었을 두 시줄, 곧 '심심함'과 "잿빛 수건 안감 ……" 자리를 의도적으로 지워 버린 뒤 다시 적은 텍스트가 아래 ②다.

② 시인의 침대는 에트나 산*에 놓여 있다.

절벽 끝의 화산!

굳이 고독 끝의 분화구라고 말하지는 않겠다

그는 침대에 누운 채 산 아래를 본다

오직 앞을 향하여 두 발로만 걷는 사람들이

모두 죽은 사람들로 보인다

왜 뱀처럼 온몸으로 기어가지 않을까

왜 허공을 걸어온 저녁의 새처럼

두 발을 깃털 속에 넣고

생(生)을 작고 동그란 돌멩이처럼 만들어

쩡쩡 내던지지 않을까

가장 화려하고 뜨거운 안감을 댄 잿빛 수건 같은

시인의 침대는 에트나 산에 놓여 있다

* 시칠리아에 있는 활화산.

─「시인의 침대」

　작품 ①과 ② 사이에 어떤 변화가 있는 것일까? ①은 ②가 이를 수 없을 어떤 창조적 자장을 마련하고 있는 것일까? ①과 ②의 차이는 시의 주제나 속살, 또는 시인의 의도에 대한 읽는이의 감각에 따라 그 점은 다르게 보일 것이다. 그럼에도 첨가 텍스트를 붙여 원본 텍스트와 상호 간섭, 융합하는 방식으로 읽는이에게 제시된 ①이 그것을 지워 버린 ②에 견주어 차별화할 만한 자리가 크지 않아 보이거나, 오히려 ①보다 ②가 더 나은 상태로 여겨진다면 문제다. ②가 더 창조적 개별성을 지닌 모습으로 보이는 까닭이다. 첨가 텍스트는 군더더기가 되는 셈이다. 「유배 선물」에서는 "차우차우차우"에 대한 첨가 텍스트가 붙어 있다. 그것을 뺀다면 어떤 변화가 느껴질까? 곧,

① 진종일 강물 소리를 틀어 놓고 산다

차우차우차우*

하도나 외로워서

소음조차 그리운 낮과 밤을 선물로 받았다.

(…줄임…)

　　　***차우 : 이태리어로 '안녕'이라는 인사말.**

— 「유배 선물」 가운데서

② 진종일 강물 소리를 틀어 놓고 산다

하도나 외로워서

소음조차 그리운 낮과 밤을 선물로 받았다.

— 「유배 선물」 가운데서

둘을 견주어 봄 직하다. 이 경우는 첨가 텍스트 자리를 지워 버린 ②보다는 그대로 둔 ①이 더 나아 보인다. 그렇다면 「구름 모자」로 넘어가 본다. 「금강경」 인유 자리와 첨가 텍스트를 필요로 하는 토막을 아예 지워 버린 채 ①을 ②와 같이 되쓴다면 어떤 결과에 이를 것인가.

① 지금 내가 가진 것은

'순간의 영원' 뿐이다

"물거품 같고 그림자 같고 이슬 같고 번개 같은⋯⋯"*

나 말고 무엇이 있어야

짧고 긴 것을 대 볼 수 있지 않겠는가

심심하니 모자 하나를 사서

구름에게 씌워 줄까

아마도 구름이 웃을 것이다.

　　　*『금강경』

―「구름 모자」 가운데서

②지금 내가 가진 것은

'순간의 영원' 뿐이다

심심하니 모자 하나를 사서

구름에게 씌워 줄까

아마도 구름이 웃을 것이다.

―「구름 모자」 가운데서

맥락 변화가 적지 않아 보인다. 그럼에도 첨가 텍스트 유무가 안겨 주는 그런 변화를 한자리에 견주기는 힘들다. 이제 첨가 텍스트 유무가 작품 맥락에 보다 뚜렷한 변화를 주는 것으로 여겨지는 작품을 살피기로 한다. 「날벌레의 시」가 그것이다.

① 나는 날벌레의 딸인지도 모른다

　한 번도 사랑에서 이겨 본 적이 없다

　작은 씨앗으로 온몸을 던질* 뿐이다

　그때마다 불꽃일 뿐이다

　허공을 사랑하지만

　허공은 벽!

　돌진하는 순간

　으깨어져

　찬란한 핏방울

　그것이 나의 시일 뿐이다

　　* 미겔 데 우나무노(Miguel de Unamuno)

—「날벌레의 시」

② 나는 날벌레의 딸인지도 모른다

　한 번도 사랑에서 이겨 본 적이 없다

　허공을 사랑하지만

　허공은 벽!

돌진하는 순간

으깨어져

찬란한 핏방울

그것이 내 시일 뿐이다

—「날벌레의 시」

첨가 텍스트를 두게 한 자리는 둘째 토막이다. ①의 그것을 죄 지워 버리고, 조금 어색해 보이는, 왜풍 글맵시 '나의'까지 '내'로 바꾼 채 되옮긴 것이 ②다. 시인의 깊은 속내를 따라가긴 힘들지만 아무 것도 없는 "허공을" "벽"으로 삼은 채 "돌진"하다 "으깨어져" 흘리는 "찬란한 핏방울"이라는 시에 대한 자기 규정만큼은 첨가 텍스트 자리가 지워짐으로써 더 뚜렷해졌다. 첨가 텍스트 자리가 이 작품의 맥락 전개로 볼 때 수사적이라는 쪽에 생각을 모을 이가 있을 듯싶다는 뜻이다. 낱말밭에서 볼 때도 첨가 텍스트를 두게 한 둘째 토막 "온몸으로 던지"는 '불꽃'이라는 말마디는 넷째 토막, '돌진'하여 '으깨어'진다는 움직씨와 한자리로 놓인다. 따라서 거듭한 말씨에 가깝다.

신작시 여덟 작품 가운데서 맨 마지막에 올린 「이빨 뽑는 사람」에서 시인은 인물 짜깁기(parody)에 기대 시를 마련했다.

①한 소설가의 전직은 발치사(拔齒師). 썩은 이를 시원하게 뽑아주는 직업

그런데 슬며시 보니 발치사보다 소설가가 돈을 더 버는 것 같아

그는 소설가*가 되었다네. 그럴듯한 거짓말을 써서 돈을 벌다니…… 이

보다 더 발칙하고 재미있는 직업이 있을까 (…줄임…)

　　＊위화(余華) : 중국 소설가.

—「이빨 뽑는 사람」 가운데서

② **그의** 전직은 발치사(拔齒師). 썩은 이를 시원하게 뽑아주는 직업

그런데 슬며시 보니 발치사보다 소설가가 돈을 더 버는 것 같아

위화(余華)는 소설가가 되었다네. 그럴듯한 거짓말을 써서 돈을 벌다

니…… 이보다 더 발칙하고 재미있는 직업이 있을까

—「이빨 뽑는 사람」 가운데서

중국 소설가 '위화'의 자전을 빌려, 시 쓰기가 지닌 고통을 반어적으로 담은 작품이 「이빨 뽑는 사람」이다. 인물 짜깁기 부분과 그에 대한 첨가 텍스트를 텍스트 안으로 녹인 채 되쓴 ②와 ① 사이에 어떤 차이가 일어난 것일까.

첨가 텍스트를 붙이고 있는 다섯 편의 원문 ①과 그것이나 그와 관련한 시줄을 지워 버린 ②를 나란히 견주면서 한 편씩 거칠게 거쳐 왔다. 그 둘 사이에 거리가 있는지, 있다면 그것은 무엇에 이바지하고 있을지 물음을 던져 온 셈이다. 다시 말해 '금강경'에서 '벤야민'까지, '이탈리아'에서 '중국'까지 걸친 시인의 상호 텍스트적 시공간 감각이 모름지기 해당 작품을 창조적 사건으로 끌어올리는 데 이바지하고 있는가? 그렇지 않고 수사적 군더더기로 놓인 것인가? 이러한 되쓰기 효과에 대한 감각과 판단은 현실독자의 취향과 층위에 따라 다양할 것이

다. 먼 뒷날 작품을 읽어 줄 잠재독자의 문학사회에서는 또 어떨까.

그런데 이런 점과 맞물려 떠오르는 사실이 한 가지 있다. 문정희 시인이 2010년에 낸 열 번째 시집을 둘러싸고 있는 띠광고지다. 썼으되, "등단 41년 / 한국 여성시의 정점!"이라는 간명한 첨가 텍스트가 그것이다. 등단 마흔한 해, 길고 우뚝한 세월이다. 그런데 시인의 시가, 시집이 모름지기 "한국 여성시의 정점"인가? 나로서는 판단하기 어렵다. "한국 여성시"를 모르는 데다 그 '정점'을 가늠할 만한 힘은 더욱 갖추지 못한 탓이다. 이익을 키우기 위한 출판자본의 판매 전술에서 나온 광고문이다. 그 점을 받아들인다 하더라도 "한국 여성시의 정점"이라는 말은 무겁다. 그런 까닭에 나로서는 출판사 쪽보다 오히려 시인의 자의식에 관심이 더 기운다. 시인은 자신의 시와 시집에 붙여진 그런 첨가 텍스트를 어떻게 껴안고 있는 것인가? 이번 특집 신작시의 시론시와 그 자장이 그에 대한 답을 에둘러 말하고 있는 것은 아닌가.

4.

화두는 어느덧 문화다. 문화가 돈과 권력을 만든다. 융합하고 반발하면서 문화는 새 문화를 증폭시키고 재생산한다. 이 참을 수 없이 바쁜 문화의 시대, 텍스트 상호성이란 시인에게도 필연일 뿐 아니라 운명이다. 그럼에도 한결같이 남는 물음이 있다. 모름지기 너는 삶의 싱싱한 텃밭에서 시를 키워 올리는 농부의 길에 서고자 하는가, 아니면 농산품을 늘어놓고 파는 가게 주인의 길에 서고자 하는가. 나로서는 시가 단지 시대의 흘러가는 '스캔들'이 아니라, 참된 '사건'으로 오래 되살아가기를 바란다. 이루기 힘들 더 먼 극단을 향해 서 있기를 희망한다.

시인을 시인답게 만드는 유일한 힘은 모름지기 자신과 벌이는 싸움이다. 자신의 시를 끝까지 '사건'으로 단련시키려는 오롯한 자기 헌신과 창조적 긴장. 어차피 패배가 예정된 일이라 하더라도 그 일을 스스로 선택한 시인의 비극적 황홀은 아름답다. 그래서 시인은 돌연변이 좋이다. 그가 뱃가죽으로 걸어간 긴 싸움의 흔적이 시다. 너는 뜨거운 "고독 끝의 분화구"를 겨냥이라도 해 본 적 있는가? 시인은 『시와시학』 신작시를 빌려 우리 모두에게 그 점을 다시 한 번 되묻고 있다. 문정희 시인의 투신과 싸움이, 고통과 황홀이, 더욱 장렬하기를.

우리시가 밟아 나갈
세 길

1.

광복기 시단 모습을 보여 주는 줄글을 읽다 보니 한 곳에 눈이 간다.
김광균이 쓴 것이다.

자기 인생을 추구하는 뜨거운 진실조차 없는 시인이라면 어찌 세상에 하
고많은 직업 중에 제일 신산하고 고역이라는 문학을 택했는지 건방진 말
이나, 차라리 문학을 내던지는 것이 인생에 유효한 노릇이겠다.

— 김광균, 「시단의 두 산맥」(1946)

"차라리 문학을 내던지"라니? 충분한 수련기 없이 시인입네 하며 사
상으로, 조직으로 옮겨 다니는 듯이 보이는 광복기 시단에 대한 김광
균 나름의 진단이다. 정치꾼이나 장사꾼으로 나서야 할 사람이 문학을

끌어 잡고 욕뵈는 듯한 모습을 향한 힐난인 셈이다. 그런데 그의 눈매를 우리 둘레로 옮겨 놓아도 비슷한 입장에 설 수 있을까.

김광균이 지녔던 생각이 오늘날까지 고스란히 옳다고 보기는 어렵다. 그 시대와 오늘 사이 간격은 엄청나다. 이미 시는 다양하고도 강력한 유흥 취향 활동에 밀려 사회 위상이 지난날과 크게 달라졌다. 시가 그들과 겨루어서 우월성·수월성을 내세울 만한 터무니도 별로 없다. 게다가 김광균은 "인생을 추구하는 뜨거운 진실"을 갖추지 못했음을 꼬집었다. '진실'이란 사람·계층·시대에 따라 엄연히 다를 수 있다는 사실을 무시한 말이다.

그의 생각은 시가 지닌 우월한 자리에 대한 믿음을 조금도 의심하지 않은 데 바탕을 둔다. 이런 입장에 서면 오늘날 시의 수준이 지난날보다 낮아졌느니, 시인은 많고 시는 보이지 않는다느니 목청만 높일 수밖에 없다. 재미있는 점은 그럼에도 시 또는 시적 취향은 곳곳에서 번성하고 있다는 사실이다. 시쳇말로 잘 먹고 잘 살아가는 데 아무런 지장이 없어 보인다. 그러니 마음 놓아도 되리라. 사실을 말하자면 우리가 알고 있는 것보다 훨씬 앞서부터, 우리가 상상할 수 없을 정도의 힘을 지니고 시는 싱싱하게 살아남았다. 게다가 앞으로도 우리가 예상하는 방식으로는 결코 살아가지 않을 것이다. 왜냐하면 시는 애초부터 우리 생각을 뛰어넘는 문화관습이기 때문이다.

그러니 투정만 부리고 있을 게 아니다. 오늘 이 자리에서 우리시가 어떤 모습으로 살아 있는지 진단하고 그 위에서 가능한 길을 찾아볼 밖에 없다. 그 과정에서 나름의 성찰도 깊어질 것이다. 그렇게 보자면 오늘날 시의 사회적 정합성은 세 가지 명제 위에 자리 잡은 것으로 여겨진다. 첫째, 시는 전통이라는 전사(前史)로 이루어지는 연속성의 결과다. 둘째, 시는 말글 가운데서 가장 고도한 형태다. 셋째, 시는 다른 갈래가 갖추지 못한 자유로움을 지닌 담론 도구다. 이러한 세 요건[1]이야말로 시가 무엇인가, 시인이 무엇을, 어떻게 써야 하는가 하는 문제에 대한 답을 간명하게 일깨워 준다. 이제 그 하나하나를 짚으면서 지난 가을 우리시의 텃밭을 밟아 보자.

2.

시는 전통의 산물이다. 사회적 공기(公器)인 말글을 빌리는 한, 이미 쓰인 모든 시의 후사(後史)거나 그림자다. 굳이 블룸의 영향 이론을 들먹거릴 필요가 없다. 오늘 내 시는 이미 존재했던 시가 쓴다. 이것이 시가 살아가는 중요한 한 모습이다. 이때 문제가 되는 일은 오늘 내가 새로 쓴 시가 지나간, 이미 앞섰던 시와 어떠한 관계를 맺고 있는가 하는 점이다. 시와 시인의 창조적 개성이 중요 덕목으로 올라서는 자리가 여기다. 적어도 동어반복에 떨어지지 않으려는 노력, 앞선 전통과 힘을 겨루어 오롯이 제 자리를 마련하고자 하는 개별화의 노력이 그것이다. 시가 세상을 넓히고 다르게 볼 수 있게 해 주는 가능성이 거기서 열린다.

---

1   생각을 간추리는 데, 바이양이 도움을 주었다. 알랭 바이양, 김다은 · 이혜지 옮김, 『프랑스 시의 이해』, 동문선, 2000, 10~11쪽.

극단을 좇아서 말하자면 창작 세계에서 동어반복은 아예 범죄에 가깝다. 전사(前史)에 가로막혀 그 일이 이룰 수 없을 꿈이라 하더라도 그러한 잘못을 저지르지 않으려는 수련과 엄정한 자기 확인이야말로 시가 살아갈 수 있는 힘이다. 창의성·개별성이라는 꿈을 향해 날아가다 죽는 하루살이와 같은 모습이 제대로 된 시인이 감내할 몫인 셈이다. 시의 역사 속에서 모름지기 얼마나 새롭거나 뜻있는 자리를 열어 나가고 있는가라는 문제에 대한 판단도, 이해도 모자란 채 오늘날 시 창작과 비평 마당은 오리무중을 거듭하고 있다. 시인이고 비평가고 하찮고 시시한 동어반복에도 멋들어진 말을 가져다 붙이고 구름 잡는 듯한 고평을 늘어뜨린다.

시인 개인으로서야 모두 시사에 밝을 필요는 없다. 그러나 적어도 자기 시가 앞선 시나 전통과 어떠한 변별적 자리에 놓일 것인가 하는, 타자적 긴장은 거두지 않아야 한다. 내가 쓴 시가 이미 쓰였을 법한 것에 드는가? 다른 이가 손쉽게 생각하고, 쓸 수 있을 것에 드는가? 이러한 물음이 그 일을 위한 첫걸음이다.

근처 흰 물오리가
털갈이를 한 듯싶다.

뜬눈으로 밤을 새운
만수위 수면 위엔

며칠째 배고픈 하현이

깃털처럼 떠 있고.

시장기 잔잔히 깔린

그대 여명의 바탕 화면

밤을 낮으로 사는

야생조류의 부리 끝에는

은회색 달빛 조각이

파닥이고 있었다.

— 「밤 스케치 · 2 - 새벽 저수지」²

　모두 여섯 토막으로 이루어진 시를 빌려 시인이 말하고자 하는 속살은 새벽 저수지 풍경의 아름다움이다. 그것을 주로 물오리와 물낯 위에 떠 있는 하현달, 그리고 둘레 풍광을 그려냄으로써 보여 주고자 했다. 그런데 시인의 앎이라는 쪽에서 볼 때 새로움을 어느 정도 지니고 있는 곳은 둘 정도다. 흰 물오리가 털갈이를 한다, 하늘에 뜬 하현달이 그 깃털 같다는 깨달음이 그것이다. 나머지 앎은 그것을 변주하고 있을 따름이다. 털갈이 한 물오리 → 반쯤 남은, 배고픈 하현달 → 시장기 느껴지는 물낯으로 이어지는 머그림(이미지)이 그것을 받쳐 준다. 따라서 우리 시의 전통에서 볼 때 적어도 작품 앞쪽에 담긴 바, 하현달이 털갈이 끝

2　『시와정신』 가을호, 시와정신사, 2012.

난 물오리의 털 같다는 속살은 새롭다 할 수 있다. 앞선 시에서 보기 힘든 개별성이 엿보인다. 그런 점에서 작품의 값어치는 분명하다.[3]

그런데 철 따라 달 따라 발표되고 있는 많은 시 가운데서 이 작품과 같이, 새로움이라는 값어치를 조금이라도 내비치고 있는 경우는 어느 정도일까. 답변이 쉽지 않다. 시는 대량생산과 대량소비를 겨냥한 물량주의 산업시대의 공산품이 아니다. 우리 당대시가 밟아야 할 중요한 자리 가운데 하나는 지난 시의 전통에 대한 동어반복을 거부하고 작으나마 늘 새롭고자 하는 노력이다. 그리하여 시가 우리 삶의 창조적 가능성에 이바지하는 어떤 것으로 여겨지는 한, 시의 사회적 정합성은 다른 취향에 뒤지지 않을 것이다.

3.

오늘날 우리시가 밟아야 할 다른 한 자리는 말글 문제와 관련한다. 시가 시일 수 있는 정당성 가운데 하나는 다른 어떤 말글 형태보다 고도한 것이라는 점에 있다. 짧으나 무엇보다 길게 말하고 오래 읽게 만

---

[3] 물론 이 작품은 전체적으로는 서툴다. 작품의 격을 끌어올리기 위한 손질이 필수적이다. 무엇보다 작품 뒤쪽 세 토막은 앞에 대한 덧붙이기 수준이다. 따라서 작품 짜임새로 볼 때 앞의 세 토막에서 끊어야 했다. 곧 셋째 토막 "깃털처럼 떠 있다"로 끝나는 마무리가 그것이다. 아울러 제목에 내세운 시공간 지표도 지워야 할 일이다. '밤', '새벽', '저수지'라는 군더더기가 그것이다.

드는 시의 역설적인 힘이 여기서 비롯한다. 예사롭거나 일상적인 말글과 달리 특별한, 놀라운 말글이 시다. 다시 말해 표현적 수월성이야말로 시가 시일 수 있는 터무니인 셈이다.

따라서 누구나 다 할 수 있을 예사로운 수행력과 표현력을 보여 준다면 시는 더 남아 있을 까닭이 없다. 시인에게 말솜씨 미숙은 치명적이다. 그럼에도 오늘날 우리시는 어떠한가. 설득 언어라는 쪽에서 보자면 이미 광고와는 견줄 바가 못 된다. 시가 광고언어와 겨루어 이길 일은 없겠지만 — 자본주의 사회에서 무엇이 화폐자본을 이기랴 — 시인의 말솜씨는 광고문 쓰는 이와 견주어 볼 정도는 되어야 할 게 아닌가.

소나기 훑고 간

담장 너머로 고개 숙인 꽃 한 송이

흘기는 **눈빛이** 요염하다

가슴 훑고 간

뜨거운 *눈빛* 한 송이 <u>모로 서면</u>

내 **눈빛**도 요염한가

달빛으로 묻어나는 <u>발짝 소리마다</u>

그리움은 <u>외발로 일어서고</u>

젖은 **눈시울**마다 다발로 피는 꽃이여

—「능소화」[4]

신인급에 드는 이 작품이다. "소나기 훑고 간" 여름날 활짝 핀 능소화에 대한 일깨움을 담고자 했다. 그런데 "고개 숙인 꽃", "다발로 피는 꽃"이라는 두 말마디를 중심으로 그린 능소화에 대한 시인의 앎은 '요염하다'는 한 가지로 모인다. 그에 이르게 된 감각은 작품 앞쪽 세 토막에서 되풀이한 바와 같이 "훑기는 눈빛", "뜨거운 눈빛", "젖은 눈시울"이라는 시각으로 한결같다. 그런데 '요염하다'는 말만큼 요상한 말도 드물다는 사실을 시인은 알고 있는 것일까. 도무지 잡히지 않는 그림씨다. 게다가 글쓴이가 낱말과 말마디에 표시 ― 굵은 글자, 밑줄 치기, 이탤릭체 ― 해 둔 바와 같이 말글의 긴밀성이 너무 엷다. 그러니 이 작품에서 능소화에 대한 남다른 감흥을 맛보기란 처음부터 틀렸다.

한마디로 말솜씨에서부터 소박하다 할밖에 없다. 그러니 그것이 담아낸 속살 또한 마찬가지다. 좋은 시가 겨냥해야 할 긴밀하고도 드높은 표현과는 거리가 멀어도 한참 멀다. 뛰어난 말솜씨야말로 시를 취향문화 가운데 하나로 살아가게 하는 드넓은 마당임을 한 번 더 헤아리게 해 주는 본보기다. 시인이라는 이들이 평범한 중고등학생 문예반 수준의 표현력에 머물고자 한다면 어느 누가 시나 시인의 정당성을 받아들이려 할 것인가.

그런데 이런 점은 시력이 만만찮은 이라도 예외가 아니다.

① 북망산천이 머다더니

저 건너 안산이 북망이라더니

<hr>

4　『계간문예』 가을호, 계간문예, 2012.

북망보다 더 먼 데가

꼭 있다는 듯이

그 건너 그 건너

안산이 다 못 가린 빈 하늘을

저녁놀이 숨 가쁘게 삼킨다

—「더 먼 데」[5]

② 극명하게 찍어 놓은

마침표 뒤에

못내

잘 가시라는 추신 한 줄

서녘하늘이 버얼겋게

소인을 찍는다.

—「흙 한 삽」[6]

①「더 먼 데」와 ②「흙 한 삽」은 다 같이 저녁노을과 맞물린 죽음 문제를 담고자 한 공통점을 지녔다. 노을과 죽음의 만남이 오래도록 거듭해 온 관습 머그림 가운데 하나라 하더라도 다루는 말솜씨에 따라서 표현 영역은 새로 새로울 수 있다. 얼마나 자기다운 목소리와 맵시로 표현하느냐는 문제만 도사리고 있는 셈이다. 두 작품은 그런 점에서 일정한 수준을 잘 보여 준다. 그럼에도 꼼꼼하게 살필 때 지나쳐 버린

5　『문예연구』 가을호, 문예연구사, 2012.
6　『시와시학』 가을호, 시와시학사, 2012.

부분이 금방 드러난다.

　첫째 「더 먼 데」에서 보이는 가장 큰 문제는 지시어와 부사어다. 시 줄 처음 '저', 둘째 줄 '더', 셋째 줄 '꼭', 넷째 줄 되풀이한 '그'가 그것이다. 그들을 굳이 남겨 둔 시인의 정감적 마음자리를 이해 못할 바는 아니다. 그럼에도 그들을 덜어냄으로써 얻게 될 목소리 변화나 시의 긴밀성을 포기하기란 쉽지 않다. 고쳐 적으면 아래와 같다.

　　건너 안산이 북망이라더니

　　북망보다 먼 데가

　　있다는 듯이

　　건너 건너

　　안산이 다 못 가린 빈 하늘을

　　저녁놀이 숨 가쁘게 삼킨다

—「더 먼 데」

　시인의 의도와 말글 사이 거리조정이 새로 이루어졌다. 그런데 되쓴 위의 것이 원전 텍스트보다 나은 구석을 보인다면, 원전 텍스트의 언어 수행력은 의심 받을 처지에 놓인다. 이러한 본보기를 빌려 오랜 세월 자기 시세계를 다듬어 온 시인이라 하더라도 늘 표현력의 낭떠러지 위에 서 있음을 일깨워 준다. 시는 끝까지 말글로 겨루어서, 다른 말글을 이기고자 하는, 다른 말글을 넘어서려는 우뚝한 말글이라는 사실에 대한 재확인이 그것이다.

　다음 작품 ②도 노을 길게 내린 저녁, 관을 덮고 마지막 흙 한 삽 뿌리는 상례를 겪는, 아픈 마음자리를 잘 담아낸 시다. 그러나 시인의 의도를 더 힘차게 드러내고자 했다면, 시 앞쪽 두 줄은 생략해도 될 법했다. 그랬더라면 "잘 가시라는 추신 한 줄"이라는 이 시의 가장 빼어난 시줄이 바로 "흙 한 삽"의 보조관념으로 자리 잡는다. 작품의 표현 가치를 드높일 수 있었다는 뜻이다. 그렇지 않고 원 텍스트대로 "흙 한 삽"이 "마침표 하나"로 옮겨지는 길을 그대로 따른다면 다소 평범한 표현에 머물고 만다. 되쓰자면,

못내
잘 가시라는 추신 한 줄
서녘하늘이 버얼겋게
소인을 찍는다.

—「흙 한 삽」

와 같다. 시인은 굳이 앞의 두 시줄을 올리고 싶은 마음을 누르지 못했다. 그리고 그 결과 시의 긴장이 적지 않게 느슨해졌다. 이러한 느슨함으로 다른 담론 형태와 맞서 시가 정당성을 강조하기란 어렵다. 작품 속살이나 선 자리는 다 다르다. 그럼에도 지나간 옛 시기나 오늘날 또는 앞으로도 달라지지 않을 시의 시다운 값어치 가운데 하나는 예사로운 말이 아닌 특별한 말하기라는 그 '특별한' 표현력에 있다.

4.

　오늘날 시가 맞닥뜨리고 있는 한 자리는 다른 문학 갈래가 지니지 못한 경험의 개방성이다. 짧은 형식으로 내뱉거나, 혼잣말하는 형식은 삶의 다채를 어느 갈래보다 더 자유롭게 담을 수 있게 한다. 이 점이 시가 살아남을 수 있는 중요 조건 가운데 하나다. 시는 높낮이와 너비가 다른 삶의 나날로 말미암은 생각과 느낌을 자유롭게 담아낼 수 있다는 가능성 때문에 즐겁게 우리 둘레에 살아 있을 것이다. 시는 무엇보다 자유로운 말일 수 있어야 한다.

다리를 다쳐 병원에서 치료 받고 버스를 탔다

나보다 늦게 버스에 오른 노인들이

노약자석에 앉아 있는 나를 불편한 눈으로 보았다

악어가죽 핸드백을 든 할머니가

다리가 아프다고 중얼거렸다

등산복을 입은 할아버지는

내 앞에서 자꾸 헛기침을 했다

임산부가 부른 배를 코앞에 내밀었다

불편한 마음에 눈을 감았다

임산부의 손을 잡고 있던 아이가

다리가 아프다며 울었다

승객들은 우는 아이보다 나를 바라보았다

떴던 눈을 슬며시 감았다

좌로 돌면 좌로 쏠리고

우로 돌면 우로 쏠리는 만원 버스 안에서

나도 약자라고 말하고 싶었다

앉아 있기에 불편한 이 자리를

언제까지 견뎌야 하나

목적지의 중간에서 내리고 말았다.

—이창수, 「노약자석」[7]

　말할이는 다리 부상으로 말미암아 서서 갈 입장이 못 된다. 그리하여 뜻같지 않게 노약자석에 앉게 되어 겪은 불편했던 경험과 자의식을 담은 작품이다. 읽는이는 이 시를 읽으면서 가벼운 웃음을 띠기도 하리라. 이때 '가벼운 웃음'이란 이 작품이 지니고 있는 진실에 대한 공감에서 비롯한다. 세상은 본인의 의도와 달리 곡해 당할 일이 잦다. 그로 말미암아 난처하다. 그런데 그러한 불편함은 최소한 양식을 지키며 살고자 하는 이들에게서나 볼 수 있는 모습이다. 시인이 끝내 차에서 내릴 수밖에 없었던 난처함으로 표현하고자 한 것은 오히려 그가 지닌 참된 사람됨이다. 그런 점에서 읽는이는, 비록 사소해 보이지만 시인과 더불어 사는 이 세상에 안심한다. 작은 나날살이 속에서 짚어 올린 이러한 소박하고 투박한 목소리조차 재미있고 감동적일 수 있다. 우리시가 시로서 존재할 수 있을 한결같은 밑자리가 여기에 있는 셈이다.

7　『시인수첩』 가을호, 문학수첩, 2012.

다른 작품을 읽어 보자.

　　　빵빵 승용차에서 신사숙녀가 내리다가
　　　비켜선 유모차 아기에게 손을 흔든다

　　　놀라움이 덜 가신 아기는 울음 터뜨리려다가
　　　다가오는 거지를 보자 손을 흔들고 방긋 웃는다

　　　천사는 천사를 알아본다는 걸 아기엄마도 모른다.
　　　　　　　　　　　　　　　　— 유안진, 「아기만 안다」[8]

　장삼이사도 살피려 들면 천차만별이다. 심리적으로나 계층적으로나 너무나 많은 편차가 있다. 그러나 "승용차 신사숙녀"나 '거지'가 아이에게는 한가지, 같은 사람일 따름이다. "천사는 천사를 알아본다"는 말이 지니고 있는 뜻이 거기에 있다. 사람에 대한 편견없는 마음이다. 큰 승용차에서 내린 '신사숙녀'에 놀란 '아기'가 울음을 터뜨리려다 오히려 '거지'를 보곤 웃는 간결한 행동으로 표현된, 등급 없고 차별 없는 마음이라는 작품의 전언은 짧은 한 편에 담아내기 힘든 아름다움이다.

　가벼운 나날살이 속에 삶의 깊이와 높이는 녹아 있다. 시인은 그런 것을 찾아내고 그것을 되살려 내는 이다. 하나마나한 푸념이나 일상적인 넋두리도 시인의 눈길, 손길을 거치며 뜻있는 담론으로 거듭날 수

8　『문학·선』 가을호, 문학선, 2012.

있다. 이러한 쪽에서 시의 사회적 정합성은 앞으로 더 커질 전망이다. 시가 나날살이 속에 깊숙이 놓임으로써, 전횡하는 대중매체의 대언어와 싸울 수 있을 여지를 마련한다. 세상사 구석구석에 대한 자유로운 말하기라는 특성을 자꾸 키워 나갈 일이다.

5.

　모든 시인이 일류가 될 수는 없다. 모든 시가 명작일 수는 없다. 일류니 명작이니, 모두 사회적 학습의 결과거나 제도적 구성물일 따름이다. 그러니 시의 운명은 사실 텍스트의 실재와는 관계가 멀다. 넓게 보아 독자사회에서 결정하고 결정되는 텍스트 바깥의 일일 따름이다. 거기에는 이해관계도 따르고, 지연·학연과 같은 문화자본력도 따른다. 시는 문화정치라는 큰 틀 안에서 재생산, 소비된다. 시인 한 사람 한 사람이, 시 한 편 한 편이 그런 데까지 얽힐 까닭은 없다. 문제는 시인 자신에게 있다. 열심히 쓰고 즐기면 될 일이다. 다만 쓰고 즐기는 데에는 길이 있다. 그것은 배우고 닦아야 한다.

　흔히 시의 위기라 일컫지만 시의 참된 위기는 달라진 환경 변화에 익숙지 못한 데 있다. 그런 점에서 시가 시로서 살아남을 길을 성실하게 열어 나간다면 시는 장마철 삼대처럼 자랄 것이다. 시인으로 살고자 한다면 시라고 불리는 혼돈스런 과제를 힘차게 헤쳐 나갈 도리밖에 없다. 왁자지껄 일요 등반 모임보다 나을 것도 없을 시문학 사회가 별스럽게 자태를 뻐겨 봐야 얻을 것은 미미하다. 시는 우리가 쓰기 훨씬 오래 앞서부터 잘 살아왔고 우리가 시를 버리고 매몰차게 돌아서더라도 다른 곳에서, 다른 모습으로 훌륭하게 잘 살아갈 것이다. 문제는 너는 너다운 시를, 문학을 살고 있느냐는 짧은 물음.

지나간 시의 전통 위에서 새로울 수 있는 자리 마련을 위한 몸부림, 말솜씨에서만큼은 어떤 담론보다 높은 데 놓이고자 하는 한결같은 노력, 어느 말글살이보다 자유롭고 개방적으로 삶을 담아내려는 열정, 이들 가운데 우리시가 밟아 갈 길이 열려 있다. 이 세 가지 요건이 만들어 내는 중첩과 확산의 드라마가 우리시의 생명력이다. 그것이 어떤 앞날을 만들어 갈지 점치기란 쉽지 않다. 중요한 점은 모자란 재능이나마 쥐고 앞으로 걸어 나가는 데 있다. 엎어지고 미끄러지면 다시 일어설 일이다. 말글로 싸우다 겪는 어떤 아픔도 실제로 겪는 아픔에 견준다면 참을 만하니까. 그리하여,

먼 뒷날 시를 운명처럼 받아들일 수밖에 없었던 자신을 용서할 수 있기를.

우리시의 높낮이와
창의적 서정

1.

낱말 가운데는 소리 같고 뜻 다른 말이 있다. 이른바 동음이의어다. 뜻 같고 소리 다른 말도 있다. 동의이음어다. 둘 다 재미있는 말놀이 방식을 마련해 준다. 수사법으로 동음이의어법이나 동의이음어법이 가능한 까닭이다. 말무리는 앞뒤 맥락을 빌려 그들을 쓰는 데 큰 어려움이 없다. 그런데 원론으로만 보자면 생각이나 느낌의 부름켜를 키울 수 있음 직한 동음이의어에 견주어 동의이음어는 오히려 사회적 낭비 요소가 아닌가. 왼 / 오른과 좌 / 우를 보기로 들어 보자. 둘 다 배워야 할 시간과 노력을 다른 것을 배우는 데 쏟는다면 어떨까. 오늘날 왼 / 오른과 좌 / 우 사이 말힘 관계는 좌 / 우가 훨씬 커 보인다. 토박이말과 한자말 사이 동의이음어의 경우, 한자말이 이겨 토박이말을 아예 사라지게 하거나 말 사이 위계를 굳힌다. 토박이말은 품위가 떨어지는, 거친 말로 내려앉는 순서가 그것이다. 서양 외래어와 토박이말 사이 동의이음어 관계에서는 이 점이 더 크게 작용한다.

1970년대부터 국문학계에 쓰이기 시작했던 갈래란 낱말이 있다. 서양말 장르와 겨루며 힘을 받아 제법 잘 자라는가 싶었다. 그런데 어느새 다시 사라질 단계에 이르렀다. 말의 위계와 순위는 늘 토박이말에 대한 외래어의 승리와 특권화로 이어졌다. 그런 가운데서 입·눈·피·코·살·똥과 같은, 중요한 토박이말들은 살아 있다. 그나마 고맙고 다행스러운 일이다. 밥 또한 마찬가지다. 밥이라 웅얼거리면 마음에 한결같은 소름이 돋는다. 'ㅏ' 소리와 입술소리 'ㅂ'의 조합이 주는 따뜻함과 편안함, 그리고 낮고 긴 서글픔. 한 시인이 그런 느낌을 찬찬히 그려 주었다. 비록 먹는 밥은 아니지만 우리 사회가 근대 기계적 시간을 힘들게 배우며 새기며 거듭했던 시계 밥 주기.

시계에 밥을 주던 시절이 있었다
하루에 한 번 한 달에 한 번
그래도 못 미더워 시계가 가는지
귀에다 갖다 대고 째깍째깍 소리를 들어보던
그런 시절이 있었다
궤종시계 바늘이 9시 근처에서
못 올라가는 기색이 보일라치면
서글픔에 먼저 본 사람이 얼른 일어나
까치발을 하고 태엽을 끝까지 감아주던
그런 시절이 있었다

—이문재, 「밥」[1] 가운데서

동의이음어를 배우는 데 드는 시간과 노력이 기껏해야 외래어가 지닌 특권 감각만 키우는 쪽이라면, 그래서 토박이말과 우리에 대한 열패감만 더하게 이끄는 학습이고 앎이라면 불행하다. 삶이란 더 달라지거나 더 나아가는 일이 되어야 할 터. 예술문화가 필요한 까닭 가운데 큰 하나는 바로 그러한 역할을 떠맡고자 한 데 있다. 사회 또한 그 점에 뜻을 같이하고 여러 길로 격려까지 아끼지 않는다. 삶의 고착과 지평 폐쇄에 맞서며 그 위험을 살펴 헤아리게 해 주는 힘, 오늘 이 자리 삶을 더 풍요롭고 행복하게 키워 주는 힘. 시 쪽에서 보자면 타자와 차별화하려는 노력과 창의적 서정이 그런 역할의 최소 요건이다.

2.

서정이란 여러 뜻을 품은 말이다. 뜻과 속살에는 편차가 크다. 그런데 서양 사람 람핑은 서정에 대한 잡다한 정의를 간명하게 묶었다. 유래 깊은 서양 갈래론 전통에 뿌리를 둔 것이지만 서정의 본질은 단일한 한 인격의 목소리만 들리는 단독 발화라는 생각이 그것이다. 말하는 주체가 뒤바뀌는 이야기의 매개 발화나, 아예 다른 인격으로 바뀐 주체들이 말을 주받는 극의 교환 발화와 다른 특성이다. 이렇게 보면

1　『시와시학』 겨울호, 시와시학사, 2012.

서정 갈래에 들어설 수 있는 유형이나 종류는 매우 넓어진다. 1인칭 시점이 아닌 주체의 목소리를 한결같이 들려주는 사상시·사물시까지 모두 서정 갈래 속에 든다. 우리 당대 시론에서 너나없이 끌어다 대곤 하는 슈타이거류의 주관성론에서 한 걸음 더 나아간 틀이다.

① 귀뚜라미 울면

　　귀뚜라미 보일러를 점검할 때다

　　들창에 꽉 껴

　　오도 가도 못하는 만월

　　해마다 우리 집 연통을 막는 것은

　　달빛에 글 읽는 쓸개 빠진 저놈이다

　　　　　　　　　　　　　　　—김종철, 「가을이 왔다」[2]

② 모하메드 알 카다피
　사이프 알 이슬람 카다피
　알 사디 카다피

2　　『시와시학』 겨울호, 시와시학사, 2012.

카미스 알 카다피

카다피 카다피 카다피, 일곱 아들의
거룩한 아버지 무아마르 카다피,
마흔 명의 아름다운 금발 경호원을 곁에 두고
남달리 황금을 사랑한 세련된 독재자.

— 강인한, 「황금총을 가진 사나이」[3] 가운데서

①과 ②둘 모두 서정의 본디 모습을 잘 갖추었다. ①에서는 "보일러를 점검할 때"라 깨닫고, 귀뚜라미를 일컬어 "쓸개 빠진 저놈"이라 말하는 말할이 한 사람의 한결같은 목소리가 들린다. 이른바 일인칭 '나'의 단독 발화다. ②또한 마찬가지다. 카다피가 "남달리 황금을 사랑한 세련된 독재자"라 한 말할이의 목소리로 한결같다. 다만 ①과 ②는 말할이, 곧 주체의 됨됨이가 다르다. ①에서는 개인의 개별적인 목소리가 강하다. 곧 사적 주체다. 거기에 견주어 ②는 개인의 목소리라기보다 공공의, 또는 이미 공유하고 있는 타자의 목소리를 대변하고 있다. 곧 공적 주체인 셈이다. 사적 주체가 앞선 시는 경험적 서정이 중심으로 떠오른다. 거기에 견주어 공적 주체가 앞선 시는 관습적 서정을 드러낸다. 그런 모습이 잘 드러나는 시 종류가 공론시·증언시다. 신문 논설 또는 정보 기사의 주체를 떠올리게 하는 작품이다. 모든 시인이나 시 속에서 이러한 두 주체는 서로 포개지고 맞물린다. 어떤 데 더 멀고 가까운가 하는 비중·정

---

3   위의 책.

도 문제가 남을 따름이다. 사적 주체임을 뚜렷하게 보여 주는 ①에서 "글 읽는 쓸개 빠진 저놈"은 공적 울림까지 싸안고 있다. 거꾸로 ②에서 '카다피는 독재자'라는 공적 울림 속에서도 "카다피 카다피, 일곱 아들의"로 되풀이하는 빠른 가락에는 시인이 지닌 사적 작시술의 특장이 담겼다.

그런데 주체가 공적 관습 자리로 나아가든, 사적 경험 자리로 나아가든 우리 서정시가 튼튼하게 발전하려면 동의이음어적인, 동어반복 상태에 머물지 말고 창조적·창의적 자질을 키우는 쪽으로 드높이 길을 잡아야 한다. 그를 위해 시문학 사회 구성원 모두가 애쓸 일이다. 유사 창조와 진성 창조의 경계를 뚜렷이 하고, 진성 창조에 다가서기 위해 연구가·비평가 집단뿐 아니라 무엇보다 시인 스스로 힘든 각고를 피하지 말 일이다. 이런 점을 마음에 새기고 지난겨울 시들을 살펴자니 두 젊은 시인의 작품이 눈에 든다. 한 편은 공적 주체에 가까운 말할이를 드러내고, 다른 한 편은 사적 주체의 전형을 보여 준다.

> ① 이미 천 척의 배들이 떠나갔다
>
>   지천으로 널린 안개를 뚫고
>
>   포구에서는 누구나 떠나가야 한다
>
>   깊은 바다를 먼저 통과해 간 뱃사공들은
>
>   바람 부는 밤바다에서
>
>   그들의 언어로 등대를 세웠다
>
>   등대 불빛이 찢어진 고전처럼
>
>   허공에 나부낄 때.

— 김경엽, 「천의 바다」[4]

② 방문 양옆으로 빨랫줄처럼 나일론 줄을 치고

꽃무늬가 있는 천으로 듬성듬성 주름을 잡아 매달고서

커텐이라고 좋아라 했던 아늑한 방, 자취방

창호지문짝의 고리 하나를 굳게 믿었던 그 밤

누가 방문 앞 신발만 가만히 확인하고 돌아간 사람 있었지

철들기 전에 지는 꽃도 있지

— 한소운, 「망초」[5]

먼저 ①을 보자. ①을 끌어 잡고 있는 시인의 말씨와 표현은 개별 말할이의 경험적 서정이 아니다. "천 척의 배", "언어 등대", "고전처럼 찢어진 불빛"이라는 비유 자질로 버티는 작품 속살에서 엿볼 수 있는 사실은 1960년대와 1970년대를 가로지르면서 유행했던 이른바 막연한 내면주의 시 버릇 되풀이다. 말하자면 시문학사 속 관습 주체의 목소리와 표현에 갇힌 상태라는 뜻이다. 이 시의 공적 됨됨이가 그로부터 말미암는다. '배'와 '안개', '뱃사공'과 '등대'라는 대상에 대한 새로운 표현 가치를 맛보기 어렵다. 막연한 멋스러움에 눌러앉은 태도만 두드러져 보인다. 버릇처럼 가져다 놓은 "천 척"이라는 앎에서부터 "지천으로 널린", '깊은', "바람 부는"에서 보는 바 밋밋한 장식적 수사에 담긴 속내가 그것이다. 개별 주체의 창의적인 상상과는 거리가 있다.

거기에 견주어 ②는 ①과 맞선 자리에 놓인다. 사적 주체의 경험 현

---

4 『시와정신』 겨울호, 시와정신사, 2012.
5 위의 책.

실이 오롯하다. 과거 시제 채용과 "그 밤"에서 보이는 대명사 '그'가 그 것을 받쳐 주는 지표다. 그런 가운데 망초에 대한 창의적인 연상을 살려 냈다. 다만 말 다루는 솜씨는 가다듬을 구석이 보인다. 보기를 들어 ⊙"방문 양옆으로 빨랫줄처럼 나일론 줄을 치고"라 썼던 첫 토막 첫 줄과 "방문 양옆으로 나일론 빨랫줄을 치고" 사이, ⓛ"꽃무늬가 있는 천으로 듬성듬성 주름을 잡아 매달고서"라는 둘째 줄과 "꽃무늬 천으로 듬성듬성 주름을 잡아 매달고서" 사이, 그리고 ⓒ"커텐이라고 좋아라 했던 아늑한 방 자취방"이라는 셋째 줄과 '아늑한'을 빼 버린 시줄 사이, ⓔ넷째 줄 "창호지문짝의 고리 하나를 굳게 믿었던 그 밤"과 "창호지 문짝 고리 하나를 믿었던 그 밤" 사이, ⓜ다섯째 줄 "누가 방문 앞 신발만 가만히 확인하고 돌아간 사람 있었지"와 "방문 앞 신만 가만히 확인하고 돌아간 누가 있었지" 사이, 더 나아가 아예 ⓗ 둘째 토막 한 줄을 죄 없애 버리는 손질을 한 뒤 원텍스트와 수정텍스트 사이 차이를 견주어 본다면 그런 점을 느낄 수 있을 것이다. 그럼에도 창의적 서정이라는 쪽에서 볼 때 이 작품은 ①보다 한참 윗길이다.

3.

젊은 두 사람의 시를 빌려 공적 주체든 사적 주체든 창의적인 목소리가 더 살아 있는 작품에 귀를 기울일 수밖에 없음을 살폈다. 이제 중견 시인의 작품을 빌려 그 점을 다시 한 번 짚어 보자. 이미 30~40년에 가까운 오랜 시작 활동을 꾸준히 일궈 온 시인의 작품이다. 앞뒤로 나란히 실려 있어 쉬 눈길이 간다.

　　① 나는 인적 드문 산간벽지에서 자랐다 바위솔이 기왓골에서 돋아나고 땅벌이 집을 짓는 우리 집 대청 앞엔 큰 뽕나무 한 그루가 있었다

　　앞뒷문 활짝 열어 놓으면 산새들이 관통하는 우리 집은 유달리 누에를 많이 쳤다. 뽕잎을 주면 가뭄에 쏟아지는 소낙비처럼 쏴아 소리를 내며 뽕잎을 먹은 누에들은 넉 잠을 자고 섶에 올라가 가슴으로 쓴 고운 서정시 같은 하얀 고치를 지었다

　　하품하며 할아버지가 가르쳐준 호수문(晧首文)*을 외우던 나는 뽕나무에 기어올라가 입이 새카맣도록 오디를 먹고 고치 속 누에번데기처럼 꼬부라져 잠이 들었다
　　*천자문(千字文)의 이칭(異稱)

—권달웅, 「누에의 꿈」[6]

　　② 기러기 밑줄을 쳐 너에게 보내는 말,
　　붉다, 저 저녁놀 긴 팔 괴 누웠나니

6　『문학·선』겨울호, 문학선, 2012.

못 간다.

별 배기는 밤, 또, 너에게 보낸다.

— 문인수, 「황진이에게」[7]

당대 시인 가운데서 이름이 곱기로 앞자리에 들 이가 권달웅이다. 밝은 'ㅏ' 홀소리에다 입술소리 'ㄹ'과 'ㅇ'이 마련하는 울림이 아름답다. 그래서 그런지 오래도록 그는 간결하면서도 품격을 잃지 않은 사적 주체의 경험 서정을 잘 그려 왔다. 옮긴 ① 또한 이미 정평을 얻은 그러한 특장을 보여 준다. 네 토막 줄글시로 이어진 작품은 으뜸성분을 중심으로 살피면 네 개의 바탕월(기저문)로 다시 나뉜다. ㉮ 나는 산간벽지에서 태어났다, ㉯ 우리집엔 뽕나무가 있었다, ㉰ 누에들은 고치를 지었다, ㉱ 나는 오디를 먹고 잠이 들었다. 이 바탕월 넷이 마련하는 밑그림은 개별성이 짙지 않다. 그러한 바탕월 위에 이은말(구)과 마디(절) 같은 여러 딸림성분이 얹혀 있다. ㉮ "인적 드문", ㉯ "바위솔이 기왓골에서 돋아나고 땅벌이 집을 짓는", ㉰ "앞뒷문 활짝 열어 놓으면 산새들이 관통하는", "가뭄에 쏟아지는 소낙비처럼 쏴아 소리를 내며 뽕잎을 먹은", "가슴으로 쓴 고운 서정시 같은", ㉱ "하품하며 할아버지가 가르쳐 준 호수문을 외우던", "입이 새카맣도록", "고치 속 누에번데기처럼" 이 그들이다. 거의 관형형으로 한 겹(㉮, ㉯) 또는 두 겹(㉰, ㉱)으로 얹힌 딸림성분 또한 새로운 표현 가치를 담는 데에는 힘이 부치는 듯싶다.

---

7   『문학·선』 겨울호, 문학선, 2012.

사적 주체의 경험 서정이라는 쪽에서 볼 때 으뜸성분이나 딸림성분, 또는 그 둘이 얽혀 마련하는 통합 맥락은 창의적인 울림 공간 마련에 못 미친다. 오히려 이 작품이 중점적으로 그려 담은 것은 시인이 거듭해온 바, 관습 표현에 가깝다. "가슴으로 쓴 고운 서정시"라는 시줄이 되비추는 바 그 '고운' 상태를 겨냥한 시인의 버릇이 더 돋보인다. 범상할 따름인 '고운' 서정이 아니라 '권달웅'의 서정을 향한 고심이 필요했다. 시인은 오랜 세월 "한 줄 시를 위하여 / 나는 아주 잠깐 스쳐 가는 바람이어도 좋으리라"(「한라산」)며 시에 대한 헌신을 한결같이 이어온 이다. 그런 각고에도 "고운 서정시"라는 덫에서 빠져나오지 못한 셈이다. 창의적 서정에 이르는 길이 그만큼 어렵다는 뜻이리라.

사적 주체의 경험 현실을 그리려 했던 ①과 거꾸로 ②는 처음부터 공적 주체의 상상적 확산을 마음에 둔 작품이다. 첫째, 말할이가 나와 만나는 객체는 제목에 미리 내세운 바와 같이 고려시대 명기 황진이다. 우리 문학이 남북한, 갈래에 걸림 없이 오래도록 투사·인유를 거듭하고 있는 공공 모티프다. 시인은 그러한 황진이를 빌린 역사 인물 짜깁기라는 전통을 되풀이한다. 다만 이 시에서 황진이는 주체가 아니고 타자, 곧 말할이가 텍스트 안쪽에서 마주하고 선 내포청자다. 따라서 그녀에게 말을 건네는 주체의 자리도 황진이가 지닌 무게를 감당하는 곳으로 자연스럽게 옮겨 가는 틀을 지녔다. 경험 현실보다 황진이에 기댄 역사적 상상과 주체의 확대 현상을 아울러 즐긴 셈이다.

둘째, 바탕월과 그 위에 얹힌 딸림성분 사이 관계에서도 관습적 상상을 엿볼 수 있다. 바탕월은 모두 넷이다. ㉠나는 너(황진이)에게 말을 보낸다. ㉡저녁놀이 붉다. ㉢나는 못 간다. ㉣나는 (밤에 다시) 너에게 말을 보낸다. 같은 짜임새를 지닌 바탕월 ㉠과 ㉣ 사이는 저녁과 밤이라는 시간 계기만 다르다. ㉡와 ㉢은 황진이에게 건네는 말인 셈이다. 그런데 바탕월에서는 앞에 말한 바와 같이 새로운 점이 엷다. 네 바탕월 위에 안긴 딸림성분은 다시 세 월과 맞물려 있다. ㉠기러기가 밑줄을 쳤다. ㉡저녁놀이 팔 괴 누웠다. ㉢별이 배긴다. 상상적 자장을 겨냥한 시인의 뜻이 한껏 살아 있는 비유 월들이다. 거기다 말 순서를 바꾸거나("붉다, 저 저녁놀 긴 팔 괴 누웠나니"), 말줄임(안갖춘 월 "못 간다", "너에게 보낸다"), 잦은 쉼표가 마련하는 가쁜 시줄 변화는 울림을 더 키웠다. 곧 기표와 기의 둘 모두에서 표현 가치를 끌어올렸다. 따라서 하나씩 떼어 놓고 보면 참신한 비유적 연상을 마련하는 듯싶다. 그러나 묶어 보면 사정이 다르다. 딸림성분의 월들은 시인이 의식 / 무의식적으로 거듭하는 버릇에 가깝다. 각별히 앞쪽 ㉠, ㉡ 두 월이 더 그렇다. 그들은 시인이 이미 십 년도 앞서 득의했던 뛰어난 작품 「동강의 높은 새」에서 얻은 바, "단 일획 깊이 여러 굽이 새파랗게 / 일자무식의 백 리 긴 편지를 쓴다"라는 시줄과 맞물려 있다. 다시 말해 '새가 동강 하늘 위로 밑줄 치듯 날아가며 백 리 긴 편지를 써 보낸다'라는 수평 연상의 자장 안에 놓인 셈이다. ㉢도 그 점을 깁는다. 시인에게 "눈썹 아래, 위, 자꾸 빨랫줄 걸리는"(「정선 산다」) 듯했던 영월·정선 기행 체험의 초점이 온통 그것이었다. 시인은 아직도 성공한 기억으로부터 간섭을 받고 있는 셈이다.

①과 ②는 오래도록 자기 몫의 서정을 꾸준하게 일궈 나온 시인의 것이다. 예사 시인과 달리 무거운 책무를 진다. 그런 까닭에 창의적 서정이라는 쪽에 눈길을 둘 때 아쉬움이 없지 않다. ①에서는 사적 주체의 경험 현실을 담으려 했으나 "고운 서정"이라는 틀에 갇혀 오히려 범

상한 상상으로 나아갔다. 서정의 가능성을 스스로 좁혀 소박한 현실 대체시에 머문 게 아닌가라는 물음을 갖게 한다. ②는 역사 인물 짜깁기라는 전통을 빌려 저녁과 밤에 대한 상상적 연상을 한껏 펼쳐 보고자 한 작품이다. 그럼에도 결과적으로는 앞선 관습과 경험으로부터 자유롭지 못했다. 시인의 창조적 인격은 다소 손쉬운 길로 걸어갔다. 따라서 둘 다 소박과 단조라는 높고 위험한 벽에 맞닥뜨린 셈이다. 자기다운 창의적 서정을 오롯하게 책임지겠다는 각오를 다지고 있을, 적지 않은 좋은 시인들이 겪고 있는 난제를 두 작품은 고스란히 암시한다. 우리시의 높낮이를 더 끌어올려야 한다고 믿는 시인들에게는 훌륭한 반면교사인 셈이다.

4.

사람은 모두 별이다. 크든 작든 스스로 빛나며 밝히며 산다. 그러나 그런 사실을 모른 채 잊은 채 살아가는 이가 더 많다. 별에는 종류도 많고 높낮이도 다르다. 무른 별, 딱딱한 별, 멀리 높이 오래 빛나는 별이 있고, 낮게 가까이서 빛나다 마는 별이 있다. 크기 또한 갖가지다. 거리에 따라 큰 별이 작은 별로 여겨진다. 가까운 것은 커 보이는 법이다. 그렇다고 눈에 늘 드는 해나 달이 아니면 별이 없는 양, 깊은 밤 기껏 자기 마을 뒷산 높이 송전탑 불빛을 별빛인 양, 우기며 착각하며 등신처럼 살다 갈 수는 없다. 그러니저러니 해도 자기 깜냥껏 빛나고 밝히며 사는 일마저 너무 어렵고도 힘든 세상이다.

> 내가 토요일에 오는 봉천동 이 집
>
> 오늘은 지호와 범훈과 병선과 정효와 순영과 보혜와 호영과 은화가 안
> 보인다
>
> 몇은 수용시설로 가고 몇은 병원으로 갔다는데
>
> 한 사람 한 사람이 별이라고 해서 좋아하였는데
>
> 그래서 이 집이 별밭이라고 하였는데 별상자라고 하였는데
>
> 흩어진 별들이 궁금하다
>
> —공광규, 「토요일에 오는 집」[8] 가운데서

시인은 자신이 가르치고 있는 시민 상대 강좌 수강생을 별이라 한 듯싶다. 그들은 어느새 세월을 건너 "수용시설로 가고" '병원으로' 오가는 늙은 몸이다. 한때는 생생하고도 젊은 별이었을 이들이다. 지금이라도 자신이 세상에 오로지한 별이라는 사실을 깨닫는다면 더 높은 데서 환하고 멀리 빛날 사람이 한둘일까. 시인도 마찬가지다. 예사 사람으로 살기에도 힘이 부쳐 고개 꺾은 이가 시문학사 뒤쪽에는 널렸다. 시인으로 나돌지만 좋게 말해 사기꾼·풍쟁이 뒴뒴이도 보인다. 그런 속에서 중요한 시인, 좋은 시인은 힘껏 살아 있다. 드높은 데서 오래 시

---

8 『시와정신』 겨울호, 시와정신사, 2012.

의 별빛을 비추어 줄 이다. 그들이 세상의 번잡에 아랑곳없이 나아갈 수 있기 바란다. 일신우일신(日新又日新), 동어반복이나 이음동의어의 메아리에 갇히지 않기 위한 고심참담을 잃지 말기.

세상은 바꿔야 하고, 삶은 더 나은 쪽으로 올라서야 한다. 그를 위해 시도 달라질 일이다. 그 일은 시인이 자신의 한계로부터 일어서 한 걸음 한 걸음 지고 갈 수밖에 없다. 손쉽고 등 따신 언덕이나 기웃거리다가는 이룰 수 없을 경지다. 자기 깜냥의 창의적 서정을 짊어지겠다는 결벽과 단련. 그리하여 시인이 세상을 바꾸지는 못할지언정 적어도 자기 시는 바꿀 수 있다. 나는 창의적인 시인인가? 제 삶을 제대로 지고 사는 이가 좋은 사람이라면, 제 시를 제대로 지고 사는 이가 좋은 시인이다. 좋은 사람에다 좋은 시인이라면 얼마나 좋으랴. 그러나 이도 저도 아닌, 나를 비롯한 예사 시인도 자문을 멈추지 말 일이다. 시인은 시 쓰는 이를 일컫는 까닭이다. 모름지기 나는 시인인가, 창의적인?

모멸의 시학

1.

왕벚나무 꽃잎 날리는 4월이다. 북으로 북으로 달리던 꽃걸음이 연구실 창밖에 와 잠시 멈추었다. 며칠을 흐르다 떠날 세월일까. 큰 그루에서 작은 그루에서, 둥글게 떠돌며 꽃잎들 흩날린다. 언덕 위쪽 강의동으로 오가는 학생들은 예나 이제나 어김없다. 꽃잎은 제 발밑을 짐작이라도 해 볼 요량인지 멈칫거린다. 빙 돌았다 그르르 떨어진다. 한결같이 창밖을 바라보며 머문 지 스무 해에 다섯 해를 더한 곳이건만, 창을 열고 바깥쪽과 말을 주받은 소통을 해 본 일은 없다. 늘 그렇듯 창밖은 무심하게 흐르고 나 또한 창 안에 앉아 내다볼 따름이다. 창은 소통을 위한 길이기도 하지만 늘 경계, 안과 밖을 나누는 장벽이다. 모처럼 눈을 들어 내다본 창밖 꽃비 안쪽에서 그 사실을 다시 한 번 깨닫는다.

오 꿈속으로 오고가는 사람들

막을 수 없다

허공의 빈 의자에 앉아가는 구름과

허공을 길로 삼은 그리움까지

출몰하게 둔다.

—김선영, 「푸른 하늘의 권위로도 가두지 못하여」[1] 가운데서

세상, 소통 불가능해 보이는 이 누리에서 범인들이 할 수 있는 일이란 나부터 털어 버리기. 모두 생각 나름이니 하늘 한번 올려다보고 막막한 너머까지 견디기. "빈 의자에 앉아가는 구름" 곁에 다가서기도 하고, "허공을 길로 삼은 그리움"에 내 것도 얹어 본다. 달라지지 않는 세상에서 슬픔만 너절한 따름이다. 그리움이라도 늘 싱싱하기를 빌자. 바람이 잠시 회오리쳤나 보다. 이젠 벚꽃 잎은 위로 솟구쳐 오른다. 가벼워 보이는 저들도 하늘 한쪽을 죽 긁어 자기 길을 내어 보고 싶었던 게다.

   2.

　김용범 시인의 작품을 오랜만에 만났다. 첫 시집 『잠언집』을 낸 때

1　『시안』 봄호, 시안사, 2013.

가 1983년이었다. 긴 세월이 흘렀다. 서른 해다. 삶의 지혜를 간결하고
도 날카롭게 담아 내는 경구시(警句詩)나 훈계·경계를 담은 잠언시(箴
言詩)는 시의 오랜 역사 속에서 그 내림이 깊다. 다만 근대시 역사 속에
서 그것은 펼쳐 나갈 공간이 좁았다. 무엇보다 구체적인 묘사 감각과
개인의 지적 조탁을 앞세우는 근대 문자시의 개성화·주관화 경향 속
에서 경구시나 잠언시가 지닌 깨달음의 세계는 늘 차선이었다. 게다가
갖가지 문필 영역 가운데서 잠언·경구가 맡을 자리는 무거운 수필이
나 대중적 인생론의 범람이 도맡지 않았던가. 그럼에도 시는 본디 바
탕에서부터 삶이 무엇인가라는 물음에 대한 답변으로 이루어진 갈래
다. 잠언이나 경구의 모습을 지니는 것은 자연스러운 일이다. 게다가
계층·성·지역·세대로 뿔뿔이 갈라진 오늘 분열의 시대, 전자자본
주의의 무차별적인 욕망 주체가 개개인의 삶을 짓이기고 있는 시대에
참된 공동체 담론을 겨냥한 잠언과 경구는 늘 필요한 바다. 그런 까닭
에 '잠언'을 들고 나섰던 시인의 발걸음은 눈여겨볼 일이었다.

　①소설가 ×××나 ×××이나

　　시인 ×××나 소설가 ×××나 평론가 ×××이나

　　문학은 문학 이외의 곳에서도 쓸모가 있구나

　　시가 시 이외의 곳에서 쓸모 있음을

　　소설이 소설 이외의 곳에서 쓸모 있음은

　　문학 밖의 일이다.

　　아 나는 참 쓸모없이 살았구나

②시인들이 나이가 들어 시에만 전념하겠다고 선언하는 이유는 간단하다.
시 이외의 장르를 가지고 있지 않거나 시를 쓰는 작업이
다른 장르의 문학만큼 체력을 필요로 하지 않기 때문이다.

— 김용범, 「촌지(寸志)」[2] 가운데서

12개의 잠언 조각을 묶어 '촌지'라 이름 붙인 연작 가운데 두 개를 골랐다. 제목에서부터 의뭉스럽다. 이른바 시침떼기다. 작은 마음을 담은 것이라 했건만 뜻이 작지는 않다. 먼저 올린 ①은 대중적인 지명도가 높아 보이는 다섯 문인의 실명을 들었다. 물론 옮기면서 글쓴이가 익명으로 처리했다. 그들은 문인이면서 "문학 이외의 곳에서도 쓸모"를 한껏 찾아 나가, 그것으로 더 행세하는 이들이다. 시인은 "아 나는 참 쓸모없이 살았구나"라는 반어적인 목소리로 그들과 자신을 맞세웠다.

그런데 시인의 목소리는 반어가 아니라, 참에 가까운 자조적 진술일 수도 있다. 왜냐고? 시인이 "문학 이외"의 곳이라 얕잡아보고 싶은 자리를 당사자들은 무엇보다 중요한 '문학 안쪽'으로 철석같이 믿고 있을 터인 까닭이다. 문학에 대한 관점 차이가 큰 셈이다. 따라서 중요한 사실은 서로 다른 문학관을 내세우며 조롱하고 조롱당하는 다툼을 되풀이하기보다는 그들이 생각하는 "문학 이외"의 문학 자리에 서서 판단해 볼 일이다. 보기를 들어 이미 제대로 된 소설을 쓸 힘이 남은 것 같지 않은 아무개를 두고 소설 말고 다른 데 눈 돌린다고 비난할 일은 아니다. 그가 하고 있는 잡글 날리기의 논리와 속살에 대한 검증부터 할

---

2   『문학과창작』 봄호, 문학아카데미, 2013.

일이다. 문학은 문학인의 이해관계만큼이나 다채로운 외양을 지닌다. 그래서 자신이 올곧게 믿고 있는 '문학'에서 볼 때는 늘 '이외'의 것일 수밖에 없다. 시인은 그 점을 놓치고 있다. 그러니 궁극의 물음은 자신에게로 향할 마련이다. 자신의 '쓸모'는 어디에 있는 것인가? 그리고 그 쓸모를 향해 나는 어떻게 살아왔던가?

②에서도 시인의 목소리에는 공감할 데가 있다. 정년퇴임 식장에서 지금부터 제대로 된 학문을 하겠노라고 얼굴빛을 가다듬는 교수의 모습과도 겹치는 까닭이다. 그 오랜 세월 어디 가서 무얼 하고 있다 뒤늦게 학문을 한다고 제 무덤의 껴묻기처럼 제자들 끌어모아 떠는 소란은 한두 번 봐 온 게 아니지 않은가. 그러니 "시에만 전념하겠다"는 '선언'은 "나이가 들어 시"를 쓸 수 없을 지경에 이른 이가 그나마 시를 잊지 않고 살겠다는 겸손으로 받아들이면 좋겠다.

시인은 이렇듯 '촌지'라는 이름 아래, 문학사회와 문인 생태를 향해 모멸감, 비난을 멈추지 않았다. 시인 바깥으로 향한 눈길이다. 이 점이 의아스럽다. "진실과 진리는 누구의 것인가 하는 명제와 나는 투쟁했다"고 말했던 이가 그다. 참으로 무거운 말이다. 시집 『잠언집』 후기 자리였다. 모름지기 「촌지」의 언어들이 "진실과 진리" 투쟁의 결과인가는 알기 어렵다. 잠언시가 세상 사람들의 흔한 촌평이나 문화면 댓글 같은 정도는 아닐 것이다. 게다가 잠언시는 종교의 경전이나 철학서와도 다른 자리에 놓이는 것 아닌가.

삶은 긴 싸움이다. 자신에게 조롱당하지 않으려면 자신의 "진실과 진리"에 끝까지 충실할 수밖에 없다. 소설가면서 소설을 못 쓰거나, 시인이면서 시 사업에 더 골몰하는 이들도 살아남기 위해 자기 '진실'에 안간힘 쓰는 모습일 수 있다. 그들이 놓여 있는 문화 정체성, 세력 장이 우리와 다를 뿐이다. 가진 자는 내놓지 않는다. 하우저의 말이다. 가진 그들이 어떤 방식으로 그것을 바꿀 것이라 생각하는가? 김용범 시인의 잠언적 눈길이 요란한 종교의 경전을 이기고, 대중매체 칼럼을 이기고, 숱한 처세 교양서를 이길 수 있기를, 그리하여 무엇보다 김용범의 잠언이 되기를 바랄 따름이다.

3.

　사회 곳곳에서 시민 상대 시 창작 모임이 성업 중이다. 1980년대부터 본격화한 물살인데 꾸준히 힘을 받아 요즘에도 파고가 높다. 크게 보면 문학의 민주화를 뜻하는 바람직한 변화였다. 몇몇 뛰어난 시인 무리와 수작으로 닫힌 시 향유 마당을 커다랗게 넓혀 놓은 공이 크다. 누구나 조금만 공을 들이면 시인이 될 수 있는 가능성이 지닌 뜻은 적지 않다. 자신의 자리, 자신의 힘에 맞추어 시와 문학을 즐기는 마당이야말로 시를 더욱 주요한 취향문화로 다듬어 나가는 큰 길이다. 객쩍은 명예욕과 현시욕을 건드려 제 이득을 취하고자 하는 담임교사들이 많지 않기만을 바라지만. 진주의 한 시인이 그러한 시 창작 마당 현장에서 겪었음 직한 모멸감을 작품으로 살려 냈다.

구청 창작교실이다. (…줄임…) 과제 검사를 하겠어요. 한 명씩 자신이 쓴 시 세 편을 들고 와 내 책상 맞은편에 앉는다. (…줄임…)

이건 너무 상투적이고 진부하잖아요. 이렇게 쓰시면 안 됩니다. 노인이 내민 시에 칼질을 한다. (…줄임…) 선생님, 방금 그 작품은 내가 쓴 게 아닙니다. 아무리 애써도 시를 쓸 수가 없어 유명한 시인의 수상 작품을 필사해봤어요.

내 머리는 떨어진다. 책상 위에는 첨삭하느라 엉망이 된 유명 시인의 작품이 있다. 그것은 마치 왜 그렇게 비싼지 도무지 이해할 수 없는 명품 브랜드 가방 같다. 노인이 나를 보며 웃지 않으려 애쓴다. 위에서 춤추는 사람들, 이름을 가리면 걸작을 못 알아보는 내 식견으로 누구를 가르치겠다고 덤빈 걸까?

— 김이듬, 「내 눈을 감기세요」[3] 가운데서

오늘날 문학사회에서 유무명의 판단 경계를 긋기는 힘들다. 노는 마당이 다르고 물이 다르다. 서로 다른 값어치나 높낮이를 배울 기회도, 맛볼 기회도 있을 리 없다. 게다가 마당과 물은 세월 따라 변한다. 그것을 온축한 것이 시문학사라는 이름으로 나서지만 편의적일 뿐이다. 대중매체의 영향만이 압도적이다. 위의 시인은 오늘날 유명하다는 이의 작품이 "왜 그렇게 비싼지 도무지 이해할 수 없는 명품 브랜드 가방"과 같다는 불만을 숨기지 않았다. 이른바 허명이다. 그러나 그들도 그 "명품 브랜드" 값어치를 얻기 위해 남모를 노력(?)을 많이 했을 것이다.

---

3 『유심』 4월호, 만해사상실천선양회, 2013.

너그럽게 볼 일이다.

그런데 그 시인이 "유명 시인"이 될 만한 이인가, "명품 브랜드" 값어치를 지닌 시인인가 아닌가를 재는 간단한 길이 있다. 시인의 이름을 지우고 작품을 읽어 보면 된다. 텍스트만으로 그 시인의 것임을 알아채게 할 수 있을 정도의 개성적인 목소리와 힘을 지닌 시인이라면 '명품' 시인에 틀림없다. 그러나 오늘날 우리 시단에서 그런 시인은 몇이나 될까? "이름을 가리면" 그게 그것이고, 그 목소리가 그 목소리로 뒤얽힌 현실 아닌가. 시 취향은 다양하고 다채로울 뿐 아니라, 지극히 감정적이다. 네 쪽, 내 쪽이 뚜렷하고 내 취향 네 취향이 분명하니 공통 영역을 찾기란 쉽지 않다. 그래서 불만스러워 하는 시인에게 한마디 거들지 않을 수 없다. 자신은 어느 쪽인가? 자신의 작품에 이름을 지우고 내놓았을 때, 얼마나 많은 이들이 그것을 김이듬의 작품으로 알아챌 수 있을까? 개성이란 명성이란, 오래 그리고 멀리 자신의 창조적 자의식을 우직하게 끌고 간 결과가 아닌가. 그 일이 지닌 고심과 좌절의 처연함이 어쩌면 시의 아름다움은 아니었던가.

마당에서 고양이가

어디 한번 써볼 테면 써보라는 듯

늘어지게 하품을 한다

신기하고 이쁜 마음에

고양이의 하품

이라고 정말 한 편 쓰고 싶은데

최종천 시인의

고양이의 마술이 떠올라서

그냥 혼자 즐기기로 한다

고양이의 마술, 고양이의 하품

제목만 봐도 표절 같다

고양이의 마술사 최종천 시인과

고양이들의 천사 황인숙 시인 말고도

고양이를 쓴 시인들이 많아서

고양이라면

생각만 해도 도용이다

죽는 날까지 고양이는 절대 쓰지 않기로

굳게 마음먹는다

고양이는 그림의 떡이다

—임희구, 「고양이의 하품」[4]

‘마당에서’ 하품하는 ‘고양이’라는 글감을 처음부터 끝까지 끌어간 시다. 그런데 작품의 속살은 엉뚱하게도 앞서 쓰인 고양이 시들에 대한 자의식을 되풀이하는 일로 한결같다. 고양이를 다루려다 이미 쓰인 ‘많은’ 고양이 시들을 떠올린 것이다. 그 극단이 이른바 “고양이라면 / 생각만 해도 도용이다”는 진술로 나아갔다. 적어도 언어 감각이나 제재에서 이 정도의 결백성은 지녀야 하는 게 아닐까. 너도나도 유행으로 몰려다니고, 통상적 상상력으로 몰려 앉으려 할 때, 이 시인은 거기

<hr>

4 『유심』 3월호, 만해사상실천선양회, 2013.

서 선을 긋고자 했다. 그러한 노력이 실물의 고양이를 손수 다루지 않고도 뛰어난 고양이 시 한 편을 마련했다. 너나없이 배워야 할 점은 개별성을 향한 치열한 검증이고 열정이다. 이 시는 그러한 사실을 방법적으로 보여 준 셈이다.

> 안녕하십니까. 저는 이번 시집에서 잘못된 행동을 해서 이제 반성하겠다. 이런 행동을 하면 안되는 걸 알고 있는데, 원칙적 문제를 범하고 만다. 그래서 이 반성문 쓸 필요 있다. 저는 이번에 진심 문제의 심각성을 의식하다. 진정 비판을 달게 받아들이다. 그래서 꼭 교훈을 받아들이고 꼼꼼하게 잘못을 시정한다. 앞으로 더욱 열심히 공부하고 진정으로 당신들게 계속 저를 배(때)려해주시고 저를 지(환)원해주시는 걸 바란다. 이런 결과에 대해 용(낙)서를 해 주시고 기회를 더 한 번 주시고 앞으로 이런 행동을 안 하도록 합니다. 처음이자 마지막이다. 죄송합니다.
>
> —장석원, 「나의 반성」[5]

이 시 또한 「고양이의 하품」과 비슷한 눈길을 보여 준다. 다른 점은 「고양이의 하품」이 앞서 쓰인 타자의 작품에 대한 자의식을 보여 주는 데 견주어, 이 작품은 자신의 시집에 대한 자의식을 드러내고 있다. 드물지 않은 주제다. 그럼에도 그런 속살을 시인은 다른 길, 독특한 글맵시로 드러냈다. 처음으로 우리 한국어를 배우는 외국인의 말씨 짜깁기가 그것이다. 몸말과 풀이말의 맞물림도 틀리고 서법도 일치하지 않는

5　『문학·선』 봄호, 문학선, 2013.

다. 게다가 토씨 쓰임, 존비법을 비틀었다. 한마디로 틀려먹었다. 그러한 일탈을 빌려 '당신들'로 일컬은 타자의 시 관습이나 문학 권력을 향한 조롱을 시인은 숨기지 않았다. 그리하여 시 끝 "처음이자 마지막이다. 죄송합니다"라는 시줄은 앞으로도 "더욱 열심히 공부하여" 거듭 도발하고 더욱 뒤집겠다는, 전혀 '죄송'할 리 없는 당당함을 담은 자리다. "진정 비판을 달게 받아"들이겠다고 해도, '진정'한 비판은 보기 힘든 시문학 사회 풍토를 향해 시인의 조롱은 마음껏 날개를 단 셈이다. 그러고 보니 또 다른 모멸의 시가 거든다.

시를 오랫동안 사랑하기 위해선

지금보다 훨씬 더

아주 가끔 시를 만나야겠다

자주 만나서 식상해지고

짜증나는 일보단

그게 낫겠다 싶고

그래야 그대를 인정할 수 있을 테니까

(…줄임…)

청탁서를 쌓아놓고

시 쓰기를 밥 먹듯이 하는 그대여

이 땅의 시 전문지여

시를 좀 그만 생산해라

가끔은 청탁도 거절하고

잡지 발행도 거르고

(…줄임…)

시를 더 사랑하기 위해선

아예 저 많은 시집들과 문예지를 모두 불사르고

잠시 문맹이 되자

(…줄임…)

시를 오랫동안 사랑하기 위해선

그리하여 시로 다시 돌아오기 위하여

시의 황금시대를 위해

지금 모두의 시를 잊자 아주 잊자

시보다는 술

술보다는 섹스

그러니까 그리하여 그래서 마침내 다시 시인이 되자! 플리~즈.

—이동재, 「시를 위하여」[6] 가운데서

"시 쓰기를 밥 먹듯이" 할 수 있다면 얼마나 좋으랴. 문제는 그런 시들의 수준이나 모습이다. 벌소리를 무게 있는 앎인 양 더듬거리는 시, 시가 되기 위해 안간힘 쓰는 시, 시인으로 나대기 위해 떠드는 시들이

6　『시와사람』 봄호, 시와사람사, 2013.

찬 문예지나 그 속의 시인들을 바라보며 시인은 경쾌하게 권한다. "시 보다는 술 / 술보다는 섹스"를. 그리고 지금은 "모두의 시를 잊자 아주 잊자"고. 그러나 이동재 시인이여. 좀 봐주면 안 될까? 시라고 쓰고 있으니 그나마 세상에 해악을 덜 끼치고 사는 이가 어디 한둘이랴. '청탁'이 오지 않으면 스스로 마구 투고하고, 그도 저도 아니면 손수 "잡지 발행"도 해 가면서 마구마구 시를 '생산'해야 할 일 아니던가. "그러니까 그리하여 그래서 마침내" 늘 '시인'으로 남을 일이다.

4.

지난 봄철에는 흥미롭게도 모멸의 목소리를 드높인 시가 잦았다. 문학 이외의 잿밥·고물로 한몫 보는 문인, 사회적 지위나 허명을 시의 수준으로 착각하는 시인과 다중, 시업 몇 십 년에 남 흉내로 정기를 말린 시인, 제대로 된 비평이 사라진 평단 풍토, 되다 만 남작을 흘리고 다니는 시인들……. 우리가 오래도록 보아 온 모습이다. 우리 시인들은 시문학 사회의 문제를 나름대로 고심하고 있었던 셈이다. 그런데 모멸하는 이는 모멸 당한다. 살다 보면 삶 자체가 모멸이라는 생각이 드는 경우가 어디 한두 번인가. 융이라는 서양 사람은 우리가 비난하는 대상은 바로 자신의 그림자, 내적 인격일 따름이라 정확하게 일깨워 주었다. 그러니 목청 드높일 필요가 없다. 문학에도 삶에도 품격이 있지만 그것은 바라볼 만한 이에게나 바라볼 일일 따름이다.

생각해 보라. 문인으로, 문학마당에서 몇 십 년 살다 나이 육십을 넘어 얻은 삶의 결실이 작품이 아니라 손쉬운 푼돈이고, 싼 '섹스'고, 일말의 권력 휘둘러 얻는 자만심에 그친다면 참혹한 일 아닌가. 그렇다고 그런 시인이나 그런 시들에 날을 세웠다간 거꾸로 보복당하기 십상이다. 피하는 도리밖에 없다. 그러니 칼은 늘 깊숙이 더 내 안으로 들이댈 일이다. 모멸 가운데 가장 크고도 확실한 모멸은 자기 자신에 대한 모멸이다. 적어도 자신은 스스로 책임져야 할 것인 까닭이다. 바깥으로 열린 목소리를 안으로 거두어들이고 조곤조곤 자신과 더 많은 대화를 해야 하리라. 그런 헤아림이 '차곡차곡' 쌓이고 모여 오롯한 자기 목소리를 빚을 터이니.

팔월 열이틀
2월 7일 장이니 오늘이 장날임더, 금자씨
자 안 갈랑교
남편 죽은 지 며칠 됐다고
남들이 욕하니더 그라겠지요
한 줌도 안 되는 뼛가루를 끌어안고 있으나
시간은 맹 같이 가니더
사는 기 죽는 거보다 더 어려분 거 다 아니더

돈 세듯 차곡차곡 묶어 온 깻잎
새벽이슬에 발 적시며 따 온

한 소쿠리의 호박, 옥수수를 자식 안듯 끌어안고

어디요, 어떤요, 언제요

사투리 난무하는 경주시 성건동 아래시장

그 복작거리는 길가 엉덩이 비집고 앉아

구름처럼 우뭇가사리 떠다니는

시원한 콩국물도 한 사발 들이켜고

마른 가자미도 한 마리 더 흥정하며

그리 세월을 보내다 보면

어느덧 우리 차례도 안 오겠닝교

그때꺼정 장 하던 대로

자 가시더

—이채령, 「장날」[7]

남편을 망자로 떠나보낸 지 얼마 지나지 않은 이와 그 둘레 시골 장 삼이사를 내세운 시다. 경북 지역어의 특징을 맵시 있게 부려 썼다. "어디요, 어떤요, 언제요", 또는 '가시더'와 같은 말씨가 담고 있는 느낌이 새롭다. 범람하는 대중매체의 대언어, 거대 담론만 뒤덮는 속에서 자기다운 목소리를 얻고자 한 의욕이 이런 모습을 빚은 셈이다. 소박하나 싱싱한 입말 대화에 담긴 항상적인 삶의 참이 나름대로 잘 옹글었다.

시 쓰는 일은 버릇이다. "장 하던 대로" 알맞게 쓰고, 알맞게 무리 짓고, 알맞게 다른 밥상 기웃거리다 보면 그렇고 그런 시에서 한발도 벗어

---

7   『동리목월』 봄호, 동리목월기념사업회, 2013.

날 수 없다. 처음부터 단추를 잘못 채운 형국이다. 그러니 봄철 시인이여. 여름철 시인이여. 제대로 말글을 보듬고, '시인'으로 살아가고 싶다면 잊지 말 일이다. "장 하던" 제 버릇 살펴 헤아리고 앞가림 잘하기……. "그리하여 그래서 마침내 다시" 시만으로라도 행복할 수 있기를.

'플리~즈', '플리~즈', 이번에는 벚꽃 잎이 한꺼번에 진다. 화들짝 진다.

시와
언어 경제

1.

시는 관습이며 말놀이다. 그런 까닭에 지켜야 할 것도 있고 고칠 것도 있다. 시인은 그 일을 즐기고 문학사는 그것을 기록한다. 시문학 사회는 세상살이 가운데서 그런 일을 누리는 다채로운 영역과 양상을 지닌다. 그러면서 스스로 다른 문학 갈래와 견주고 티 내면서 사회적 정합성을 가다듬어 왔다. 그 모습은 언어권마다 다르고 문화권마다 다르다. 한글로 써서 출판해 읽는 문자시로서 우리 근대시 또한 지난 한 세기 동안 한시문을 멀찌감치 뒤로 제쳐 두고 여러 길로 자라 왔다.

시가 관습적인 말놀이인 만큼 규칙은 따로 배우고 익혀야 한다. 동네 아이들 놀이에도 그것이 있는 바와 같다. 그 가운데 핵심이 언어 경제의 원칙이다. 일반 경제학에서 사람은 합리적으로 돈을 쓰고 물건을 소비하는 존재다. 그래서 돈은 적게 들이고 이익은 최대로 얻으려 애쓴다. 이러한 실물 경제의 전제는 시의 언어 경제에서 그대로 맞물린다. 다만 시인이나 시문학 사회가 소비하고 유통시키는 것은 돈, 상품보다는 무형적인 상징 재화에 더 초점이 놓인다.

따라서 턱도 없는 일에 시인은 목매고, 돈 되지 않을 곳에 엄청난 노력과 돈을 즐겨 붓는다. 이러한 상징 재화의 소비야말로 사람이 사람답게 살기 위한 으뜸 특성이기도 하다. 그럼에도 시의 언어 경제는 현실 경제와 다르지 않다. 이른바 최소 비용에 최대 효과다. 다만 시에서 최소 비용이란 다름 아니라 언어를 뜻할 따름이다. 이런 원칙을 배우고 익히지 못하면 좋은 시 쓰기란 틀렸다. 비유컨대 마구잡이 주먹을 날리는 동네 깡패 쌈질과 권투 선수의 운동 경기 사이 차이가 이런 데서 비롯한다.

오랜 세월 서정시는 이러한 놀이 규칙을 빌려 다른 문학 갈래와 나뉘는 특성을 만들어 왔다. 그리고 이때 최소 언어로 최대 효과란 멀리 보면 시인과 작품의 평판이 지니는 시간적 지속과 공간적 확산이라는 외적 문맥과도 맞물린다. 다시 말해 오래 넓게 되읽히는 힘이 그것이다. 말은 말이되 짧게 줄인 말인 탓에 특별한 쓰임새, 무거운 모습으로 존재해 온 것이 시다. 길게 말을 푸는 소설과 달리 말을 억누르면서 오히려 많은 말을 한 것과 같은 효과를 얻고자 하니 시는 처음부터 암시적인 말, 역설적인 말로 살아왔다.

그래서 시 쓰기의 처음은 무엇보다 이러한 언어 경제를 배우는 일이다. 시 읽는 버릇 또한 그 일을 잘 헤아려 챔질해 생각하고 느끼는 훈련에 있다. 시인이 언어 경제에 눈을 뜨지 못하고, 언어 경제력을 갖추지 못한다면 다른 갈래 작가와 다를 바 없다. 아예 시인으로 살아남기 힘들다. 이 일은 근본 역량과 관련하는 자질이다. 여름철 시들을 읽으며 그런 점에 대한 이해가 모자라는 작품을 어렵지 않게 만날 수 있었다. 우리 당대시의 고질 가운데 하나다. 그 곁만이라도 한번 짚어 보기로 한다.

2.

언어 경제란 쪽에서 볼 때 가장 많이 눈에 띄는 문제 경향은 한 편의 작품에서 너무 많은 이야기나 사건을 품으려는 과욕에 빠져든 경우다. 그러다 보니 마구잡이 말을 흩어 대다 낭패를 겪는다. 다른 한 문제 경향은 이와 거꾸로 시의 낱말밭이 거기서 거기인 채로 한 골짜기 안에 좁직하게 몰려 앉은 경우다. 앞의 경우를 말이 퍼진 시라 하고, 뒤의 경우를 말이 몰린 시라 일컬을 수 있다. 낱말밭의 얼개 짜기라는 점에서 볼 때, 모든 시는 이 둘을 끝으로 한 사이 어느 자리에 놓인다.

수면제를 사 모으던 겨울이 있었다
제발 아침이 오지 말기를!
어둠을 갈던 먹밤이 있었다
결국 내 손으로 끊지 못했던 질긴 나이가 있었다
어머니의 통곡 소리에 폭삭 늙어버린 슬픈 귀가 있었다
백지로 돌아가기 위해 그해 눈은 내리고 또 내리고,

사람들은 하늘이 미쳤다고 했다

—「폭설」[1]

이 작품은 월 반복을 빌린 작품이다. '폭설' 내린 '겨울'에 겪었을 법한 삶의 파란을 담고자 했다. 그것을 몸말과 풀이말이 '무엇이 어떠하다'라는 월로 네 차례나 거듭하고, 마지막에는 '무엇이 어찌하다'는 겹월 하나를 뼈대로 삼아 짰다. 그 '무엇'에 걸리는 것이 '겨울', '먹밤', '나이', '귀'다. 그런 다음 마지막 겹월에서 보이는 '눈'과 '사람들'이 이어졌다. 그리고 그것을 받는 그림씨는 '있었다'와 맨 마지막 월의 움직씨 '내리고'와 '했다'다. 아래서 밑줄 친 자리다. 낱낱의 월은 다시 꾸밈 요소를 모두 하나씩 무겁게 얹었다. "수면제를 사 모으던"과 같이 아래서 진하게 표시한 부분이다. 모두 다섯 군데다. 그것을 그려 보이면 아래와 같다.

① **수면제를 사 모으던** 겨울이 <u>있었다</u>

　　제발 아침이 오지 말기를!

② **어둠을 갈던** 먹밤이 <u>있었다</u>

③ **결국 내 손으로 끊지 못했던 질긴** 나이가 <u>있었다</u>

④ **어머니의 통곡 소리에 폭삭 늙어버린** 슬픈 귀가 <u>있었다</u>

⑤ **백지로 돌아가기 위해** 그해 눈은 <u>내리고 또 내리고,</u>

　　사람들은 하늘이 미쳤다고 <u>했다</u>

1　『시와시학』 여름호, 시와시학사, 2013.

이렇게 보면 이 작품이 지닌 월 짜임과 됨됨이를 쉽게 알 수 있으리라. 어떤가, ①에서 ⑤까지 꾸밈 요소 다섯 군데의 말들이 끌어 잡은 자장이. 길지 않은 시임에도 유기적인 맥락을 떠올릴 만한 암시 공간을 만들고 있는가? 그저 불편하고 고통스러웠을 경험에 대한, 그리 낯설지 않은 표현들을 산만하게 끌어다 놓은 모습은 아닌가? ①에서 ⑤까지 꾸밈 요소가 분명 고통의 크기를 암시하는 것은 사실이다. 그러나 그것을 한줄기로 꿰는 데는 실패했다. 게다가 '있(었)다'라는 그림씨로 뒷받침한 시줄로써 떠올릴 수 있는 시의 공간 또한 막연할 따름이다. 폭설 내린 겨울 정황에 대한 범상한 표현을 늘어놓으면서 그 겨울에 겪었을 법한 가족의 고통에 대한 필연성 없는 암시에 그치고 말았다. 힘주어 담고자 했을 경험 현실에 시인의 입이 못 따라가고 있는 맵시다. 시인에게 필요한 일은 지나간 가족의 고통을 읽는이에게 오롯하게 되돌려 주기 위한 언어 조율 능력이었다.

그런 점에서 이 시는 더 엄밀하고도 독자적인 낱말밭을 지닌 시로 손질을 할 일이 적지 않게 남아 있다. 길은 뜻밖에 간단하다. 꾸밈 요소를 풀어 버리기. '있(었)다'라는 존재어를 동태어로 바꾸면 훨씬 나아질 것이다. 보기를 들어 ①에서는 '겨울'을 몸말로 내세워 '겨울'이 '수면제를 사 모았다'는 풀이말로 바꾸고, ②에서는 '먹밤'을 몸말로 내세워 '어둠이 먹밤을 갈았다'와 같은 월로 바꾸는 길이 그것이다. 나머지도 비슷하게 되쓰는 일이 가능하리라. 좋은 시인이라면 겉멋에 빠져 말을 낭비하지 않고 낱말 하나하나가 적확하다는 느낌을 줄 수 있도록 얼개를 짜야 한다. 말을 늘어놓았음에도 감동을 주지 못한다면 그 말 거래는 망친 장사다. 손해를 봐도 한참 본 게 아닌가. 그런데 이러한 됨됨이는 이 시인 경우에 머무는 게 아니니 문제다. 이와 거꾸로 아래 경우는 말이 몰려 앉아 시를 죽이고 있는 전형적인 본보기다.

바람도 얼어붙은 고요한 날

눈 쌓인 계곡과 벌판을 <u>흐르는</u>

겨울 **강**의 **수심**을 알고 싶다

저 중심에도

겨우내 크고 작은 눈발 분분히 날리고

날선 혹한도 수없이 다녀갔으리라

멀리 외등 아래 흔들리는 **강촌**마을

깊고 푸른 침묵에 들고

<u>흘러</u> 더 푸른 겨울 **강**의 **물빛**

강가의 늙은 느티나무 앙상한 가지에 걸려

비로소 <u>흐느껴</u> 울다

저 산맥 너머 어디선가 발원하여

쉼 없이 솟아오르는 <u>맑은 슬픔</u>

차마 얼지 못하고 <u>흐르는</u> 겨울 **강**

오늘밤, 그 깊은 **수심**과 몸을 섞고 싶다

—「겨울 강」[2]

---

2   『시안』여름호, 시안사, 2013. (밑줄·강조—글쓴이)

이 작품은 적지 않은 시인이 즐겨 글감으로 삼아 왔던 '겨울 강'을 내세운 작품이다. 그런데 낱말밭은 몇 개 유사어에 머물렀다. '강'과 '강가', '물빛', '수심'이라는, 이미 제목에서 내세운 바와 같은 강의 지극히 평범한 연상어, 그리고 '슬픔'과 '흐름'이라는 소박한 앎에 그쳤다. 달리 말해 비슷한 의미 자장을 가진 낱말들을 한자리에 포개 놓고 있을 따름이다. 시의 낱말밭이 옹색하다. 그러니 '겨울 강'에 대한 새로운 앎이나 상상적 즐거움이라 할 만한 것은 한 곳도 담아내지 못했다. 흔한 글감인 만큼 더욱 활달한 언어 구사가 필요했다. 이렇듯 말이 몰린 시들은 오랜 세월 우리 시마당에서 이른바 시어로 자주 등장했던 것들을 주섬주섬 주워 늘어놓기만 해도 만들 수 있다. 아예 체험의 질을 논의할 단계 이전에 머문 시다.

앞에 올린 두 작품을 빌려 오늘날 우리 당대시에 드러나고 있는바, 낱말밭이 퍼진 시와 모인 시, 사뭇 맞선 두 경우를 살폈다. 한쪽은 경험에 말이 못 따라가는 듯한 부풀린 모습을 보이고, 다른 한쪽은 말이 경험을 아예 못 따라가는 듯하다. 언어 경제로 볼 때 둘 다 체험 결핍을 연출하고 있는 점에서는 같다. 시인의 말 장사 솜씨가 문제다. 무겁고도 창의적인 말놀이로서 시는 시인에게 더 신중한 언어 통제력을 갖출 것을 요구한다. 스스로 자신의 시를 읽는이 입장에서 떼어 놓고 볼 수 있는 냉정한 눈길을 갖추는 일이 급선무다.

3.

올여름 우리 문학사회에 시전문지가 새로 들어앉았다. 『발견』이 그 것이다. 한 매체가 나돌려면 상상하기 어려울 사람 품과 돈 품이 든다. 그럼에도 시전문지 발행이 멈추지 않는 현상을 보노라면 경탄스럽다. 작품을 살피니 시인 선정에 애를 쓴 느낌을 받았다. 평소 몰랐던 시인 을 새로 만날 수 있는 일도 창간호의 즐거움이다. 그만큼 준비에 공력 을 들인 흔적이리라. 그럼에도 『발견』에는 오늘날 시의 당 / 부당한 모 습은 어김없이 껴안고 있는 작품이 나란하다.

언어 경제라는 쪽에서 볼 때 낱말밭의 얼개를 어떻게 짤 것인가라는 문제가 중요하다. 앞에서 살핀 바와 같다. 흩는 시와 모으는 시. 거기 다 낱말밭 안쪽을 어떻게 다듬을 것인가가 다른 문제로 떠오른다. 이 경우에 흔히 문제를 일으키는 본보기가 볼썽사나운 관념어를 마구 내 돌리는 현상이다. 시가 구체적인 감각에 기대는 체험의 문학임을 모르 는 듯, 어름어름하고 막연한 머릿속 이름씨(명사)를 마구 뱉어 놓는다. 이런 본보기는 뜻밖에 널렸다. 감각시와 관념시의 견줌이 그로부터 말 미암는다.

불행하게 태어난 아이들의

어찌할 수 없는 선함처럼 너를 믿었다. 증오한다.

기록된 것은 기억들보다 위대하기에

무덤들 위에 아무것도 모르고 집이 생기고

아무것도 모른 채 집은 불타고

부모를 잃은 아이들이 그 위에 누워 울다가 말라붙는다고 해도

나는 단지 너의 말을 내 몸에 받아 적을 뿐이다.

어느 미친 새들은 나무가 불타도 울지도, 그 나무를 떠나지도 않는다.

그것은 때론 선함이고, 순수함으로 기록된다.

(…줄임…)

실성한 여자를 향해 돌을 던지는 아이들의 순수함처럼

모두가 선한 싸움을 할 뿐이다.

각자의 선함들이 만드는 것은 기껏해야 누군가에게는 악.

실은 미치지 않고서야 선할 수 없다.

그렇다면

너는 얼마나 미쳤기에 나를 밀칠까.

미치지 않고서야.

나는 여전히 너의 나무에서 말라붙고 있을까.

— 김안, 「선(善)이 너무나 많지만」[3] 가운데서

위 작품에서 시인이 드러내고자 하는 뜻을 짐작 못할 바는 아니다. 그러나 한결같이 자신이 뱉고 싶은 의도에 빠져 어름어름한 사변을 늘어놓고 말았다. '순수함'이니 '선함'이라는, 뜻이 큰 관념어로 표현할 수 있을 자리는 사실 거의 없다. 문학이란 그 '순수함'이나 '선함'이 어떤 것인가를 구체적인 이미지나 줄거리를 빌려 표상하는 행위다. 위의 작

---

[3] 『발견』 1호, 발견, 2013.

품에서도 시인은 자신을 폭풍 같은 노여움으로 몰아넣었을 문제, 곧 현상적 말할이 '나'와 현상적 들을이 '너' 사이에 이루어졌을 사건을 속속들이 그려 보여야 했다. 그렇게 하지 않는다면 문학이 굳이 철학이나 역사, 또는 사회과학과 같은 추상 수준의 기술물들과 다른 글쓰기 관습으로 나뉠 까닭이 없다. 시인은 자신이 뱉어 놓은 위와 같은 장황한 말과 아래와 같이 글쓴이가 다시 고쳐 쓴 감각적 표현을 서로 견주어 보기 바란다.

> 무덤들 위에 집이 서고
> 집이 불타고
> 어버이를 잃은 아이들이 그 위에 누워 울다 말라붙는다

시가 감각적 구체성에 호소하지 않는다면 읽는이를 체험의 깊이로 끌어들일 수 없다. 그저 막연한 '말'에 떨어질 따름이다. 이 시의 시인은 같이 『발견』에 실려 있는 아래와 같은 작품과 자신의 작품과도 다시 견주어 볼 일이다.

> 식어가는 치킨 앞에서
> 한 여자가 눈물을 쏟는다
>
> 여자의 머리카락에 치킨이 닿자
> 치킨은 낮게 중얼거린다
> "나는 당신을 모릅니다만"

벌거벗은 몸뚱이가 시리다

낯선 조우(遭遇)

포크로 가슴을 찌른다

껍질을 벗긴다

입술이 사라진다

―송현경, 「치킨의 사생활」⁴

위에 올렸던 「선이 너무나 많지만」과 비슷하게 사람과 맺은 관계 속에서 일어났을 법한 어떤 불편한 만남의 자리를 그려 담은 작품이 「치킨의 사생활」이다. 작품에서는 그것을 '나'와 '치킨' 사이 "낯선 조우"라 표현했다. 그리고 시인은 그 불편한 만남을 "식어가는 치킨"을 '포크로' 먹는 행위에 견주었다. 어느 날 갑자기 낯선 치킨처럼 달라져 버린 사람 앞에서 "한 여자"는 "눈물을 쏟으며" 할 말을 잃는다. '선함'과 '순수함'이라는 사변 속을 헤매면서도 표현하고자 한 뜻으로부터는 멀리 벗어나 있는 「선이 너무나 많지만」과는 완연히 다른 구체적인 표현성이 살아 있는 시다. 이제 비슷한 경우를 다른 두 편의 작품을 빌려 살펴보자.

① 너도 점점 악독한 일상을 즐기는구나.

　아니면 냉혹한 편지라도 쓸까?

4　위의 책.

자살문예운동을 위해서는

우리 역시 우아해질 필요가 있어.

나는 박수밖에 칠 수 없는 운명이야.

너는 끝까지 질문이 될 거고

간만에 보는 조서는 아름다워야 해.

티끌만큼의 눈물이 있어서는 안 되지.

어쩌면 젖은 행주가 삶의 원인일 수도 있다는

너의 발언은 취소된 거니?

내일 아침까지 미리 쥐어짜니까

그렇게 됐어. 미안해.

— 김언, 「그렇군요 그렇지요」[5] 가운데서

② 우리는 그냥 스뎅이라고 부르지 또는

　　스뎅 스뎅 그릇 스뎅 사발 스뎅 컵 스뎅

　　칼 스뎅 가위 스뎅 냄비 주전자

　　스뎅 숟가락 젓가락 스뎅 보온병

　　스뎅은 녹이 안 슬고 무척

　　강하지 스뎅이니까

니켈 크롬 강철

강철이 더 강해지라고

니켈 크롬

스테인리스 스틸

우리는 그냥 스뎅이라고 부르지

깨지지 않고 녹아 없어지지도

않고 타지도 않고 녹슬지도 않지

스뎅은 강하지 단단하지 외부의

충격으로부터 스스로를 보호하지

믿을 만하지 물속에서도

불속에서도

—박순원, 「스테인리스 스틸」[6]

　①을 놓고 볼 때 감각적인 자리는 닳고 닳은 말 "티끌만큼의 눈물"이라는 낡은 표현 한 곳에 지나지 않는다. 옮긴 첫 토막에 중요하게 자리 잡고 있는 '악독하다', '냉혹하다', '우아해지다'는 무엇을 뜻하는가. 시인 스스로도 규정하기 힘들 정도로 막연한 그림씨를 들먹였다. 게다가 그 다음 토막에 나오는 '아름답다' 또한 마찬가지다. 그러다 보니 쓸데없이 뜻이 큰 그림씨는 쓰지 않는 것이 훨씬 낫다는 작문법의 기본도 모

6　위의 책.

르는 시줄이 되고 말았다. 당장 첫 시줄을 "너도 점점 일상을 즐기는구나", 둘째 시줄을 "아니면 편지라도 쓸까?"로 고쳐 놓고 둘을 견주어 보기 바란다. 참으로 막연한 그림씨일 따름인 '악독한'과 '냉혹한'이란 말에 매달려 읽는이들에게 시를 '구걸'하고 있는 모습이 금방 밝혀진다.

　따라서 ①은 입말투에서 얻을 수 있는 감각적인 부분도 살리지 못한 채 관념적 모호함에 갇혀 버렸다. 이에 견주어 같은 입말투면서 ②는 시의 감각적 자질이 어떤 것인가를 잘 보여 준다. 우리가 나날 속에서 아무렇지도 않은 듯이 만나는 '스테인리스 스틸'을 글감으로 삼아, 전혀 새롭게 그것의 '아름다움'을 창조해 우리에게 되돌려 주고 있는 시다. 그 새로운 아름다움을 시인은 '스뎅'이라는 일컬음의 발견이라는 방식으로 드러냈다. 비록 맨 마지막 토막에서 다소 늘어지긴 했지만, 좋은 작품이다. 다른 이의 본이나 유행을 넘보지도 않고, 대단한 삶의 참을 설파하는 양 객쩍은 허풍을 떨지 않으면서도 낯익은 사물에 대한 발견 자리가 독특하고도 오롯하다. 게다가 이 작품은 맥락을 달리해 읽는다면 "외부의 / 충격으로부터 스스로를 보호"할 장치도 없이 살아가는 숱한 장삼이사들이 겪는 삶의 고통과 곡진한 눈물을 담아 내는, 반어적 문맥까지 지녔다. 관념시와 감각시의 차이를 뚜렷하게 보여 주고 있는 본보기가 ①과 ②다.

4.

아직 탈근대의 들머리다. 전자언어라는 전혀 새로운 말글로 사람의 소통 체계가 달라지고 있다. 겨우 걸음마 단계인 오늘로써는 앞으로 어떤 변화를 가져올지 예상조차 불가능하다. 근대 시기 백 년 남짓 맹위를 떨쳤던 한글문학과 한글시는 어떻게 달라질까? 그러한 가운데서도 뚜렷한 사실 한 가지는 한국어로 행복하게 살고 싶었던 우리들 선남선녀의 오랜 추억과 지난 시간을 앞날에 올 시인도 외면할 수는 없으리라는 점이다. 문학사회의 규약을 깨고 버릇을 과감하게 고치게 이끄는 시도 필요하지만 근본을 잘 갖춘 시도 꾸준히 나와야 하는 까닭이다.

지금부터 백 년 전, 나라가 망하고 오랑캐의 군홧발 소리, 게다짝 소리가 요란한 속에서도 한문학 교양인 시회와 한시 백일장은 나라 곳곳에서 호황을 누리며 열렸다. 지나간 시기 나라에서 벼슬살이 길로, 세상 명리로 나가도록 이끌었던 오랜 사회적 관습을 뒤늦게 즐기고 탐하기 위해 상투를 자른 머리로 너도나도 개미떼처럼 몰려나온 결과였다. 온 나라를 단위로 하여 묶은 근대적인 한시문 작품 선집이 서울에서, 지역에서 거듭 나왔다. 지나간 시기 한문학 교양의 마지막 퇴행을 웅변하는 모습이었다. 그러면서도 그것은 새로운 근대 자본주의 인쇄출판 마당을 펼쳐 나가는 새 모습에 발을 디딘 것이기도 했다. 오늘날 우리가 누리고 있는 시문학 사회의 범람은 빼앗긴 나라에는 아랑곳없이 명리를 좇았던 그 시기 여러 한시문집에, 백일장에 몰려들었던 어쭙잖은 글쟁이의 모습과 어떻게 다른 것일까.

시인은 사회에 공적으로 발언할 수 있는 자격이 주어진 복 받은 사람이다. 시가 말놀이라 하더라도 아무렇게나 할 수 있는 일은 아닌 까닭이다. 게다가 시를 읽는이는 예전과 달리 더욱 오래 멀리까지 이어진다. 디지털 혁명이 글쟁이에게 떠넘긴 축복이며 저주가 그것이다. 모든 사람의 기억이 남고, 모든 기록이 지워지지 않을 세상 앞자리에 시인은 버젓이 나서 있다. 두려워하라. 매체를 빌린 작품 발표는 이미 공공 행위다. 어떠한 평가에 내몰리더라도 자신이 책임을 져야 한다. 시답잖은 말이나 끌어다 모아 놓은 좌판으로 한몫 볼 장삿속은 버릴 일이다.

시라는 괴물과
더불어 살기

1.

시 계간지 『시안』이 문을 닫았다. 펴낸이 오탁번 시인은 종간호 편집후기에 썼다. "내 이렇게 될 줄 알았다. 어쩌자고 시 잡지를 장장 15년, 61권이나 냈단 말이냐." 창간 뒤 열다섯 해, "시안이 드디어 꼴깍 넘어간 것이다." 출판을 이어야 한다는 둘레 사람의 말도 들리지 않는다고 그는 말했다. "귀가 많이 어두워져서 그런지 아무 소리도 안 들린다." 긴 세월 오 시인은 고투했다. 이미 1980년, 문단 평판이나 학계 통념과 달리 유치환 시에 대한 평가가 과대 포장되었음을 날카롭게 짚어낸 비평가 가운데 한 사람이 그였다. 그런 기개와 혜안이 『시안』을 만들고 이끈 뱃심이었을까. 잘 버텼다. 그런데 하나를 닫으면 하나가 열린다. 앞으로 그는 그런 일을 더 자주 즐길 수 있으리라.

아무튼 근대시는 책에다 문자로 얹는 꼴이다. 근대시 역사란 문예지

역사와 다르지 않다. 편집진의 문화 수행력, 문학 권력의지와 둘레 연결망의 역사라고 해서 부풀림이 아닐 것이다. 담을 그릇인 문예지가 없다면 시는 글 나부랭이에 지나지 않는다. 그 그릇 하나가 시렁 위로 올라갔다. 근대 백 년에 얼마나 많은 문예지며 시 잡지가 나왔다 들어 갔던가. 글쓴이 또한 아슴하게 먼 일이 되어 버린 청년기, 시 잡지며 문예지를 손에 잡히는 대로 읽은 적이 있었다. 문덕수 시인이 냈던 초기 『시문학』과 전봉건 시인이 고투했던 『현대시학』은 청년기 추억이 어린 잡지다. 그리고 김재홍 교수가 내고 있는 『시와시학』.

  펴낸이 김재홍 교수를 알게 된 때는 1970년대 초기, 그가 냈던 삼인 시집 『삼중주』를 읽었을 무렵이니 세월도 만만찮다. 그는 평론가가 아니라 처음 시인으로 글쓴이에게 들앉았다. 김 교수가 오늘날까지 『시와시학』을 이끌고 있는 뒷심은 아마 시인으로서 지녔을 포부에 있는지 모른다. 글쓴이는 그가 시인에서 젊은 비평가로 몸을 바꾸고, 우리나라 처음으로 은유의 꼴을 고심하고 틀을 만든 사실을 예사롭지 않게 보았다. 비평가로서 첫 고심이 비유였다는 데서 그의 시인됨, 문학주의가 잘 드러나는 까닭이다. 1950년대 전후 황량 속에서 고석규·김우종과 같은 젊은 비평가가 비유와 문체에 매달렸던 것과 또 다른, 1970년대의 한 풍경을 그가 떠맡은 셈이다. 이제 그도 정년을 맞았다. 글쓴이 또한 예순 해 세월로 걸어 들고 있다. 어찌 시가, 문학이 괴물 같지 않으랴. 계간평 준비로 평소와 달리 이저런 매체의 작품을 뒤적이면서 더 굳어진 생각은 시, 그놈 참으로 괴물 같다는 것이었다.

2.

　시는 괴물 같다. 아니 시는 괴물이다. 보기 흉하다. 무섭다. 황당하다. 슬프다. 1990년대 중반 지역자치제가 명목상 이루어진 뒤로 크작은 지역마다 예술문화 경영이니 진흥이니 하며 적지 않은 문학관을 세웠다. 기명 문학상도 늘었다. 그런데 속살을 따지면 마땅치 않은 경우가 한둘 아니다. 입에 담기 어려운 패륜을 저질렀던 시인도 있다. 세상을 잘 만난 까닭인지 한쪽은 묻히고 다른 쪽은 마냥 부풀릴 기회를 탄 셈이다. 정도는 덜하지만 근대사 속에서 자신이 이룬 일과 다른 행운을 적지 않은 문인이 입었다. 제 한 몸 살기 위해 겨레를 버린 이에게도 어처구니없이 겨레라는 이름을 내세워 면류관을 씌워 준다.

　나라잃은시대 말기인 1940년대 초기 이른바 '국어'였던 왜말을 독해할 수 있는 한국 사람은 20%를 넘지 못했다. 그런 가운데서 자랑스럽게 '국어시'를 떠벌리며 이른바 대동아공영권을 향한 '내선일체'와 '성전'에 감읍했던 이들이 있다. 그들은 누가 읽으라고 그런 글을 발표했던 것일까. 이른바 조선총독부에서 우리 문학 출판물 탄압과 검열에 나섰던 이도 존경을 받는 세상이다. 사상 탄압 전담 부서인 고등계 경찰 끄나풀 문인에게도 시대의 대표 문인으로 공경을 바친다. 문학관을 세우고 문학상을 만들어 기리는 일에 빠짐없다. 두고두고 거짓 명성을 강화하고 키워 갈 바탕을 만들어 준 셈이다. 전향이니 현실 수리론이니 변호 논리는 객쩍을 따름이다. 제 한 몸 잘살고 잘되기 위해 그리 살았고 작품을 돌렸을 따름이다. 오늘날 그들을 공공적으로 기리고 있는 현실이 그 점을 극명하게 증명하고 있지 않은가. 시가, 문학이 대단한 괴물이 아니라면 어처구니없는 그런 일이 일어날 수가 없다.

선택적인 소수 먹물의 허깨비 문학, 유흥 문학에도 무거운 공공적 명망을 씌워 부풀리는 인습과 몽매가 대를 물린 세월을 우리는 산다. 그러다 보니, 요즘에는 시인이 저잣거리에서 휘두르는 깃발이라도 되는 양 나도는 이까지 생겼다. 지역 관변 문화행정 마당을 들쑤시며 이익을 챙기는 문학 모리배다. 늙고 젊음에 관계없는 그들의 탐식과 모리에는 제동장치가 없어 보인다. 글쓴이 눈에만 괴물로 보이는 것일까. 시를 쓰는 일이 무엇이길래 사람을 괴물로 만드는지 모르겠다. 괴물 같은 시를 붙잡고 사는 괴물 같은 시인이라니. 그럼에도 그들은 나날이 는다.

출구 쪽 계단에 발 하나를 걸치고,

아찔한 체위로 시집을 읽던 날이 내게도 있었던가

나름으로는 용맹정진이었으나, 부끄럽구나

벼랑을 평지로 태평하게 피어나는 꽃이여

저 꽃벼랑 위에서 오늘도 누가 밥을 짓고 있나

칭얼대는 어린 것을 업고 옥상 위에 깃발처럼 빨래를 내다 말리고 있나

—손택수, 「꽃벼랑」[1] 가운데서

---

1 『시와사람』 여름호, 시와사람사, 2013.

한 사람이 전문 시인으로 나서기란 쉬운 일이 아니다. 십 년은 적공을 이룰 일이다. 제 목소리, 제 말씨는 하루아침에 갖춰질 일이 아닌 까닭이다. 이때 십 년이란 단순한 물리적 시간이 아니다. 보상도 기대와 다르다. 시 쓰기가 쉬운 일이고 보상 큰 일이라면 누군들 대들지 않겠는가. 그래도 시 쓰기가 쉬워진 요즈음 세태가 다행이다. 매체가 다양해지고 취향도 갖가지, 노는 마당이 마구 커진 덕이다. 그런데 시인이 많아졌다고 좋은 시를 향한 세상의 기대수준이 낮아진 것은 아니다. 좋은 시인이 되는 길은 더 힘들다. 시인은 특정 문학 영역의 전문가 행세를 하는 이다. 세상을 속이고 자신을 속이며 살 생각이 아니라면 길은 마냥 어렵고 괴롭다. 괴물 같다.

위에 옮긴 「꽃벼랑」의 시인은 말한다. 허물어져 내린 벼랑 같은 세월을 견디며 시에 골몰했고 시를 향해 온몸 내맡겼음을. 그런데 오늘 시인은 "나름으로는 용맹정진"했던 그 시절이 부끄럽다고 말한다. 정말 그러랴. 용맹정진의 끝이 "칭얼대는 어린 것"에게 충분한 생활을 마련해 주지 못할 어버이의 길이 되리라는 예감이 쓰라릴 따름이다. 남은 것은 '깃발처럼' 걸린 구차함. 생활은 시인을 나직하게 꼬인다. 괴물 되라, 괴물처럼 살라고. 그러나 벼랑 끝에서 흔들리더라도 그럴 수 없다. 그 '벼랑'을 "평지로 태평하게" 피지는 못할지언정 시를 짊어진 용맹정진은 포기하지 않으리라, 괴물처럼 살지 않으리라 단호하게 말하는 듯하다. 시인의 아픈 자존이 잔잔하게 얼비치는 작품이다.

시를 쓰기 위하여

직장을 관둔 이래로

나는 시인의 길을 걸어왔다

한 시인이자 지방대학 교수인
여자에게 고소를 당하여, 나는 박사이고
교수인데 저 사람은 도대체 뭐란 말이에요?
라는 소리를 들어보기도 했었다.

(옆에서는 한 돼지 같은 노가리 따위가
'악랄하게'를 외쳐대고 있기도 했었다.)

신용불량자가 되어 집사람과 이혼을
하기도 했었고, 어머니가 돌아가셨는데도
가난한 맏아들인 나는 그 장례식에
초대되지도 못했었다.

자발적 빈곤의 이 길,
눈물 방울방울의 이 길, 슬픔이
비처럼 쏟아져 내리기도 하는 이 길,

작년에는 거의 6개월씩이나
자살 충동에 시달리기도 했었다.

— 박남철, 「시인의 길」[2] 가운데서

박남철은 아예 시 제목을 「시인의 길」이라 내세웠다. 「꽃벼랑」의 시인과는 견주기 힘든 정황을 속속들이 들냈다. 생업을 버리고 이혼을 겪었다. 만성 자살 유혹에 시달리면서 그는 시를 썼다. 오늘도 시인은 어두운 담벼락에 기대 취한 오줌발을 시처럼 날리고 있을지 모를 일이다. 어머니 상례에도 참석하지 못한 참혹은 시라는 괴물이 이끈 것인가. 시인 스스로 시밖에 매달릴 데가 없는 괴물 같은, 위악적인 삶을 선택한 것일까. 어느 경우든 그가 오늘도 시를 쓰고 있다는 엄연함이 중요하다. 시는 괴물이다. 시를 사랑하고 시에 투신하는 이를 괴물로 만든다. 1980년대 우리시의 한 경향을 온몸에 새겼던 시인의 자책과 회고가 담긴 작품이 위에 든 「시인의 길」이다. 그는 너무 젊은 나이부터, 괴물 같은 시에 들려 스스로 괴물이 된 대표적인 본보기다.

3.

시인을 세상의 괴물 같은 존재로 만드니, 시는 괴물임에 틀림없다. 어떤 이는 괴물의 유혹을 버티기도 하지만, 어떤 이는 아예 위악을 저질러 괴물로 자처한다. 그런데 시인만 괴물 같은 존재가 아니다. 돌아보라. 시 쓰는 일 자체가 괴물 같지 않은가. 긴장과 괴로움은 나날이 커져

---

2   『문학의 오늘』 가을호, 은행나무, 2013.

간다. 시라는 괴물 앞에 어찌할 바 모를 당혹과 혼란에 내던져진다. 불치다. 깊은 지네굴 속에서 떨고 있는 지네장터 옛이야기 속 처녀 같다. 허우적거리며 안간힘 써 보지만 벗어날 가망이 없어 보인다. 핏줄이 마르고 뼈가 꺾인다. 거듭 아프다. 힘들다. 적어도 시 쓰는 일은 세 가지 점에서 그렇다. 시어와 제대로 다투기, 자신의 경험을 읽는이의 체험으로 되돌려 놓기, 시 갈래의 구속에서 버텨 내기가 그것이다.

요건 찔레고 죠건 아카시아아야
잘 봐, 꽃은 예쁘지만 가시가 있지?

아빠 근데, 찔레랑 아카시아는
이름에도 가시가 있는 것 같아

—박성우, 「가시」[3]

여기 시 같아 보이지 않는 작품이 있다. 아이 말을 그냥 옮겨 놓은 듯 쉽다. 어찌 시라 하랴. 그런데 사실은 그렇지 않다. 이 작품에서 시는 말결에서 '가시'를 읽어 낸, 아이의 예사로운 말을 낚아 올리는 언어 감각에 깃들어 있다. 그 솜씨야말로 박성우를 시인으로 만드는 힘이다. 'ㅉ', 'ㅋ'에서 아이가 느끼는 '가시' 같은 말맛. 시를 쓸 때는 이러한 꼼꼼한 언어 감각을 요구한다. 돈도 밥도 아무것도 되지 않을 사소한 낱말 하나, 소릿결 하나에 매달리고 요모조모 따져 드는 허황한 짓거리

---

3 『시와시학』 가을호, 시와시학사, 2013.

에 빠져드는 게 시다. 그것도 스물네 시간 온 세상을 무차별적으로 뒤덮는 대중매체 대언어의 폭포수 아래서. 시 쓰기가 괴물 같은 일이 아니라면 달리 무어란 말인가.

> 가창 지나 이서 지나다 본 화양
>
> 엄마 몰래 알사탕 훔쳐 먹다 들킨 것처럼
>
> 목메고 화들짝 브레이크에 발이 가던
>
> 엄마가 거기 있기나 한 듯
>
> 자꾸 뒤돌아보게 하던 화양
>
> ―박지영, 「화양」[4] 가운데서

시 쓰기는 시인의 언어 감각에서 더 나아간 시적 표현력을 필수로 요구한다. 삶을 밀고 나가는 각별한 경험이 시 쓰는 모태다. 그런데 그것을 읽는이의 체험으로 되돌려 놓는 표현력은 다른 차원의 것이다. 시인이 겪는 경험의 치열성과 작품이 지닌 표현의 적절성이 맞물리지는 않는다. 옮겨 놓은 박지영의 작품이 그 점을 되씹게 한다. '화양, 환한 장소의 소릿결이 품은 어릴 적 추억을 새삼스럽게 담아낸 시다. "목메고 화들짝 브레이크에 발이" 가도록 이끄는 '엄마'의 추억이란 어떤 것일까. 시는 그 속살을 의뭉스럽게 숨겨 둔 채 읽는이에게 손을 내민다. 꿈꾸라, 생각하고 느껴 보라고.

시는 다름 아닌 표현 가치에 깃들어 있다. 시를 끄적이는 일과 시로

---

4   『시산맥』 가을호, 시산맥사, 2013.

완성해 내놓는 일은 다르다는 뜻이다. 마치 뇌생리학에서, 자유로운 오른뇌가 하는 일과 냉철한 왼뇌가 하는 일이 다른 것과 같은 이치다. 그 둘이 마련하는 통합적, 상승적 작업이 시 쓰기며 시 다듬기다. 어느 한쪽에 치우쳐서는 좋은 결실을 맺기 힘들다. 말하고 싶고 강조하고 싶은, 처음 내 것이었던 경험은 어느새 내 것이 아니다. 시인은 시 쓰기 안쪽에서 일어나는 그러한 변화와 이율배반을 감당해야 한다. 자신의 경험 가치를 어떻게 작품의 표현 가치로 되돌려 놓을 것인가. 그러한 가치 정향력이야말로 시 쓰는 이를 다시 소박한 시 호사가와 전문 시인, 둘로 나뉘게 하는 갈림길이다. 전문 시인 자리는 쉽게 이를 수 있는 경지가 아니다. 어찌 시 쓰기가 괴물에 맞닥뜨린 듯이 어려운 일이 아니라 할 것인가.

앞산 산책길을 돌아 나오다 숲속 모기떼에 맨살을 뜯겼다 급하게 수혈을 해준 셈이었다

테니스장 네트를 훌쩍 뛰어넘은 연둣빛 바랜 공들이 어린 수국 주먹만 하였다 불두화가 피어나는 법당 안을 기웃거리며 엄마를 찾던 사월초파일 같았다

나팔꽃줄기가 빨랫줄처럼 늘어져 비좁은 보리밥집 울타리를 빠져 나오고 있었다 이탈을 방조한 강낭꽃꼬투리와 어깨를 나란히 했다

메타세콰이어 나무 그늘에 앉아 문지방 가에 놓여 있던 외할머니 이 빠진 참빗을 생각한다 맞은편 공원에 가지런하게 빗살무늬 이파리를 모으고 있는 자귀나무와 이종사촌지간이 아닐까 했다

—「모월모일」[5] 가운데서

　　종간호 『시안』은 두 가지 특집을 마련했다. 『시안』 출신 시인의 신
작시 특집과 일반시인의 게재시다. 준비한 종간호로서 자연스런 기획
이었다. 위에 옮긴 작품은 일반시인의 게재시 마지막에 실렸다. 시단
에 얼굴을 내민 순서가 가장 늦은 신인이라는 뜻이겠다. 그런데 위에
옮긴 「모월모일」은 시라기보다 산문, 곧 줄글이다. 줄글시로 올리기도
어려울 정도로 느슨한 진술로 한결같다. ‘모월모일’에 일어났던 일과
그에 따르는 상념을 시간 순서를 좇아 늘어놓았다. 그런데 신인답지
않게 부분적인 말 다듬기에만 신경을 곤두세웠다. 짧은 줄글 한 편을
보는 듯한 단계에 머물고 말았다. 따라서 이 작품은 금방 아래와 같은
상태로 손질이 가능하다.

　　② 앞산 산책길을 돌다 모기떼에 맨살을 뜯겼다
　　테니스장 연둣빛 공들이 수국 주먹만 하였다 불두화가 엄마를 찾아 법당
안을 기웃거리던 초파일
　　나팔꽃 빨랫줄이 좁은 보리밥집 울타리를 빠져나오고 있었다
　　메타세콰이어 그늘에 앉아 문지방에 놓였던 외할머니 이 빠진 참빗을 생
각한다 맞은편 공원 자귀나무 빗살무늬 이파리와 이종사촌은 아닐까

　　어떤가? 글쓴이가 다듬어 놓은 ②가 본디 작품 ①보다 시로서 나아
보이거나 아니면 비슷한 정도 수준에는 머무는 듯한가. 그렇게 여겨진
다면 ①은 잘 쓴 시에서 한참 모자라는 상태에 놓였다. 시인이 손수 더

5　『시안』 여름호, 시안사, 2013.

다듬었어야 했을 자리를 적지 않게 남겨 두었다는 뜻이다. 잘 쓴 시가 지닌 중요한 자질 가운데 하나는 낱말에서 표현, 속살, 뜻에까지 다른 이나 다른 작품이 섞일 수 없을 정도로 오롯한 고유의 변경 불가능성이다. ①은 손볼 데가 너무 많이 남았다. 덕지덕지 군더더기다. 고친 ②가 가장 잘된 상태라 하기는 어렵다. 하지만 다른 사람이 ①에 조금만 손질을 기울인다면 ②와 같은 상태로 쉬 나아갈 수 있으리라는 사실에 시인은 크게 곤혹스러워야 한다.

시 쓰기는 언어에 대한 뛰어난 감각이나 뜻한 바를 제대로 담아 내는 표현 역량에 그치지 않는다. 다른 인접 텍스트와 나뉘는 갈래의 정합성을 스스로 증명할 수 있어야 한다. 그렇다. 위에서 본 바와 같이 시는 다른 줄글 갈래와 나뉘는 오롯이 티 나는 자리를 지녀야 한다. 이 괴물 같은 갈래. 밤새워 눈을 비비며 공들인 시가 시 같지 않은 것으로 보인다는 평가로 내몰리다니, 분통 터질 일 아닌가. 그러나 이 점은 흔들림 없는 참이다. 손쉽게 쓰고자 하는 이에게 시는 즐거운 감정 언어 놀이, 평균율을 거듭하는 유행 노래와 다르지 않다. 그러나 시를 더 시답게 쓰고 마침내 그것을 가로질러 보고자 하는 이가 있다면, 그에게 시는 늘 맞서기 힘든 괴물, 괴물 갈래다. 피하고 싶지만 피할 수 없는 절벽. 시인은 미칠 일까지 꿈꾼다.

서서히 미쳐가는 저 해

네가 미치지 않았다면

왜 매일 아침 동쪽에서 나타난단 말인가

해를 보고 열렬히 고개 드는 해바라기들이여

너희들이 미치지 않았다면

왜 하고한 날

해만 바라보고 살아간단 말인가

살아야 한다는 한 가지 본능만으로

몰려드는 까마귀 떼

내 두 눈을 쪼아 먹으려 몰려든다

살고 싶어서 미쳐버린 누이야

죽을 수 없어 미치고 만 고흐여

오늘도 정오가 가까워오자

하늘 한복판에서 해가 미쳐 날뛰고 있다

인간세상을 보더니

해는 도저히 참을 수 없어 제 몸에 등유를 끼얹었다

— 이승하, 「광(狂)」⁶ 가운데서

「광(狂)」의 시인은 자신의 시가 '인간세상을' 향해 '열렬히' 불타는 해와 같은 것임을 엄중하게 밝힌다. 외친다. "미치지 않았다면 / 왜 하고한 날" 해만 바라보는 '해바라기'로 "살아간단 말인가." 그런데 글쓴이를 비롯한 많은 시인들은 그렇지 못하다. "도저히 참을 수 없어 제 몸에 등유를 끼얹"는 해와 같이 시를, 삶을 불지를 수 없었다. 등유는커녕 성

---

6   『시인수첩』 가을호, 문학수첩, 2013.

낭을 가져다 놓을 용기마저 버렸다. 부끄러운 노릇이지만 사실은 사실이다. 그럼에도 오늘 어느 곳에선가 적지 않은 좋은 시인은 단호하게 성냥을 그어 대고 있을 것이다. 시를 향해 활활 타는 해바라기 괴물.

4.

그런데 묻자. 시나 시인만 괴물인가. 확실한 사실은 우리를 둘러싸고 있는 세상이 괴물이라는 점이다. 훨씬 부조리하고 부당하다. 갖은 비리와 모리, 파렴치, 배임으로 뒤덮였다. 더럽고 무섭기로 치자면 시와 차원부터 다르다. 참담하지만 세상은 이미 통째 괴물이다. 그런 곳을 디디고 사니 괴물을 닮을 수밖에 없다. 그렇지 않으면 회복 불가능한 위해를 입거나 먹힌다. 삶은 괴물의 몫으로 넘어갔다. 반반한 사람 낯빛을 내놓고 떠들며 웃고 있지만, 깊숙이 괴물이 들앉았거나 괴물과 한몸이 된 지 오래다.

이런 속에서 시 정도의 괴물은 아무 것도 아니다. 한참 하찮을 따름이다. 이 엄살, 여태껏 글쓴이는 시를 두고 너무 심한 엄살을 떨어 온 셈이다. 그렇다. 시가 아무리 괴물 같고 허황한 자기도취의 난장이라 하더라도, 괴물 현실에 견준다면 이미 허물 벗은 왕자 상태다. '미녀와 야수'라는 서양 이야기의 행복은 시인에게 벌써 주어진 바다. 그러니 겁먹고 달아나거나 항복하고 말 일이 아니다. 악마 같은 세상 물정으로 보자면 시는 순하기 짝이 없는 새끼손톱 크기 정도 괴물에 지나지 않는다.

잊자고

잊어버리자고

눈을 씻으러

들어간다.

—김일영, 「석양」[7]

해는 날마다 자러 들어갔다 뜨기를 되풀이한다. 그와 달리 삶의 뒤
는 죽음이다. 가까운 언젠가 예외없이 우리는 지금과 달리 아득한 하
늘, 아득한 강가를 서성일 것이다. 어차피 괴물 같은 시인이고 괴물 같
은 시라면 길은 많지 않다. 더 힘센 괴물이 되어 괴물 시를 쓰러뜨리는
일이 으뜸이다. 그렇지 못하더라도 달래며 지낼 수는 있으리라. 야수
의 허물을 벗게 해 줄 아름다운 미녀 도우미, 무서운 지네를 물리쳐 줄
두꺼비 따위는 잊는 게 좋다. 막막하고 어두운 동굴 속에서 그싯그싯
붙여 던지는 성냥불마냥 한 걸음 한 걸음 태울 일이다. 그리하여 더 많
은 괴물 시인의 손에서, 더 많은 괴물 시가 쏟아지기를, 악마 같은 세상
에 마구마구 깊은 똥침 놓아 주기를 ……. 각설.

---

7 『시와사람』 여름호, 시와사람사, 2013.

3부

백석과
장소시학

장소사랑과
탈근대의 꿈
『백석 전집』

1. 들머리

흔히 시가 어렵다고 말한다. 가까이 즐기려 해도 읽다 보면 머리만 아프게 만든다는 푸념이다. 옳은 말이다. 그럼에도 시는 한결같이 살아 있고 이저곳에 넘쳐난다. 시 문학상은 많아지고 시인이라 이름을 내세우는 이들 머리수는 늘어난다. 전자영상 매체가 놀랍게 빨라지고 커진 이즈음 시는 문화구성물로서 덕을 톡톡히 보는 듯싶다. 역설적이게도 끝 모를 자본주의 환금의 시대에 돈 안 되는 일 가운데 하나라 일컬어져 온 시 쓰기는 확산되고 향유 기회는 더욱 많아진 셈이다.

그런데 따지고 보면 이러한 역설은 시 갈래가 지닌 근본 특성 가운데 하나다. 시는 말로 된 놀이임과 아울러 예술이다. 놀이로서 시는 통공시적으로 독자사회의 기호에 갇힌 낯익은 문화 관습이다. 예술로서 시는 늘 새 창조 가능성 영역에 놓인다. 놀이로서는 훈련·학습에 따른 규범문화의 하나지만, 예술이라는 점에서 시는 독자사회의 고정관념과 선입견을 무너뜨리는 새롭고 낯선 자리다. 소설 갈래가 지닌 재미와 달리 시가 지니고 있는 어려움은 여기서 말미암는다.

독자의 독서경험에서 볼 때 이 점은 시 읽기의 특성, 곧 거듭 생각하고 느끼게 만드는 소급적 독서력을 뜻한다. 시가 지닌 어려움은 운명에 가깝다. 시는 놀이와 예술 사이에 놓인 취향문화다. 사회 학습이 작품성을 결정한다. 좋은 작가나 작품이란 독자사회의 선택과 배제, 억압과 강화가 만들어 낸다. 독자사회는 자신의 명작을 생산하고 자신의 욕망을 거기에 투사하며, 그를 빌려 욕망을 재생산한다. 작가나 작품의 유무명 / 행불행은 독자사회의 취향 변화에 따르는 일이다.[1]

1930년 당대부터 백석은 시단의 주류가 아니었다. 남다른 문화자본의 도움도 받지 못했다. 광복 뒤 북에 남아 1960년대 초기까지 활동을 끝으로 창작 현장에서 물러섰다. 오래도록 그는 문학사의 명성으로부터 배제되어 왔다. 그러다 1980년대 초 남한에서부터 본격 알려지기 시작했다. 우리 독자사회는 어떠한 의식 / 무의식을 그를 빌려 읽고 싶었던 것일까. 분명한 사실은 그것이 1980년대 내용 편중의 민중주의나

---

1 당대에는 잊혔지만 뒷날 사랑 받는 작가로 올라서기도 한다. 당대 명성에는 아랑곳없이 사후 금방 잊혀 버리는 허망한 경우도 있다. 당대는 물론 뒷날까지 이름이 높이 남을 수 있다면 얼마나 좋으랴. 그러나 우리 시문학사가 보여 주는 거의 모든 본보기는 당대의 무명이 뒷날까지 이어지는 경우다. 고전이라고 일컫는 작품은 그러한 명성의 소비, 재생산 과정에서 살아남아 자신의 힘과 영향력을 지켜 가는 경우다. 이런 뜻에서 백석은 뒤늦게 행복을 얻은 본보기다. 우리 근대시의 명작이라 할 만한 작품 거의 모두는 광복기와 1950년 경인년 전쟁 그리고 분단 뒤 시단 재편성과 각급 학교 문학교육, 사회학습의 반복·강화·확산의 결과로 마련된 것이다. 우리 근대시 전통을 죄 아우르는 학습 기회를 갖지 못한 셈이다. 김소월과 윤동주, 이상의 발견은 1950년대 초반에 이루어졌다. 이육사도 1950년대 후반에야 비로소 근대시사 속으로 들어섰다.

상대적으로 몰역사적인 형식주의를 아울러 넘어서고자 한 뜻과 무관하지 않으리라는 점이다.[2]

오늘날 백석 문학에 대한 소비는 폭발적이다. 국립중앙도서관 죽보기에 올라 있는 학위논문만 300편에 가깝다. 선시집류는 30권을 넘어섰다. 현역 시인들에게 영향을 가장 많이 준 시인이라는 영예로운 설문 조사 결과도 있었다. 혁명적인 명성 변화다. 이 자리에서는 백석 시를 이해하기 위한 주요 디딤돌을 몇 가지 살핀다. 지향배경으로서 장소사랑, 지향상태로서 지역어주의와 구체적인 아름다움, 지향정신으로서 어린이 세계, 나아가 지향의미로서 민속문화적 대응이 그것이다.

2. 장소 발견과 장소사랑의 길

사람은 장소 지향적 존재다. 장소에 깃듦으로써 동일성 감각을 얻고 자신을 지지하며 앞으로 나아갈 수 있다. 사람보다 사람이 깃들일 장소가 앞선다. 삶의 행복은 안정감과 평안을 안겨 주는 친밀장소에 대한 추억과 꿈이 결정적이다. 사람은 끝없이 장소를 창조하고 재생산한다. 낯선 공간이나 풍경은 경험과 회상을 거치며 장소로 바뀐다. 장소

2　이 점은 백석 초기 연구가의 면면을 살펴보면 암시 받을 수 있는 일이다. 글쓴이를 비롯해 김명인·이동순·최두석과 같은 시인 연구가의 역할이 중점적이었다는 사실이 그것이다. 이들이야말로 시에 있어서 민중성과 형식성의 통합, 지양 욕망을 꾸준히 지녔던 이라는 공통점이 있다.

가운데서 실존적 중심으로 기능하는 곳이 중심장소다. 삶이란 자신의 중심장소를 따라 영역을 확대, 변화시켜 나가는 장소 만들기, 장소 가꾸기다.

우리 근대시에서 자연이나 풍경이 구체적인 장소로 드러나기 시작한 때는 1920년대다. 이 무렵부터 시인의 생활공간으로서 모습이 뚜렷해지기 시작했다. 전통 민요시나 경향시의 경험 현실, 계급 현실을 담은 장소 체험이 그것이다. 그럼에도 그들은 자의적인 관념의 산물이거나 부분 배경, 또는 장식적인 몫을 하는 데서 멀리 벗어나지 못했다. 그런 점에서 구체적인 장소 체험을 오롯이 담아낸 대표 시인이 바로 1930년대 백석이다.

① 잠자리 조을든 무너진 성(城)터

반딧불이 난다 파란 혼(魂)들 같다

어데서 말 있는 듯이 크다란 산(山)새 한 마리 어두운 골짜기로 난다

헐리다 남은 성문(城門)이

하늘빛같이 훤하다

―「정주성」[3] 가운데서

② 여승(女僧)은 합장(合掌)하고 절을 했다

가지취의 내음새가 났다

---

3 『조선일보』, 조선일보사, 1935.8.30.

쓸쓸한 낯이 옛날같이 늙었다
나는 불경(佛經)처럼 서러워졌다

평안도 어늬 산 깊은 금덤판
나는 파리한 여인(女人)에게서 옥수수를 샀다
여인(女人)은 나어린 딸아이를 따리며 가을밤같이 차게 울었다

섶벌같이 나아간 지아비 기다려 십년(十年)이 갔다
지아비는 돌아오지 않고
어린 딸은 도라지꽃이 좋아 돌무덤으로 갔다

산(山)꿩도 설게 울은 슬픈 날이 있었다
산(山)절의 마당귀에 여인(女人)의 머리오리가 눈물방울과 같이 떨어진
　날이 있었다

—「여승(女僧)」[4]

　먼저 옮긴 「정주성」은 시인으로서 백석이 처음 발표한 작품이다. 그
런 까닭에 그의 시세계가 지닌 운명적 매듭 가운데 하나라 할 만하다. 이
시에서 고향 정주는 단순한 풍경이 아니라, 뚜렷한 체험 장소로 옹글어
있다. 머물 데 없는 파란 혼불처럼 반딧불이 나는, "헐리다 남은" 옛 정주
성터는 젊은 백석 둘레를 싸고 있었던 을씨년스럽고 쓸쓸했을 삶을 표

4　『사슴』, 선광인쇄주식회사, 1936.

상한다. 고향 정주는 시인에게 친밀체험으로 가득한 행복한 중심이 아니었다. 나라 어느 곳이라 할 것 없었던 장소 상실의 현실을 몸으로 깨달은 바다. "어두운 골짜기로 나는" "말 있는 듯이 크다란 산(山)새 한 마리"란 그러한 백석의 자의식을 뜻한다. 막연히 건너다보는 정주 성터 풍경이 아니다. 시인의 마음에 정주성이 '하늘빛처럼' 훤하게 녹아들었다.

뒤에 옮긴 「여승(女僧)」은 향리 평안도 어느 곳에서 만난 여승에 대한 회상이다. 단순한 여행 풍경이나 그 과정에 만난 대상에 대한 상상과는 거리가 있다. "평안도 어느 금덩판", 또는 "산(山)절의 마당귀"로 드러나는 장소에서 마주쳤을 한 비구니에 대한 연민을 주제로 삼았다. "나는 서러워졌다"는 첫 토막 진술이 그 점을 일깨워 준다.

작품의 눈은 거듭하는 직유 표현에 있다. 첫 토막 "옛날같이 늙었다"와 "불경(佛經)처럼 서러워졌다"는 시줄, 둘째 토막 '여인(女人)은 "가을밤같이 차게 울었다"는 시줄, 마지막 셋째 토막 "여인(女人)의 머리오리가 눈물방울과 같이 떨어진 날"이라는 시줄이 그것이다. '옛날같이', '가을밤같이'라는 시간 직유는 벙벙한 표현이다. 그럼에도 그 옛날 어느 슬픈 가을밤을 겪었을 여인의 삶을 담는 데에는 매우 적확한 구실을 한다. '차게' 울며 어린 자식을 때릴 수밖에 없는 가난을 씹었던 여인은 마침내 그 자식을 돌무덤에 묻는 비참까지 겪는다. 그녀가 할 수 있는 남은 선택이란 머리를 깎고 삶을 절집에 기대는 일이었다. 고난스러웠을 그 삶이 백석에게 '불경(佛經)처럼' 서럽다, "머리오리가 눈물방울과 같이" 떨어졌다는 공간 직유를 이끌어 냈다. 불경 위에 깨알같이 쓰였을 글자들마냥 검게 검게 떨어져 내렸을 '눈물방울'이 그것이다.

특정 장소에서 겪은 '여승'의 삶에 대한 공감과 연민이 하나로 녹아든 아름다운 장소시다. 한 비구니의 서럽고도 슬펐을 삶이 이어지다 끝내 잊혀 갔을 평안도 어느 골짜기 장소 경험이 시 속에 온전하게 담겼다. 앞에 옮긴 「정주성」에서 한 발 더 깊어지고 구체화된 장소 체험을 이 시는 마련하고 있다.

백석 시 가운데 가장 힘 있는 자리는 이렇듯 낱낱의 장소와 하나로 얽힌 장소사랑에 있다. 이 점은 고향 평안북도뿐 아니라, 유학지 왜나라든, 남쪽 여행지든, 북쪽 만주국이든 관계없이 한결같은 작품 창작의 지향배경이다.[5] 문제는 나라잃은시대 식민 현실이 그러한 장소사랑을 될성부르지 않게 만들었다는 사실이다. 친밀장소에 깃든 행복한 장소의 기억과 삶은 망가지고 훼손된 채 획일화해 가고 있었다. 백석이야말로 장소 상실의 시대 현실 아래서 장소 발견과 장소 회복의 꿈을 잃지 않은 셈이다. 그의 장소사랑은 날카롭게 의도된 방법임을 알겠다.

---

5 장소에 대한 백석의 남다른 관심에는 일찍부터 이루어졌을 아버지의 사진기 체험이 무관하지 않을 것이다. 백석의 아버지 백용삼은 농사에 하숙을 치며 살았지만 신문물에 관심을 가져 사진 기술을 익혔던 이다. 한국 초기 사진사에 이름을 올릴 만큼 큰 일을 이룬 바는 없으나, 서북 지역으로 밀려왔을 사진술을 제대로 배운 사람이다. 지역에서는 보기 드문 신문물 세대였다. 어릴 적부터 아버지 사진기를 만지며 들여다 보며, 또는 사진을 읽으며 총명한 백석은 사진적 감수성을 오롯이 내면화했을 것이다. 뛰어난 사진사의 솜씨를 보는 듯한 그의 묘사력이나 예리한 관찰력과 풍경 선택의 적확성이 그것이다. 그런데 사진은 피사체와 물러서거나 맞서야 하는 거리 감각을 본질로 갖는다. 백석 시에 나타나는 성찰적 자의식과 고독의 느낌은 어찌 보면 필연적인 내면이었다. 박태일, 「백석과 장소사랑의 드라마」, 『백석』(한국대표시인 101인 선집 8), 문학사상사, 2005.

3. 지배언어와 맞선 지역어주의

시인은 언어를 남달리 잘 다루는 사람을 일컫는다. 그런 까닭에 좋은 시인은 무엇보다 먼저 자기 특유의 언어 감각과 가락, 표현법을 지닌다. 이 점을 뭉뚱그려 언어적 개성이라 부를 수 있다. 그리고 시인의 언어적 개성은 실존적 선택이라 할 만큼 뜻이 무겁다. 시적 지향상태의 첫 자리에 시어를 다루지 않을 수 없는 까닭이다. 백석 시는 1930년대 주류적 언어 선택을 비켜 가거나, 표기법으로부터 벗어나는 특징을 지닌다.

구마산(舊馬山)의 선창에선 조아하는사람이 울며날이는배에 올라서오
　는 물길이반날
갓나는고당은 갓갓기도하다

바람맛도 짭짤한 물맛도 짭짤한

전북에 해삼에 도미 가재미의 생선이조코
파래에 아개미에 호루기의 젓갈이조코

새벽녘의거리엔 쾅쾅 북이울고
밤새ㅅ것 바다에선 뿡뿡 배가울고

자다가도 일어나 바다로 가고십흔곳이다

집집이 아이만한 피도안간 대구를말리는곳

황화장사령감이 일본말을 잘도하는곳

처녀들은 모두 어장주(漁場主)한테 시집을가고싶허한다는곳

산(山)넘어로가는길 돌각담에 갸웃하는 처녀는 금(錦)이라든이갓고

내가들은 마산객주(馬山客主)집의 어린딸은 난(蘭)이라든이갓고

난(蘭)이라는 이는 명정(明井)골에산다는데

명정(明井)골은 산(山)을넘어 동백(冬栢)나무푸르른 감로(甘露)가튼 물
　　이솟는 명정(明井)샘이잇는 마을인데

샘터엔 오구작작 물을깃는처녀며 새악시들 가운데 내가조아하는 그이
　　가 잇슬것만갓고

내가조아하는 그이는 푸른가지붉게붉게 동백(冬栢)꽃 피는철엔 타관시
　　집을 갈것만가튼데

긴토시끼고 큰머리언고 오불고불 넘앳거리로가는 여인(女人)은 평안도
　　(平安道)서오신듯한데 동백(冬栢)꽃피는철이 그언제요

넷 장수모신 날근사당의 돌층게에 주저안저서 나는 이저녁 울듯울듯 한
　　산도(閑山島)바다에 뱃사공이 되여가며

녕나즌집 담나즌집 마당만노픈집에서 열나흘달을업고 손방아만찟는 내
　　사람을생각한다.

―「통영(統營)」[6]

경남·부산지역 특정 장소 통영을 다룬 장소시다. "구마산의 선창"에서 배를 타고 건넜을 통영, 말할이 자리는 충렬사 돌계단이다. 거기 주저앉아 마산에서 통영까지 오게 된 뱃길의 정황과 통영에 이르러 겪었을 풍광, 그리고 통영행의 중요 동기였을 연인을 떠올리는 짜임새다. '명정샘'은 이통제사순신 장군을 모신 충렬사 밑에 있다. 일정(日井)과 월정(月井)이라는 두 개의 샘으로 이루어졌다. 그 둘을 모은 명(明)이라는 글자를 따서 명정(明井)이라 일컫는다. 백석이 그리워했던 통영 연인 박경련의 집이 바로 명정골 396호였다. 이 시에서 "내가조아하는 그이"로 불린 처녀다. 충렬사 "날근사당의 돌층게에 주저안저서" 시인은 '난'처럼 고운 자태로 "열나흘달을업고 손방아만찟는 내사람"이라는 아름다운 구절로 그녀를 그리워한다.[7] 장소 체험과 시인의 정서적 대응이 잘 맞물린 백석의 특장이 살아 있는 장소시다.

그런데 이 작품에서 눈여겨보아야 할 점은 크게 세 가지다. 첫째, 1930년대 당대 주류 인쇄 형식에서 벗어난 시줄 적기다. 문자시로서 근대시의 일반 인쇄공간 형태는 세로쓰기 경우엔 오른쪽 위를 기점으로 왼쪽 아래로, 가로쓰기 경우엔 왼쪽 위를 기점으로 오른쪽 아래로 가락에 따라 내려 적는 방식이다. 그런데 세로쓰기로 고쳐 보인 이 작품은 시줄 처음에 한 칸 들여 쓰고, 그 줄이 죽 잇달아 이어질 때는 내어 쓰기를 하는 형식을 따르지 않았다. 오히려 시줄이 길어질 경우엔 거꾸로 한 칸 들여 쓰는 방식을 지녔다.

---

6 『조선일보』, 조선일보사, 1936. 1. 23.
7 이 작품과 관련한 백석의 통영 기행 내력에 대해서는 다음 글 참조. 박태일, 「백석과 신현중, 그리고 경남문학」, 『한국 근대문학의 실증과 방법』, 소명출판, 2004, 39~61쪽.

둘째, 그 무렵 중심 표기법에 대한 일탈이다. 원문 그대로 보인 바 띄어쓰기 규범을 따르지 않았다. 서구어 작품 번역에도 뛰어나고 언어에 대한 이해가 깊었던 백석으로서는 특별한 고집을 엿볼 수 있는 자리다. 물론 매체에 발표할 때는 편집자의 출판 교정으로 말미암아 예외가 보이지만, 시인이 손수 꼼꼼하게 교정을 보았을 시집 『사슴』이나 그 뒤 작품이 지닌 적기 방식이 이것이다. 이러한 띄어쓰기는 맞춤법을 따르지 않은 채 시줄의 가락과 쉼을 고려한 결과라며 쉽게 지나칠 수도 있다. 그러나 백석에게는 사정이 다르다. 기법 수준으로만 볼 수 없는 뜻이 있다.

셋째, 이른바 방언이라 일컫는 지역어에 대한 지나친 쓰임이다. 물론 백석 자신의 고향 평북 지역어가 중심이다. 이 작품 「통영」에서 보듯이 고향 지역을 다룬 장소시가 아님에도 평북 지역어를 끌어 썼다. 그리고 백석 시에서는 고향 언어뿐 아니라, 다른 여러 지역어가 뒤섞여 쓰인다. 이러한 지역어의 자연스럽고도 난만한 등장은 백석 시를 당대뿐 아니라, 오늘날 독자사회에서도 읽기에 적지 않은 어려움을 겪게 만든다.

이렇듯 시 인쇄 형태의 특이성, 표준 띄어쓰기의 무시, 게다가 지역어 쓰임에 대한 한결같은 고집은 한마디로 뭉뚱그려 지역어주의라 일컬을 수 있겠다. 그리고 이 점은 당대 지배어, 중심어에 대한 대응의 속뜻이 뚜렷하다. 그것은 다시 셋으로 나뉜다. 첫째, 백석의 시어는 나라 잃은시대 식민제국의 지배언어인 '국어'(곧 왜어)와 날카롭게 맞선다. 근대 제국주의는 바탕에서부터 피식민 국가에 대한 언어적 지배를 포함한다. 백석 시어는 그들이 침범하지 못할, 우리의 삶과 현실을 지키고 있는 피식민 하부 언어다. 지배언어 / 노예언어의 대립과 그 경계를 시인이 날카롭게 직시한 바다.

둘째, 백석 시의 지역어주의는 이른바 '경성', 곧 서울을 중심으로 표준화해 가고 있었던 근대 중앙언어, 사이비 민족언어에 대한 대응 의미를 지닌다. 이 점은 외국어 학습과 번역 경험 가운데서 더욱 깊어진 감각일 것이다. 평북 지역어를 중심으로, 왜곡된 중심언어에 대한 주변언어적 대응이라는 문맥이 그것이다. 그는 '조선어학회'와 같은 공적 장치를 빌린 일국주의 민족언어 정착 노력에 비켜서 있었던 셈이다.

셋째, 백석 시 형태나 시줄 적기 방식은 근대 문어와 전통 구어의 대립적 자각 위에서 이루어진 것이다. 백석의 어법은 전근대 토착 구어에 맞물려 있다. 식민자 왜로의 왜풍 한자 외래어로 칠갑한 황석우나 이상 또는 유치환과 같이, 우리 말글의 민중적 바탕에서 벗어난 근대 외래 문어 성향에 대한 반작용이 그것이다. 백석 시는 문자시로서 이미지 묘사력과 구술시로서 토착 말씨, 가락을 하나로 녹여낸 결과다. 흔히 평자들이 그의 시 특징으로 드는 이야기시란 바로 문자시와 구술시가 높은 곳에서 하나로 녹아든 상태로 말미암는다. 이 점이 그를 뛰어난 모더니스트이면서 전통주의자로 빛나게 하는 까닭이다. 옮겨 놓은 시 「통영」에서도 말마디 반복과 '고', '는데' 나열형으로 이루어진 능청거리는 서술 상황에다 구체적인 묘사력이 그 점을 웅변한다.

백석 시는 위에서 본 바와 같이 지배언어('국어') / 노예언어(한국어), 중앙 중심언어 / 지역 주변언어, 그리고 근대 문어 / 전통 구어의 경계와 위계를 날카롭게 깨닫고, 그 위에서 상승적 대립과 결합을 꾀한 뛰어난 언어감각의 결과다. 이러한 지역어주의야말로 지배언어, 중심언어, 문어적 세계에 대한 효율적 대응 장치였던 셈이다. 왜냐하면 식민주의자 입장에서 볼 때 피식민언어인 한국어가, 한국어 가운데서도 지역어와 구어가 타자적인 경계에서 가장 먼 곳에 놓이는 언어인 때문이다.

4. 장소의 등질화와 구체적인 아름다움

백석은 한 누리 동안 잦은 이향을 거듭했다. 고향 정주 오산학교를 졸업한 뒤 4년에 걸쳐 섬나라 유학을 마친 때가 1934년이었다. 『조선일보』 기자로 일하면서 1936년 첫 시집 『사슴』을 100부 희귀판으로 낸 뒤, 그는 함흥 영생고보로 내려가 교사로 머물렀다. 1938년에 다시 서울로 올라왔다. 그사이 통영을 비롯해 남녘 북녘 여러 지역 여행도 이어졌다. 1940년 조선일보가 폐간되자 만주국으로 넘어가 장춘에 머물렀다. 잠시 만주국 관리로 몸을 얹었던 것은 생계 방편이었다. 그 일도 뜻같지 않아 중국인 농장에서 소작인 생활을 하다 광복을 앞둔 시기 북녘 고향으로 돌아왔다.

그는 많은 지역을 떠돌면서도 끈질긴 장소사랑으로 안온한 삶의 중심장소를 찾고 되겪으며 토착 민족 현실을 시 속에 담아 내는 장소 복원을 힘껏 궁리했다. 제국주의 식민화에 따른 장소 상실과 파괴가 더해 가는 시대였다. 이러한 백석의 시적 건축이 다른 여느 시인과 나뉘는 가장 두드러진 특장은 무엇보다 구체적인 아름다움과 그것이 품어 안은 친족동일성 감각이다. 이 점은 말할이의 눈길이 기물 단계에 머물거나, 주거 단계나 도시 단계로 나아가면서도 한결같은 모습이다. 비록 번역시로만 남은 작품이지만, 기물 단계와 주거 단계의 장소 체험을 보여 주는 작품 한 편을 먼저 소개한다.

할머니 머리오리

오마니 머리오리

작은오마니 머리오리

빗으로 빗어 말아 둔 머리오리를

할머니 오마니 작은오마니

머리오리를 서까래에 나란히 꽂는 까닭은

할머니 머리오리는 안채 서까래에

오마니 머리오리는 뒷문 서까래에

작은오마니 머리오리는 별채 서까래에 꽂는 까닭은

할머니 오마니 작은오마니

이른 봄 산을 넘어 갯장어 장수가 오면

흰장어 먹장어 갯장어와 바꾸어서

정답게 화롯불에 구워 먹으려 한다

할머니 오마니 작은오마니

머리오리를 서까래에 꽂는 까닭은 또한 가을

황해도로부터 황화장수가 오면 큰바늘 작은바늘 바늘과 실을 사고

추월옥색 진분홍 연분홍 가루분을 사려고 한다

—「머리오리」[8]

말할이는 주거공간 특정 장소에서 '서까래'에 가족 여인들이 '머리오리'를 꽂는 민속 사실을 떠올린다. 왜 머리오리를 서까래에 꽂아 두는 가라는 물음에 대한 답변 형식을 얼개로 갖춘 시다. 시인의 눈은 가족들이 지녔던 머리오리라는 작은 사물에 머물렀다. 집안 이곳저곳의 사소하고 작은 기물이나 사물을 섬세하고도 속속들이 되살려 내는 그의 기물 상상력이 빛난다. 주거공간에서 겪는 이러한 친족동일성 감각이야말로 백석 시 말할이가 든든하게 뿌리내린 자리다. 그리고 그러한 눈길은 주거 단계를 넘어서 더 넓은 도시 지역에서도 한결같다.

북관(北關)에 계집은 튼튼하다

북관(北關)에 계집은 아름답다

아름답고 튼튼한 계집은 있어서

흰 저고리에 붉은 길동을 달아

검정치마에 받쳐 입은 것은

나의 꼭 하나 즐거운 꿈이였드니

어늬 아침 계집은

머리에 무거운 동이를 이고

손에 어린 것의 손을 끌고

가파러운 언덕길을

숨이 차서 올라갔다

---

8 김종한 옮김, 『설백집(雪白集)』, 박문서관, 1943. 일역시 제목은 「髮の毛」. 번역시에 대한 두루풀이는 다음 글을 참조 바란다. 박태일, 「백석의 미발굴 번역시 「머리오리」」, 앞의 책, 61~70쪽.

나는 한종일 서러웠다

—「절망」⁹

　말할이는 "어느 아침" 북관의 한 장소에서 "어린 것의 손을 끌고" "머리에 무거운 동이를" 인 채 "가파러운 언덕길을" 숨차게 올라가고 있는 여인을 만났다. 그녀를 "아름답고 튼튼"하다고 일컬은 표현은 마땅히 그리되었으면 하는 시인의 "꼭 하나 즐거운 꿈"이었을 따름이다. 그녀 삶은 곤궁과 고난으로 겹쳐진 바다. 입성도 제대로 차리지 못했다. 그녀의 삶에 대한 공감과 연민이 말할이를 '한종일' 서럽게 만든다. 굳이 그녀를 향해 '계집'이라는 담담한 삼인칭으로 부를 수밖에 없었던 데에 시인이 지녔을 안타까운 속내가 숨어 있다. 뜻밖에도 '절망'이라는 무거운 시 제목을 붙인 까닭이다.

　시인을 '한종일' 서럽게 만드는 현실은 한결같다. 훼손되지 않은 중심장소를 확보하고 그것을 되살려 내기 위한 백석의 노력 또한 그에 맞서 굳다. 고향 정주는 물론 그것이 원심적으로 확대된 북쪽 모든 지역이 시인에게는 고향과 다름없는 등질 장소다. 거기서 만나는 사람들 또한 가족과 다름없다. 이제 백석의 눈길은 더욱 넓혀진다.

　아득한 넷날에 나는 떠났다
　부여(扶餘)를 숙신(肅愼)을 발해(渤海)를 여진(女眞)을 요(遼)를 금(金)을,
　흥안령(興安嶺)을 음산(陰山)을 아무우르를 숭가리를,

9　『삼천리문학』 2집, 삼천리사, 1938.

범과 사슴과 너구리를 배반하고

송어와 메기와 개구리를 속이고 나는 떠났다.

나는 그때

자작나무와 익갈나무의 슬퍼하든것을 기억한다

갈대와 장풍의 붙드는 말도 잊지않었다

오로촌이 멧돌을 잡어 나를 잔치해 보내든것도

쏠론이 십리길을 딸어나와 울든것도 잊지않었다

나는 그때

아모 익이지못할 슬픔도 시름도 없이

다만 게을리 먼 앞대로 떠나왔다

그리하여 따사한 해ㅅ귀에서 하이얀 옷을 입고 매끄러운 밥을먹고 단샘

　　을 마시고 낮잠을 잤다

밤에는 먼 개소리에 놀라나고

아츰에는 지나가는 사람마다에게 절을 하면서도

나는 나의 부끄러움을 알지못했다

그동안 돌비는 깨어지고 많은 은금보화는 땅에 묻히고 가마귀도 긴 족보

　　를 이루었는데

이리하야 또 한 아득한 새 녯날이 비롯하는때

이제는 참으로 익이지못할 슬픔과 시름에 쫓겨

나는 나의 녯 한울로 땅으로—나의 태반(胎盤)으로 돌아왔으나

이미 해는 늙고 달은 파리하고 바람은 미치고 보래구름만 혼자 넋없이
　떠도는데

아, 나의 조상은 형제는 일가친척은 정다운 이웃은 그리운것은 사랑하는
　것은 우럴으는것은 나의 자랑은 나의 힘은 없다 바람과 물과 세월과
　같이 지나가고 없다.

—「북방(北方)에서—정현웅(鄭玄雄)에게」[10]

시인은 다른 나라 만주국 들녘까지 밀려왔다. 거기서도 형제 일가 친척을 만나고, 먼 상대 조상과 한 길로 묶인다. 만주국 어느 곳에서 시간 통로를 따라 말할이가 확인하는 것은 자기 윗대로부터 대대로 이어져 왔던 친족동일성과 거기서 더 나아간 민족동일성이다. 백석 시는 주체를 중심으로 집과 북녘 지역을 거쳐 이국 만주국 공간에서까지 장소의 등질화를 거듭한다. 시인은 가는 곳마다 집이며 고향을 발견한다.

그런데 이러한 등질화 작업이 유별난 점은 그것이 구체적인 아름다움으로 채워져 있다는 사실이다. 백석 시는 허깨비 관념을 좇는 허풍시나 시인의 귀할 것도 없는 내면을 부풀려 뱉어 내는 격 낮은 주관 서정시들과 뚜렷이 나뉘는, 생생한 장소 체험을 보여 준다. 이러한 특장은 두 가지로 나누어 살필 수 있다. 명명의 구체성과 체험의 구체성이 그것이다.

첫째, 백석 시 속에서는 거의 모든 사물이나 인명·지명·민속 사실이 보다 구체적인 고유이름씨로 살아 있다. 막연히 추상적인 인칭이나

10　『문장』 2권 6호, 문장사, 1940.

대상으로 존재하지 않는다. 관념 지향적인 시들이나 평균적 상상력에 호소하는 데 말을 낭비하는 어름한 시들이 넘볼 수 없는 섬세한 장소 복원이다. 물론 이러한 구체적인 명명공간은 때로 읽은 이의 접근을 힘들게 만든다. 그럼에도 이 점이 백석 시에서 갖는 중요성은 집요함과 한결같은 강도다. 그것이야말로 개별성이 사라지고 묻히고 억눌리는 근대 획일화 현실에 대한 분명한 대거리를 암시하는 까닭이다. 고유한 것들이 고유한 개별로 살아 엮어 내는 울림 공간은 무엇보다 그들이 생생히 살아 있었고, 앞으로도 그러해야 하리라는 믿음을 웅변한다.

둘째, 백석 시에 담긴 주도적인 체험은 토착 민속 현실이다. 그리고 그것은 구체 묘사와 사건 서술로 속속들이 되살아 있다. 민속이란 우리 겨레가 오랜 세월 공적 기억으로 키워 온 집단 현실이다. 백석 시에 속속들이 묘사, 서술되고 있는 민속 사실은 나라 잃은 현실 앞에서도 그것이 끝내 살아 있어야 하리라는 집요한 복원 의지와 맞물려 있다. 그리고 그러한 공적 기억 앞뒤로 백석 개인의 사적 기억이 어울렸다. 백석 시가 지향하는 민속 체험의 깊이와 부피를 더하게 하는 힘은 거기서 말미암는다.

백석 시의 등질화 작업이 보여 주는 친족동일성, 민족동일성 감각은 앞서 본 바와 같이 구체적인 명명공간과 민속 체험에 따라 한 불꽃처럼 환하게 타오르며 우리 앞에 열려 있다. 그리고 그 구체성이 지닌 밀도와 지속성에 비례하여 그것을 복원하고 지켜 나가야 한다는 믿음 또한 굳다. 백석이 시인 된 뛰어난 점은 이렇듯 개인의 장소 체험을 민족 지평으로 한껏 올려 세운 데에 있다.

5. 어린이 세계와 염결성

백석 시를 이끄는 지향정신은 무엇일까. 그것은 한마디로 어린이 세계의 순정으로 가꿔 온 염결성으로 보인다. 이 점은 백석 문학이 처음부터 끝까지 어린이문학 쪽 경험과 떨어지지 않았다는 사실과 묶어서 살필 일이다. 백석은 광복에 앞서 조선일보사 기자로 있으면서 거기서 내었던 어린이문학물 번역이나 어린이 매체 『소년』에 드나들며 어린이 문학과 묶여 있었다. 그리고 이 점은 광복 뒤 북한에 머물며 중심 갈래를 어린이문학으로 삼아 활동했던 사실과도 맞물린다. 백석 시가 어린이 세계와 맺고 있는 친연성은 이러한 작품 바깥쪽 사정뿐 아니다. 작품 안쪽으로도 쉽게 확인할 수 있는 일이다.

백석 시는 많은 경우 유년기 체험에 기대거나 그것을 되새기는 방식을 따른다. 시가 지닌 주도 시점이 어린이 것인 점은 당연한 일이다. 어린이가 지닌 맑은 눈길로 기억 이모저모를 꼼꼼하게 되살리고, 민속 현실 이곳저곳을 보다 생생하게 살폈다. 도시화한 예속 수도 '경성'(서울)에 맞서는 토착 민속 체험의 구체성과 기억의 선명함은 바로 어린이 눈길이 효과적으로 이끌 수 있었던 셈이다.[11]

게다가 백석은 어린이 세계의 주요 특징 가운데 하나라 할 수 있는 의인법적 유대를 남달리 즐겨 보여 준다. 가까운 사람과 사람, 사물과

---

11 백석 시의 주도 정서에서도 어린이 세계와 맞물려 있음을 볼 수 있다. 대표되는 것이 즐거움과 두려움이다. 놀이나 음식물, 기물, 민속 체험과 한가지로 맞물려 드는 즐거움과 두려움이야말로 백석 시가 놓인 든든한 정서적 바탕이다. 백석 시는 어린 시절의 사적, 공적 기억을 그러한 생생한 정서적 장치로 강화한다.

사람, 사물과 사람 사이에 걸친 맑은 동질성을 좇았다는 뜻이다. 백석
연구에서 앞자리에 섰던 이동순은 이러한 특성을 일찌감치 '합일'이라
는 말로 가늠했다.

> 새끼오리도 헌신짝도 소똥도 갓신창도 개니빠디도 너울쪽도 짚검불도
> 가락닢도 머리카락도 헝겊조각도 막대꼬치도 기왓장도 닭의 짗도 개
> 터럭도 타는 모닥불

> 재당도 초시도 문장 늙은이도 더부살이 아이도 새사위도 갓사둔도 나그
> 네도 주인도 할아버지도 손자도 붓장사도 땜쟁이도 큰 개도 강아지도
> 모두 모닥불을쪼인다

> 모닥불은 어려서 우리 할아버지가 어미 아비 없는 서러운 아이로 불상하
> 니도 몽둥발이가 된 슬픈 력사가 있다
>
> —「모닥불」[12]

　하찮은 사물과 사람이 한 모닥불 안에서 활활 타오르는 합일의 진면
목을 보여 주는 시다. 작품 밑바닥을 차지하고 있는 것은 어린이의 맑
은 눈길. 모닥불에서 "어미 아비 없는 서러운 아이로 불상하니도" 모닥
불에 타 "몽둥발이가 된 슬픈 력사"를 읽어 낸다. 어린이 눈길은 여기
서 그 슬픔을 넉넉하게 품어 안는 마을공동체 삶의 동질성을 드러 내

12 　『사슴』, 선광인쇄주식회사, 1936.

는 데 효과적으로 쓰이고 있다.

그러나 이렇듯 사물과 사람, 사물과 사물, 사람과 사람 사이에서 동질성을 좇아가며 맑고 깨끗하게 살고자 한 마음자리는 현실 앞에서 좌절을 겪을 수밖에 없었다. 백석이 고국을 떠나 만주 땅으로 넘어가고, 다시 광복 뒤 민족이 나뉜 어수선한 역사 현장으로 내려오면서 백석 시 속에 담기기 시작한 애련과 쓸쓸함은 바로 그러한 염결한 마음 바깥에 놓였던 엄혹한 현실로 말미암은 바다. 마냥 주저앉고 무너질 수밖에 없었던 백석이다.

오늘 저녁 이 좁다란 방의 흰 바람벽에

어쩐지 쓸쓸한 것만이 오고 간다

이 흰 바람벽에

희미한 십오촉 전등이 지치운 불빛을 내어 던지고

때글은 다 낡은 무명샤쯔가 어두운 그림자를 쉬이고

그리고 또 달디단 따끈한 감주나 한 잔 먹고 싶다고 생각하는 내 가지가

　지 외로운 생각이 헤매인다

그런데 이것은 또 어인 일인가

이 흰 바람벽에

내 가난한 늙은 어머니가 있다

내 가난한 늙은 어머니가

이렇게 시퍼러둥둥하니 추운 날인데 차디찬 물에 손을 담그고 무이며 배

　추를 씻고 있다

또 내 사랑하는 사람이 있다

내 사랑하는 어여쁜 사람이

어늬 먼 앞대 조용한 개포가의 나지막한 집에서

그의 지아비와 마조 앉어 대구국을 끓여놓고 저녁을 먹는다

벌써 어린 것도 생겨서 옆에 끼고 저녁을 먹는다

그런데 또 이즈막하야 어느 사이엔가

이 흰 바람벽엔

내 쓸쓸한 얼골을 쳐다보며

이러한 글자들이 지나간다

─나는 이 세상에서 가난하고 외롭고 높고 쓸쓸하니 살어가도록 태어났다

그리고 이 세상을 살어가는데

내 가슴은 너무도 많이 뜨거운 것으로 호젓한 것으로 사랑으로 슬픔으로
　　가득 찬다

그리고 이번에는 나를 위로하는 듯이 나를 울력하는 듯이

눈질을 하며 주먹질을 하며 이런 글자들이 지나간다

─하눌이 이 세상을 내일 적에 그가 가장 귀해하고 사랑하는 것들은 모
　　두 가난하고 외롭고 높고 쓸쓸하니 그리고 언제나 넘치는 사랑과 슬픔
　　속에 살도록 만드신 것이다 초생달과 바구지꽃과 짝새와 당나귀가 그
　　러하듯이

그리고 또 '프랑시쓰 쨈'과 도연명과 '라이넬 마리아 릴케'가 그러하듯이
─「흰 바람벽이 있어」[13]

13　『문장』 3권 4호, 문장사, 1941.

구체 묘사와 흥겨운 서술이 잘 어울린 백석 시의 특장이 이 작품에 서는 느슨해졌다. 내면 정서가 작품 앞으로 넘쳐난다. "가난하고 외롭고 높고 쓸쓸하니", '이쁜', "넘치는 사랑과 슬픔"과 같이 직정적인 낱말 개입이 잦아졌다. 그러나 어려운 시대 앞에서 한 시인이 겪는 아픔을 이처럼 담담하게 담기는 쉽지 않다. 오래 염결함을 지키려 한 시인이 겪었을 비탄이 고스란한 목소리다. 정서과잉이라 내칠 수 없는 긴장과 고뇌가 담겼다. 후배 청년 시인 윤동주가 백석 시에 한껏 빠져든 것도 이런 모습 때문이었을 것이다.

백석 시는 어린이 눈길로 닦아 온 염결한 마음자리를 보여 준다. 어릴 때 누렸을 순정을 현실 속에서 거듭 지키고자 한 만큼 그에 따른 현실 속 고뇌는 깊었다. 뜻과 달리 마구 달려드는 폭압적인 현실 앞에서 시인은 마냥 무릎을 끓을 수밖에 없었다. 그러나 그 곡진한 마음자리는 적지 않은 뒤 세대 시인뿐 아니라, 일반 대중독자 사회에 새삼스러운 울림을 주고 있다.

6. 전근대적 대응의 탈근대적 가능성

백석은 장소사랑을 바탕으로 지역어주의를 앞세워 친족동일성 감각으로 가득한 구체적인 토착 민속 현실을 맑고 조촐한 정신으로 담아 냈다. 이 점은 무엇보다 시인을 둘러싸고 있었던 공적 근대 체제, 곧 왜

로 제국주의 식민 현실에 맞서는 전통 지향적 대응의 결과라는 속뜻을
지닌다. 백석 시가 지닌 유별난 개성이 빛나는 자리가 거기다. 그럼에
도 그는 을유광복 뒤 고향 북한에서도, 남한에서도 창작 활동을 제대
로 보장받을 수 없었다. 바람직한 민족국가 건설이라는 들뜬 시대 이
상이 어지러웠던 남북 두 근대 체제 모두에서 그는 잊혀졌다.

성난 독수리마냥

두놈이 마주서 노린다

아직 날개쭉지도 자라지않고

젓비린내나는 두놈이

눈알맹이는 팽팽돌고

독사처럼 독오른 주둥이는

금시 간알픈 심장을 쪼아박아

들짱이 날것만같다

푸드득― 날샌 조약과함께

물고 뜯고 재치고

한놈은 기어코

또 한놈의 면두를 물고 늘어졌다

면두에서 피가 흐르고

가슴은 팔닥거려

밑에 깔린 놈이나

위에 덥친 놈이나 쥐죽은듯하다

이윽고 어미닭이 나타났다

두놈은 아무렇지도 않다는듯이

스르르 싸움을 헤치고

어미등에 품에 기여든다

—「병아리 싸움」[14]

특별한 길로 경인전쟁기 부산에서 발표된 작품이다. 다섯으로 나뉜 토막 하나하나는 다시 넉 줄로 짜였다. 실린 데에는 갈래 이름을 '시'로 올렸다. 그러나 동시에 가깝다. 병아리 두 마리가 다투다 어미닭이 오니 그 짓을 멈추고 "어미등에 품에 기여"든다. 한낮 고요한 마당에서 일어날 법한 그림이다. 시인의 눈길이 꼼꼼하다. 잘 짜인 다섯 칸짜리 만화 한 편을 보는 듯하다. 그런데 두 병아리 사이에 있었던 영문 모를 다툼과 어미닭에게 아무렇지도 않은 듯 안겨 드는, 긴장과 싸움 그리고 화해라는 정황은 단순하지 않은 울림을 준다. 광복 뒤 무거운 남북한 분단 현실 아래 놓였던 백석의 고뇌와 맞물렸음 직한 까닭이다. 아직 오지 않은 '어미닭'을 떠올리며 백석은 남에서 잊히고 북에서 억눌렸다. 그는 남북 두 근대 체제의 타작마당 아래 묻혀 버렸던 한 마리 '지렁이'였는지 모른다.

---

14 『재건타임스』 43호, 재건타임스사, 1952.8.11. 이 작품의 발표 연고에 대해서는 아래 글 참조. 박태일, 「백석의 미발굴시 「병아리 싸움」 변증」, 앞의 책, 13~38쪽.

내 지렁이는

커서 구렁이가 되었습니다

천 년 동안만 밤마다 흙에 물을 주면 그 흙이 지렁이가되었습니다

장마 지면 비와 같이 하눌에서 나려왔습니다

뒤에 붕어와 농다리의 미끼가 되었습니다

내 리과책에서는 암컷과 수컷이 있어서 새끼를 낳헛습니다

지렁이의 눈이 보고 싶습니다

지렁이의 밥과 집이 부럽습니다

— 「나와 지렁이」[15]

소년기 자연 공부와 맞물려 있을 법한 이 놀라운 상상력이야말로 백석이 지녔을 마음자리를 잘 드러낸다. 암수가 새끼를 낳아 한 집안을 이루며 사는 행복이 그것이다. 흙 속 "지렁이의 밥과 집"이 부럽다고 말하는 바람은 우울하면서도 깊다. 구체적인 아름다움으로 가득한 토착 민속 현실에 대한 유별난 집착은 이러한 바람에서부터 비롯된 바가 아닌가. 어찌 보면 백석 시는 우리 문학사가 오랜 세월 숨기듯 키워 낸 한 마리 금빛 '지렁이'였는지 모른다. 그 '지렁이' 환한 '눈'이 되살린 터의 맨살, 흙의 속살을 우리는 뒤늦게나마 보고 있는 셈이다.

백석은 근대의 아들이었으나 전근대를 딛고 서 있었다. 근대가 저지르는 장소 파괴와 장소 상실 앞에서 집요하게 전근대 토착 민속 현실을 우리에게 굳건하게 되살려 냈다. 그 안에는 사람보다 사물보다 장

15　『조광』 1권 1호, 조선일보사, 1935.

소가 먼저라는 당당한 서열 역전이 있다. 큰 것보다 작은 것, 추상적인 명분보다 구체적인 실제가 앞선다는 웅숭깊은 눈길이 있다. 전근대의 서정과 근대의 방법을 하나로 녹인 백석의 자리가 오롯하다. 땅 속 '지렁이' 울음소리를 들으며, "지렁이의 눈"으로 세상을 보듬는 생명가치와 신생 윤리가 그것이다.

7. 마무리

시는 언어로 이루어지는 창조적 관습이다. 그런 점에서 백석 시는 개인의 개성과 민족적 정체성을 자신의 작품 속에 하나로 녹여낸 흔치 않은 본보기를 보여 준다. 그럼에도 백석에게는 아직까지 밝혀야 할 구석이 적지 않다. 작품 발굴, 생애 발굴 작업도 남아 있다. 게다가 그의 작품은 평범한 독서로는 넘어서기 힘들다. 평북 지역어에 뿌리를 둔 시어는 풀이부터 어렵다. 만족스런 텍스트 확정이 뒷날로 미루어지고 있는 까닭이다. 한마디로 백석 시는 쉽지 않다.

학문공동체에서도 백석 시가 어려운 마당이니 일반 독자사회에서는 더하리라. 그럼에도 한번 불붙은 그에 대한 사랑은 줄지 않고 있다. 독자사회에 본격 알려지기 시작한 1980년대부터 우리가 읽어 낸 것만으로도 백석의 이름은 이미 드높다. 놀라운 변화며 반전이다. 우리의 백석 사랑은 잘 모름에도, 다가서기 어려움에도 더 알아내고 더 다가

서야 할 일로서 그를 향하고 있는 셈이다. 그리고 이러한 역설이야말
로 행복한 문학이 지니는 아름다운 운명 아닌가.

　백석은 우리 시대 한 고전이다. 다음 세대는 그에게서 무엇을 읽고,
무엇을 욕망할까. 뚜렷한 사실은 어느 쪽으로든 백석을 더욱 새롭게
사랑하리라는 믿음이다. 백석은 먼 뒷날까지 사랑받을 자격을 넉넉히
갖춘 시인이다. 우리는 한 시절 어떻게 살아왔는가, 어떻게 살아야 할
것인가라는 물음을 버리지 않는 한 독자사회는 그를 잊지 않을 것이
다. 그를 찾아 읽는 즐거운 고통을 기꺼이 받아들일 것이다. 백석, 그
는 어느덧 탈근대의 격랑 한가운데로 열려 있다.

백석과
장소사랑의 드라마

1. 들머리

　시인은 창조하는 이다. 말글로 창조하는 가장 높은 자리에 시가 놓인다. 몸으로 부딪치는 창조가 아니라, 말글이라는 기호를 빌린 창조라는 점에서 시는 어느 문화 관습보다 자유로운 쪽으로 열려 있다. 아울러 같은 까닭으로 모든 시는 이념이나 당대의 이해 지평에 묶일 수밖에 없다. 좋은 시인은 서로 모순되는 듯한 이러한 시의 창조 가능성을 한껏 끌어올린 이다. 백석이야말로 훌륭한 본보기다.

　백석은 개인의 개성과 민족적 정체성을 자신의 창조적 삶 속에 하나로 녹여낸 흔치 않은 경우를 보여 준다. 그 점은 나라잃은시대 제국주의 식민자들이 한결같이 저질렀던 민족 고유 지역과 장소 파괴 아래서 그에 맞서 한결같은 장소사랑(topophilia)으로 바람직한 민족 현실을 고스란히 되살려 내고자 한 데서 드러난다. 장소 발견과 장소 복원, 그리고 장소 창조의 가능성을 힘껏 좇아간 문학 생애가 그것이다.

2. 풍경에서 장소 발견까지

백석은 1912년 7월 1일 평북 정주에서 태어났다. 아버지 백용삼은 농사에 하숙을 치며 살았다. 그러다 신문물에 관심을 가져 일찌감치 사진 기술을 익혔던 이다. 한국 초기 사진사에 이름을 올릴 만큼 큰일을 이룬 바는 없으나, 서북 지역으로 밀려왔을 사진술을 제대로 배운 사람이다. 지역에서는 보기 드문 신문물 세대였던 셈이다. 가세가 넉넉하지는 않았다. 오산학교 가까이 터를 잡고 품위를 잃지 않고 살려고 했던 그다. 정주에서 동아일보 지국을 열었으며 뒷날 『조선일보』를 맡아 키워 냈던 방응모는 동향 선배다.

백석의 유년 경험 가운데서 매우 중요한 동기는 아마 아버지가 지녔던 사진기였을 듯싶다. 우리에 의한 사진업이 나라 안에 뿌리내리기 시작한 때는 1889년이다. 서화가 김규진이 고종의 명을 받아 섬나라에서 사진술을 배워 돌아온 뒤 서울 천연당사진관을 연 때가 1903년이다. 그것을 아들에게 넘긴 뒤 김규진은 1915년 평양에서 다시 사진관을 열었다. 백석의 아버지 백용삼은 이러한 지역의 사진업 도입과 무관하지 않은 인물로 보인다. 어릴 적부터 아버지 사진기를 만지며 들여다보며, 또는 사진을 읽으며 총명한 백석은 사진적 감수성을 오롯이 내면화했을 것이다.

사진은 카메라눈을 빌려 마주선 피사체를 직사각형 평면 안에 가둔다. 근대 개인의 사적 시공간에 대한 저장과 추억은 사진으로 말미암아 비로소 가능했다. 쉼 없이 변화하는 우연적 현실을 선택하여 하나의 전형적인 풍경으로 갈무리하는 놀라운 힘을 지닌 가장 근대적인 산물이 사진 아닌가. 피사체가 놓인 현실에서 벗어날 수 없으면서도 카메라눈의 선택과 배제 활동은 굳어진 평면으로 현실을 복제해 낸다. 이러한 사진의 요술을 백석은 일찌감치 온몸으로 체득했을 성싶다. 그 가운데 하나가 섬세한 풍경의 발견이다.

산뽕잎에 빗방울이 친다
멧비둘기가 닌다
나무등걸에서 자벌기가 고개를 들었다 멧비둘기 켠을 본다

―「산(山)비」

'산비'가 내리는 숲속에서 짧은 순간 볼 수 있음 직한 작은 자연의 움직임을 한눈으로 가두어 시로 되옮겼다. 뛰어난 사진사의 솜씨를 보는 듯하다. 예리한 관찰력과 풍경 선택의 적확성이 돋보인다. 어릴 적부터 몸에 배었을 사진적 감수성과 무관하지 않는 일이다. 그리고 사진은 피사체와 물러서거나 맞서야 하는 거리 감각을 본질로 갖는다. 백석 시에 나타나는 성찰적 자의식과 고독의 느낌은 어찌 보면 필연적인 내면이었던 셈이다.

소년기로 들어서면서 백석의 세련된 눈길은 풍경 속에서 삶을 읽기

시작했을 것이다. 그런 점에서 백석의 소년기가 이름 드높았던 민족 오산학교에 터를 둔 점은 뜻이 크다. 게다가 교장 조만식은 백석의 집에 하숙인으로 머물렀다. 백석과는 사사로운 친교까지 가능했을 것이다. 1924년 입학하여 1929년 졸업할 때까지 백석이 오산학교에서 민족의식을 단련했을 것임을 짐작하기란 어렵지 않다. 아울러 동향 선배 시인 소월의 독특한 향토 서정도 거기서 배웠다. 앞으로 백석의 삶에 결정적인 영향을 끼칠 두 개의 큰 징검돌을 만난 데가 오산학교였다.

  잠자리 조을든 무너진 성(城)터

  반딧불이 난다 파란 혼(魂)들 같다

  어데서 말 있는 듯이 크다란 산(山)새 한 마리 어두운 골짜기로 난다

  헐리다 남은 성문(城門)이

  하늘빛같이 훤하다

  　　　　　　　　　　　　　　　　　　　　—「정주성」 가운데서

  풍경은 마주 보거나 건너다보는 대상이다. 거기에 사람의 삶과 추억이 깃들고 눈에 익으면 풍경은 장소로 바뀐다. 비로소 나날살이의 삶터로 자리잡는다. 「정주성」은 시인으로서 백석의 첫 발표 작품이다. 아울러 백석의 마음 바닥에 고향 정주가 장소로 자리잡은 모습을 잘 보여 준다. 그런데 그 자리는 을씨년스럽고 쓸쓸하다. 머물 데 없는 파란 '혼'불처럼 반딧불이 난다. "헐리다 남은" 옛 정주 성터는 그대로 백석 둘레를 싸고 있는 삶의 현실을 표상한다. 이미 고향 정주는 안온하고

도 친밀경험으로 가득한 행복한 중심장소가 아니다. 나라 어느 곳이라 할 것 없는 장소 상실의 슬픔이 작품을 끌어 잡고 있다. 백석이 몸으로 깨달은 민족 현실이 「정주성」 위 훤한 '하늘빛'에 녹아 있는 셈이다.

백석은 오산학교를 마친 뒤, 고향에 머물면서 1년 동안 문학 수업을 거듭했다. 1930년 『조선일보』에 단편소설 「그 모(母)와 아들」이 당선한 일은 그 결실이다. 아버지와 친교가 깊었던 방응모의 도움을 받아 『조선일보』 장학생으로 섬나라 유학을 떠날 수 있었던 인연까지 얻었다. 동경 청산학원 유학은 백석에게 새로운 근대 경험의 기회였다. 아울러 이향의 공간에서 장소 상실의 막막한 현실을 더욱 깊이 깨닫는 계기를 마련했다.

이즉하니 물기에 누굿이 젖은 왕구새자리에서 저녁상을 받은 가슴앓는
　사람은 참치회를 먹지 못하고 눈물겨웠다

어득한 기슭의 행길에 얼굴이 햇슥한 처녀가 새벽달같이
아 아즈내인데 병인(病人)은 미역 냄새 나는 덧문을 닫고 버러지같이 눟
　었다

—「시기(柿崎)의 바다」 가운데서

섬나라 어느 조그만 포구에서 겪는 이향의 고적함이 선명하다. "저녁상을 받은 가슴앓는 사람"과 "덧문을 닫고 버러지같이" 누운 "해쓱한 처녀" '병인', 둘에 대한 동일시를 빌려 그것을 그려 내고 있다. 소외되고 버려진 현실에 대한 백석의 눈길이 뚜렷하다. 왜인들과 맞서 뛰어

난 외국어 솜씨를 뽐낼 수 있었던 피식민지 젊은이 백석의 마음 바닥
에는 '눈물'겨운 상실감과 슬픔 또한 깊었으리라.

3. 장소 복원과 구체적인 아름다움

백석이 고향 정주를 떠나 4년에 걸친 유학을 마치고 서울로 돌아온
때가 1934년이다. 이미 훤칠한 청년으로 자라난 백석은 자신의 유학에
도움을 주었던 『조선일보』 기자로 일하면서 문단 교유를 넓혀 나간다.
1936년 첫 시집 『사슴』을 100부 호화판으로 냈을 때 백석은 이미 이채
를 띤 젊은 개성파 시인으로 눈길을 끌었다. 그러다 홀연 함흥 영생고
보로 내려가 교육자로 두 해를 머문다. 1938년에는 다시 서울로 올라
왔다.

백석의 문학 생애에서 가장 화려하면서도 빛나는 활동이 이루어졌
던 무렵이다. 아울러 민족 고유의 토착 장소와 동일성 공간에 대한 인
식이 더욱 넓어지고 깊어진 시기이기도 했다. 고향 정주에서부터 비롯
한 바, 실존적 중심장소를 얻기 위한 노력을 평안도로 함경도로 남쪽
통영으로 옮겨가면서 곳곳에서 거듭했다. 제국주의 식민화에 따른 장
소 상실과 파괴의 현실 아래서 끈질긴 장소사랑으로 토착적 민족 현실
의 복원을 힘껏 궁리했던 시절이다.

① 푸른 바닷가의 하이얀 하이얀 길이다

(…줄임…)

이 길이다

얼마 가서 감로(甘露) 같은 물이 솟는 마을 하이얀 회담벽에 옛적본의 쟁
　　반시계를 걸어놓은 집 홀어미와 사는 물새 같은 외딸의 혼삿말이 아지
　　랑이같이 긴 곳은

— 「남향(南鄕) – 물닭의 소리 4」 가운데서

② 북관(北關)에 계집은 튼튼하다

북관(北關)에 계집은 아름답다

아름답고 튼튼한 계집은 잇어서

흰 저고리에 붉은 길동을 달어

검정치마에 받쳐 입은 것은

나의 꼭 하나 즐거운 꿈이었드니

어늬 아침 계집은

머리에 무거운 동이를 이고

손에 어린 것의 손을 끌고

가파러운 언덕길을

숨이 차서 올라갔다

나는 한종일 서러웠다

— 「절망」

③ 여인숙이라도 국수집이다

모밀가루포대가 그득하니 쌓인 웃간은 들믄들믄 더웁기도 하다

나는 낡은 국수분틀과 그즈런히 나가 누어서

구석에 데굴데굴하는 목침(木枕)들을 베여보며

이 산골에 들어와서 이 목침들에 새까마니 때를 올리고 간 사람들을 생
  각한다

그 사람들의 얼굴과 생업과 마음들을 생각해 본다

— 「산숙(山宿)—산중음(山中吟) 1」

백석이 지향했던 장소사랑의 방법이 잘 드러나는 시들이다. 백석과 처음 '혼삿말'이 오갔던 이가 통영 처녀 박경련이었다. ①에서 "홀어미와 사는 물새 같은 외딸"로 표현된 이다. 그녀와 사이에 있었던 실연의 아픔을 떠올리는 시가 ①이다. 백석에게 거듭 일어났던 사랑과 이별, 그리고 몇 차례 거듭한 여성 편력은 어쩌면 든든한 친밀장소를 얻기 위한 노력 가운데 하나는 아니었을까. 백석이 '란'이라 일컬었던 박경련과 같은 여자는 온 마음으로 깃들고 싶었을 굳건한 장소의 다른 모습일 수 있다.

②는 백석이 기울인 장소사랑의 너비를 잘 보여 준다. 여자는 "무거운 동이를" 인 채 "어린 것의 손을 끌고" 가파른 '언덕길을' "숨이 차서" 올라 가고 있다. 그 여자가 깃들어 있는 '북관'으로 표현하고 있는 바 민족의 이지러진 장소 현실이 고스란히 담겼다. '북관'의 모든 이들이 "아름답고 튼튼"하게 제대로 의식주 모자람 없을 삶의 자리가 백석에게는 "꼭 하나 즐거운 꿈"이었다. 그러나 현실은 그 일을 꿈으로만 남

게 한다. 백석을 '한종일' 서럽게 만드는 피식민지 예속 현실은 한결같이 강고하다. 훼손되지 않은 중심장소를 확보하고 그것을 복원하기 위한 백석의 노력은 그에 맞서 더욱 굳다. 그리고 그것은 구체적인 아름다움이라 이름 붙일 만한 세 갈래 길을 좇아 나아간다.

첫째, 명명의 구체성이다. 백석 시에 등장하는 인명, 지명, 짐승명과 음식명에 이르기까지 두루 보이는 고유명사의 넘쳐 나는 듯한 쓰임은 우리 근대시의 가장 이채로운 부분이다. 무엇보다 고유하고도 개별적인 이름으로 불리어진 그 대상에 대한 구체적이고도 친숙한 앎을 전제로 삼은 일이다. 이러한 고유명사의 단호한 쓰임은 백석이 복원하고자 하는 장소를 식민주의자에게 매우 낯설고 쉬 다가설 수 없을 세계로 만든다.

둘째, 체험의 구체성이다. 백석 시에 나타나는 주도 정서는 유년기적 두려움과 한껏 만족스런 즐거움, 알맞게 다듬어진 절망과 슬픔이다. 그리고 그것은 기물 상상력 또는 민속 상상력이라 할 만큼 구체적이고도 세부적인 가재도구나 사물, 또는 민속 의례 사이사이로 뿜어져 나온다. ③은 그 점을 잘 보여 준다. "여인숙이라도 국수집"인 '산골'의 한 집안 장소다. '모밀가루포대'와 "낡은 국수분틀" 그리고 "데굴데굴하는 목침(木枕)들"이 화해롭다. 그들을 빌려 '산골'까지 '들어와서' 머물렀을 "사람들의 얼굴과 생업과 마음들을" 속속들이 떠올리는 백석의 눈길은 섬세하고도 넉넉하다. 백석의 장소 복원이 제국주의 피식민지 하부의 민속 현실과 민족 구성원의 삶자리에 든든하게 터 잡고 있음을 일깨워 주는 시다.

셋째, 말씨의 구체성이다. 백석 시에 나타나는 장소 복원의 꿈은 지역말에 대한 집착과 독특한 어법으로 더욱 굳건한 힘을 얻는다. 구체적인 지역성과 장소에 뿌리내린 말이 지역어다. 거기다 반복과 병렬, 줄임과 늘임, 그리고 서술과 묘사를 알맞게 섞어 엮는 독특한 말씨가 백석의 특장이다. 이 점은 그의 시를 줄글투이면서 싱싱하게 가락이 살고, 가락글이면서 현실의 서사적 세부를 꼼꼼하게 끌어안도록 이끈다. 그리고 이러한 구체적인 나날살이의 말씨에 맞선 것이 제국주의 식민자의 권력언어·표준언어인 '국어(왜어)'다. 그 무렵 여느 시인과 견줄 수 없을 정도로 높은 평북 지역어 쓰임의 강도와 빈도야말로 바로 이 맞섬이 매우 의도적인 것임을 일깨워 준다.

구체성의 미학이라 일컬을 만큼 울림 큰 장소사랑은 백석 문학의 가장 이채를 띠는 모습이다. 그리고 그로 말미암아 속속들이 되살려 낸 민속 현실과 장소 체험은 제국주의 식민자들이 손댈 수 없는 자리의 것이다. 백석이 마련하는 구체적인 아름다움에는 제국주의 피식민 현실 속에서 그들과 맞서기 위한 깊은 고심이 오롯이 담겨 있다. 그러나 제국주의자의 폭력은 더욱 강고해지기만 했다. 피식민지의 중심 서울(경성)에 더 머물 수 없었던 백석이다. 중국대륙침략전쟁의 성공을 위해 이른바 '국민정신총동원운동'이 저질러지던 때다. 맑고 고결한 마음으로 제 삶터를 지키고 싶었을 시인은 다시 이향의 길을 떠날 수밖에 없었다.

백석이 서울과 함흥을 오가던 생활을 접고 중국 동북성, 우리 민족의 북방으로 몸을 내려 놓은 때는 1939년이었다. 이른바 '오족협화'의 허울좋은 난장이 이루어지고 있었던 곳이다. 그리고 거기서 백석의 장소사랑은 민족적 원형을 발견함으로써 깊이를 더한다. 그러면서 역설적으로 절망감이 더 짙어지기도 한 곳이다.

이제는 참으로 이기지 못할 슬픔과 시름에 쫓겨

나는 나의 옛 한울로 땅으로—나의 태반(胎盤)으로 돌아왔으나

이미 해는 늙고 달은 파리하고 바람은 미치고 보래구름만 혼자 넋없이
　떠도는데

아, 나의 조상은 형제는 일가친척은 정다운 이웃은 그리운 것은 사랑하
　는 것은 우러르는 것은 나의 자랑은 나의 힘은 없다 바람과 물과 세월
　과 같이 지나가고 없다

—「북방(北方)에서—정현웅(鄭玄雄)에게」 가운데서

백석의 절창 가운데 하나다. 북방이 백석에게 어떤 뜻을 지닌 장소였
는가가 잘 드러난다. 이저리 바람 차거운 이방의 골목을 떠돌며 백석이
깨달은 것은 저 아래 굳건한 시간의 밑바닥에 놓여 있는 겨레의 '태반'
이다. 그리고 그것을 되살릴 수 없을 현실로 말미암은 절망이 그 위를
덮는다. "나의 조상은 형제는 일가친척은 정다운 이웃은 그리운 것은
사랑하는 것은 우러르는 것은 나의 자랑은 나의 힘은 없다 바람과 물과
세월과 같이 지나가고 없다"는 처절한 탄식이 일깨워 주는 바다.

절망에도 품격이 있고 슬픔에도 가락이 있음을 보여 주는 시다. 백
석에게 북방은 고향 정주의 환유였다. 제국주의 수부인 서울(경성)의
식민문화를 벗어날 수 있는 한 가능성이었다. 그러나 북방은 웅혼했던
민족의 원형과 그것을 지켜 내지 못한 당대 현실에 대한 절망, 게다가
그 속에서 더욱 사소하게 가라앉아 있는 자신에 대한 슬픔이 켜켜로

누르는 자리였다. 장소 복원의 노력이 깊어지면 깊어질수록 장소 상실
의 현실 또한 더욱 명료해진 셈이다.

4. 장소 창조의 꿈과 좌절

　1945년 을유광복이 개인 백석에서 안긴 혼란은 매우 컸을 것이다.
그는 남으로 월남하지 않았다. 월남할 까닭이 없다. 그러나 북에서 그
는 주류 문학인으로 올라서기 힘들었다. 나라잃은시대의 투쟁 경력과
정치적 파당성이 중요했던 초창기 북한 문학사회다. 백석은 러시아어
를 잘하는 재주 있는 번역가 가운데 한 사람이었을 따름이다. 게다가
그는 민족주의자 조만식의 비서를 지냈다. 그리고 그는 무엇보다 근대
적 제도의 획일화에 맞서고자 했던 지역주의자가 아니었던가.
　백석이 1950년 경인년 전쟁을 거친 뒤부터 북한의 사회주의가 제자
리를 잡아 나가는 과정에서 스스로 몸을 낮출 수밖에 없었음은 능히
짐작할 수 있는 일이다. 「동화문학의 발전을 위하여」를 비롯한 어린이
문학 평론을 발표하고, 『문학신문』의 편집위원으로 활동하기 시작한
때가 1956년이었다. 1957년에는 동화시집 『집게네 네 형제』를 펴내고
힘을 얻었다. 그리고 오로지 번역에만 골몰했다. 그러다 이어진 어린
이문학 논쟁으로 자아비판을 거친 다음, 그는 1959년 삼수군 관평리의
국영협동조합으로 내려갈 수밖에 없었다. 그리고 그 자리에 아래와 같

은 작품이 놓인다.

> 먹고 사는 시름 없이 행복하며
>
> 그 마음들 이대도록 평안하구나
>
> 새로운 둥지의 사랑에 취하였으매
>
> 그 마음들 이대도록 즐거웁구나
>
> ―「동식당」 가운데서

아직까지 문학에 대한, 새로운 세상에 대한 믿음을 버리지 않았다. 고유한 개별 지역성에 뿌리를 내리고 사람이 뜻 맞고 마음 맞추어 가면서 한 피붙이처럼 "둥지의 사랑에" 취해 살아가는 장소의 창조, 백석은 그것을 꿈꾸고 있었는지 모른다. 그러나 북한사회는 더욱 새롭고 강고한 근대의 산물이었다. 섬나라 제국주의와 또 다른 전체주의 공간이었을 따름이다.

이 속에서 지역의 개별성과 장소의 구체성에 뿌리를 내리고자 했던 백석이 자리잡기란 어려웠겠다. 백석이 그의 본령인 시에서 몸을 빼 번역과 어린이문학으로 변화의 계기를 찾으려 했던 것은 충분히 이해할 만한 일이다. 북한 사회주의 건설의 길에서 그의 몸놀림은 불편하고 조심스러웠다. 오래도록 평양에서 밀려난 변두리 삶 속에서 백석은 새로운 장소 창조와 재창조의 가능성을 접어야 했던 것이다.

그의 삶과 문학이 우리 문학사회에서 복권한 것은 이동순이 공력을 쏟아 마련한 『백석 시 전집』(1987)부터다. 그 뒤 그에 대한 관심은 높아만 갔다. 그의 시가 지닌 유별난 장소사랑과 구체적인 아름다움은 놀라운 개성으로 사람들의 눈을 빼앗고 찬사를 받기에 이르렀다. 어느덧 남쪽에서는 김소월·한용운·이육사·윤동주와 비슷한 높이로 그의 시가 올라선 듯싶다. 그럼에도 그는 자본주의 저작권료의 부담에서 자유롭게 그의 작품집이 거듭 나오고 있었던 1995년, 83세로 쓸쓸히 북한 가장자리에서 숨을 거둔 것으로 알려진다.

이름없는 한 늙은이로 '개구리네 한솥밥' 행복하게 먹는 꿈을 오래도록 접고 산 뒤였다. 그때까지 백석은 뜻 맞고 마음 맞는 이들끼리 "먹고 사는 시름"없는 장소를 이 세상 어느 곳에 가꾸고 이루며 살고 싶은 먼 꿈을 버리지 않았을 것이다. 그리고 그 꿈은 21세기를 숨차게 나아가고 있는 오늘날 우리 앞에 새로운 생명 사랑의 첫 체험으로 신선하게 놓여 있다.

5. 마무리

백석은 나라잃은시대가 만들어 낸 매우 개성적이며 뜻깊은 시인이다. 그는 제국주의의 식민 책략에 의해 지역 파괴와 장소 상실로 산란했던 겨레 현실 아래서 한결같은 장소사랑을 빌려 우리의 토착 민속 세계를 발견하고 그것을 속속들이 되살려 내는 일에 힘껏 나아갔다. 그의 시에 여러 길로 나타나는 구체적인 아름다움은 제국주의의 폭력과 획일화한 식민문화의 강압 아래서 그것이 손댈 수 없을 민족 하부

문화로서 맞서려는 옹골찬 믿음과 노력을 고스란히 보여 준다.

그러나 그가 꿈꾼 장소사랑의 드라마, 곧 장소 발견에서 장소 복원으로 다시 장소 창조로 나아가고자 했던 한결같고도 독특한 걸음은 행복한 마무리에 이르지 못했다. 근대 전체주의의 또 다른 단계로 나아간 북한 문학사회에서 그는 서서히 잊혀지기에 이른 것이다. 남한에서도 그는 이념의 덫에 오래도록 갇혀 있었다. 그런 점에서 그는 마지막까지 근대의 아들로 산 시인이다.

그럼에도 그가 펼쳐 보인 장소사랑의 구체적인 아름다움은 오늘날 새롭게 지역 발견과 장소 창조를 부추기며 우리에게 지리학적 신생을 꿈꾸게 한다. 백석은 이제 근대 성찰과 후기 근대의 전망을 제시하는 첫자리에 놓인 셈이다. 이런 점에서 뒤늦긴 했으나 시인으로서 백석의 삶은 행복한 바 있다. 백석, 그는 어느덧 오래도록 우리 겨레가 우러러볼 북쪽 하늘 드높은 별 가운데 하나로 성큼 올라섰다.

백석 시와
명성의 사회학

1.

　1987년에 첫 전집이 나왔다. 그 뒤 오늘에 이르기까지 전집 또는 선집 꼴로 펴낸 작품집만 스물을 넘어섰다. 개별 연구서도 여럿이다. 각급 학교 교과용 도서에 빠지지 않고 실려 작품과 이름을 들내고 있다. 놀라운 명성 확대다. 어느새 이즈음 시인들에게 가장 많이 영향을 끼친 이로까지 올라섰다. 한 잡지에서 간추린 설문 조사 결과다. 표본 대상을 어떻게 골랐는가는 제쳐 두고서라도 그의 명성이 어느새 굳건해졌음이 분명하다.

　많은 시인이 문학적 아버지로서 그를 자랑스럽게 내세울 정도로 추김을 받고 있다. 본디 문학의 영향 관계는 제대로 알아채기가 쉽지 않다. 흔히 과장하거나 왜곡·은폐하기 일쑤다. 그런데 세상에 이름이 알려진 지 스무 해도 지나지 않은 짧은 기간이다. 그는 심리적으로나 제도적으로나 우리 문학사회에서 두터운 영향력을 지니게 된 셈이다.

또 하나 근대 문학의 신화로 자리 잡은 것인가? 백석, 지금 그의 시와
삶을 나는 말하고 있다.

2.

　문학사회 독자들은 영리하면서도 이기적이다. 이해관계가 앞서는
일에서는 누군들 그렇지 않으랴. 제 이익에 각별나다. 독서를 위해 돈
과 시간을 내놓은 만큼 본전을 뽑겠다는 뜻이 뚜렷하다. 따라서 쉽게
오를 수 있을 높이의 작품이나, 쉽게 이해할 수 있을 삶에 대해서는 관
심이 옅다. 선정적이니 도를 넘친 경우니 가릴 것 없다. 유별한 자리를
요구한다. 시인들이 뒤따라야 할 방안이라야 돌아보아 둘 뿐이다.
　첫째, 작품의 수월성이다. 수준 높은 작품을 거듭 내놓아야 한다. 그
런데 작품의 수월성은 그 잣대나 판단에 독자사회 구성원이 깊이 끼어
들기 힘들다. 더 넓은 문학 제도가 동의하거나 그 안에서 거듭 검증, 재
생산을 거쳐야 할 일이다. 선뜻 작품 수준에다 턱을 걸고 돈과 시간을
내놓기란 어렵다. 눈앞에 맞닥뜨린 몇 점 평가 점수와 맞물려 있는 각
급 학교 과제 학습을 위한 독서라면 모를 일이다. 그럴 경우가 아니라
면 굳이 독자는 작품 수준의 높낮이라는 어름한 요인에 끌려다닐 만큼
한가하지 않다.
　둘째, 삶의 예외성이다. 이건 좀 묘하다. 보통 독자들이 다가서기 손

쉬운 자리다. 자신이 지닌 삶의 기대지평에 맞추어 예외성이 클 때 재미를 느낀다. 요절이나 남다른 로맨스가 본보기다. 거친 영웅 시도나 급격한 몰락도 좋다. 시인의 비극과 절망이 극적일수록 마음 줄 채비가 단단하다. 예외적인 삶자리는 독자가 능동적으로 들어서기 쉽다. 세련된 접근이 필요한 작품 안쪽 수월성과는 다르다. 이 일이 만족스러울 땐 작품 수준을 따지는 독자의 눈길도 썩 너그러워진다.

그러하니 독자사회가 시인에게 더 많은 비극과 순교를 부추긴다고 난처해 할 일만은 아니다. 자신이 나아가거나 닿을 수 없을 길과 높이에 이를 때만 사람들은 관심과 존경의 터무니를 찾아낸다. 이해타산에 밝다. 엔간히 힘쓰면 누구나 낼 수 있을 것만 같은 작품이나 세상에 펴나르고 있는 입장이다. 저잣거리의 장삼이사로 떠들고 다니는 신세다. 현실독자나 미래 가상독자가 자기 시에 마음을 줄 것이라는 헛꿈은 죄 거두는 것이 좋다. 그렇다고 독자사회를 겨냥하지 않는 문학이 가능한 일도 아니다. 모든 글쓰기에서 독자는 필수 조건이다.

어쨌든 문학 명성은 어느 시대·세대·집단에 의한 선택과 배제, 그리고 강화 전략으로 말미암은 결과다. 억압적 명성도 많다. 제도적 폭력이다. 동의와 억압, 권위와 권력 사이를 잘도 오간다. 이즈음 문학사회 안쪽에 여러 형태의 명예 시비가 잦아졌다. 이제껏 되풀이해 왔던 사회 학습의 허약한 뿌리가 드러나기 시작한 일일 따름이다. 모든 문학 명성에는 그 생산과 재생산의 사회학이 있다. 당대 이념과 자본이 그것이다. 거듭하거니와 독자는 이기적이다. 이른바 명작을 고르는 데 많은 돈과 시간을 허비하지 않는다.

3.

　백석 선풍이라 일컬어 놓고 보자. 이 명성 증대 현상에는 네 가지 요인을 찾을 수 있다. 첫째, 1980년대 후반부터 마련된 문학 바깥 환경이다. 현실 제도 정치의 자리에서 실천 이념으로서 마르크스주의는 사회적 정합성을 잃어버렸다. 민족문학도 외연을 넓히는 일에 고심이 깊었다. 이 속에서 백석은 부드러운 민족주의자로서, 개성적인 미학을 일군 새 본보기로 떠올랐다. 앞 세대에 견주어 교조적 틀에서 상대적으로 자유로운 문학사회였다. 백석은 사실 관계에서만 보더라도 분단 극복과 대승적 민족문학을 일깨우기에 모자람이 없었다.

　둘째, 근대문학사가 마련해 놓은 문학 명성의 잘잘못에 대한 사회적 의심이 커졌다. 오늘날 우리가 널리 따르고 있다고 믿는 문학적 권위는 많은 부분 1945년 이전의 격렬 항쟁문학과 인연이 멀다. 1960~1970년대를 거치며 이념적 온실과 실증적 근시 환경 안에서 이루어진 반복과 대립의 결과일 따름이다. 민족이건 반민족이건 민주건 반민주건 자기 성찰의 기회가 드물었다. 어림없다. 이런 속에서 떠오른 백석 시는 고스란히 먼지 앉은 보석상자였다. 기존 명성에서 멀리 비켜서 있었던 만큼 순순한 사랑을 받을 만한 됨됨이가 오롯했다.

　셋째, 백석 시가 지니고 있는 새로움이다. 백석 시의 어법은 토박이말이 중심인 매우 세련된 개성을 보여 준다. 시인이란 무엇보다 자기 말씨를 갖춘 사람이다. 이런 전제를 받아들인다면 백석이야말로 근대 시사에서 자기 말씨를 제대로 다듬은 몇 되지 않는 시인이다. 민족 현실을 포기하지 않는 서사적 뼈대와 구체적인 아름다움, 토박이말에 뿌리를 두면서도 잘 다듬어진 말씨, 줄글과 가락글 사이를 기능적으로 오가는 방법은 쉽게 흉내낼 수 없을 경지다. 우리 문학사회가 함께 공들여 읽어야 할 나머지가 많다는 뜻이다.

넷째, 백석의 삶에 겹쳐진 로맨스다. 기녀였던 자야와 이루었다고 하는 사랑, 그 일대기 출판과 같이 남달리 애틋하지만 불분명한 로맨스가 한 몫을 했다. 박경련과 있었던 연모도 알려졌다. 사랑이라는 전형적인 대중문화의 주제는 백석의 깔끔한 취향과 더불어 그에 대한 관심을 부추겼다.[1] 백석 문학의 겉을 싸는 데 매우 효과적인 유인 요소였다. 이 점은 널리 사랑받고 있는 그의 작품이 부드러운 연정의 감각이 살아 있는 「나와 나타샤와 흰 당나귀」와 같이 한쪽으로 치우치고 있는 점과 무관하지 않다. 주관성이 들나고 있는 작품군이다.

다섯째, 출판사에는 미안한 노릇이지만 저작권에서 자유로웠던 자리다. 남북한 문학사에서 아울러 잊혀졌던 백석 작품이다. 대중화에 성공할 수 있었던 것은 역설적이게도 남한에서 백석의 작가적 개성이 보호받지 못한 점이 한 몫을 했다. 첫 전집이 나온 뒤 스무 해에 이르지 않은 때다. 크작은 출판사에서 낸 작품집만 스무 권을 넘어선 일을 다시 들먹거릴 필요는 없겠다. 한국 자본주의의 출판 환경은 북한 사회에서 어렵사리 살았을 개인 백석에게는 안타까운 일이다. 그러나 작품을 위해서는 다행스러웠다.

---

1 이 자리는 1950~1960년대 애절한 사랑시로서 대중적 내면화를 거친 소월 시나, 돌발적인 죽음에다 거침없었던 육욕이 명사의 로맨스로 둔갑해 명성 증폭을 일으킨 유치환과 비슷한 경우다. 그들에 견주어 백석의 것은 더욱 극적이고, 그런 만큼 순수성이 돋보인다.

　오늘날 백석의 명성 증대는 앞서 본 다섯 요인이 서로 다발을 지어 앞서고 뒤서면서 이끌어 올린 결과다. 그러니 쉽게 가라앉을 일이 아니다. 게다가 백석 문학은 아직까지 많은 자리가 비어 있다. 작품 실증이건 해석이건 다가설 나머지가 많다. 무엇보다 중요한 사실은 백석에 대한 사랑이 새로운 문학세대의 성장·발전과 걸음을 나란히 하고 있다는 점이다. 대를 물린 소급적 독서야말로 고전의 첫 조건이 아닌가.

　　　　　4.

　백석은 우리 근대시 흐름에서 중요한 한 매듭이다. 앞 시대 소월에게서 배운 향토 서정을 토착성으로 심화시킨 그다. 정서 제어를 위한 지적 방법론을 제대로 녹임으로써 남달리 구체적인 아름다움을 되살려 냈다. 정지용과 같은 이가 익혔던 개인의 세련된 거리 조절 문제를 집단적 감수성 안에서 내면화시켰다. 그의 시가 민족 지평으로 멀리 나설 수 있었던 요인이다. 맑고 엄격한 마음 바닥 위에서 근대의 방법과 전근대의 서정을 한 몸에 녹인 독특한 전망을 보여 준 데 백석 시의 의의가 높다.

　따라서 자기 성찰에 골몰했던 젊은이 윤동주가 백석 시에 감복했던 일은 짐작하기 어렵지 않다. 김종한·김소운을 비롯해 1930년대 후반 고향 회고적 서정을 기웃거렸던 문인들도 백석 시에 눈을 두지 않을 수 없었다. 제국주의 모국인 섬나라의 하위 '지방문학'으로서 저들의 눈맛 입맛으로 타자화된 우리 민족의 고유성이다. 그 껍데기를 재체험 형식으로 긁적였던 이들이다. 그사이 백석은 식민문화로 말미암아 망가진 토착문화를 속속들이 솟구쳐 올려 세웠다. 백석의 그러한 대항문학적 긴장을 이해하기에는 다른 이들의 생각과 방법은 겉돌았다.

광복 뒤에도 한글 시어의 가능성이나 모더니즘의 육화에 골몰했던 시인에게 백석의 정신과 방법은 많은 눈길을 끌었다. 이름을 입에 올릴 수 없었던 때에도 백석 시의 아름다움은 살아 있었다. 영향의 문제는 명시적이건 묵시적이건, 속에서건 겉에서건 켜와 겹으로 복잡하다. 백석은 그 어느 쪽으로든 꾸준한 영향원이었다. 이즈음 시인들이 백석에게서 가장 많은 영향을 받았다고 입을 모으는 것도 뜻밖은 아닌 셈이다.[2] 몇몇 시인은 아예 백석 시의 짜깁기를 멋내는 방법으로 내놓고 떠벌리는 형국이다.

그런데 명성과 영향 관계는 예술사회 안에서 상찬과 동의의 문제만은 아니다. 성찰, 극복의 문제다. 반복·대조·창조의 드라마를 빌려 예술사회의 높낮이 변화를 이끄는 역동적인 요인이다. 사회의 창조적 인자로서 예술이 집단 외부성을 갖는 너른 길이 이쪽에 있다. 백석 문학의 명성 증폭은 우리 세대의 선택이었다. 다음 세대의 선택은 자신의 문학적 정합성 위에서 새롭게 가다듬어야 할 일이다. 그런 점에서 이즈음 세대에게 백석 시의 가장 사랑받고 있는 자리가 어느 곳인가를 새삼스럽게 들여다볼 필요가 있다.

누구보다 먼저 백석 시학의 근본을 배우고, 그 너머로 나아가야 할

---

2   우리 근대시에 끼친 백석의 영향 문제는 아래 글에서 처음으로 다루었다. 이동순, 「백석의 시는 우리에게 무엇인가」, 『모닥불』, 솔, 1998.

시인들이다. 그들조차 어느새 입을 모아 추어올리면서 뒤로는 부드러운 서정만을 흉내내려 하고 있다. 걱정스럽다. 백석이 온몸을 던져 되살린 장소사랑과 민족 공동체 삶의 구체적인 아름다움, 하찮은 사물과 생명에 대한 맑은 존중, 개성이 전통이 되고 전통이 개성 속에 녹아드는 변화의 드라마, 게다가 섬세한 이미지 구성력은 새 시대 미학으로도 신선하다. 백석 사랑은 이들에 대한 심화, 확대를 빌려 한 걸음 더 높아질 것이다.

5.

  좋은 시인은 시대와 불화를 꿈꾸는 창조적 인자다. 시인의 고독은 운명이며 즐거움이다. 그런 점에서 오늘날 시인들이 가장 영향을 많이 받은 문학적 아버지로서 입을 모아 백석을 올려 세우는 일은 역설적이다. 그들이 말한 영향이란 당연히 부정적 모방이 아니고 긍정적 모방일 터이다. 그러니 그들의 문학적 습작기가 대중시적 눈높이에 놓여져 있었던 것은 아닌가. 백석 시를 뛰어넘기 위한 고심을 엿보기 힘들다.
  머지않아 백석 시는 화해롭고도 행복스럽게 미래 우리시의 젊은 기운 속으로 녹아들 것이다. 필요한 일은 백석 시에 대한 시류를 틈탄 찬탄이나 신비화가 아니다. 백석 시학의 겉이 아니다. 그 속과 뼈대를 깊이 있게 타고 건너갈 노력이다. 백석 시가 우리시의 참된 문학적 아버지로 남는 길이 이것이다. 백석을 향한 우리의 사랑은 어느새 배신을 꿈꾸는 악마적인 사랑, 독한 절망이어야겠다.

백석 시의
공간 현상학

1. 장소사랑

백석은 이제껏 알게 모르게 마땅한 값 매김에 이르지 못한 시인 가운데 한 사람이었다. 사정이 이렇게 된 까닭은 그가 벌인 활동이 중심 문단의 입방아에 오르내릴 만큼 요란스럽지도 않았고, 작품 또한 이념 논쟁이나 유행에 휩쓸리지 않는 개성을 지녔던 데 있을 성싶다. 따라서 광복 뒤 남북한 문단 재편성 과정을 거치면서 그의 시는 자연스레 두 쪽 모두에서 잊혀지기에 이르렀다. "지방적인 민속적인 것에 집착하여" "특수한 일경지를 개척하였고 그것으로 성공한 사람"[1]이라는 말이 백석의 개성을 일찍부터 잘 짚었다.

백석 시를 우리 근대시 전통 속에 힘껏 이어받는 길은 그 "지방적인

---

[1] 백철, 『신문학사조사』(현대편), 백양당, 1949, 292쪽.

민속적인" "특수한 일경지"를 꼼꼼하게 따지고 값 매겨 주는 일이 처음이 됨 직하다. 이 일은 토착 정서의 발굴이나 이야기시 전통, 또는 모더니즘의 바람직한 수용과 같이 여러 쪽에서 다가설 수 있겠다. 그런데 공간 체험에 초점을 두어 살피면 이 점은 무엇보다 '장소사랑(topophilia)'[2]이라는 독특한 지향배경의 도움에 말미암고 있음을 볼 수 있다. 자신의 환경에 대해 남다른 사랑과 뜻을 부여할 뿐 아니라, 특정 장소에 기울이는 한결같고도 강한 집착이 그것이다.

아침볕에 섭구슬이한가로히익는 곬작에서 꿩은울어 산(山)울림과작난
　　을한다

산(山)마루를탄사람들은 새ㅅ군들인가
파란한울에 떨어질것같이
웃음소리가 더러 산(山)밑까지들린다

순례(巡禮)중이 산(山)을올라간다
어제ㅅ밤은 이산(山)절에 재(齊)가들었다

무리돌이굴어날이는건 중의 발굼치에선가

— 「추일산조(秋日山朝)」[3]

---

2 바슐라르에게 장소사랑은 행복한 공간, 곧 적대적인 힘에서 방어되며, 사랑받는 공간에 대한 인간적 가치를 규명하는 내면 심리 연구다. 인간주의 지리학자 투안은 그러한 가치를 구체 환경에 부여하는 사람들의 인지도식으로 장소사랑을 들었다. 라이트가 말한 터섬김(geopiety)도 이와 다르지 않다.

가을날 아침 '산절'이 있는 골짝 장소 정경을 '산밑'에 자리한 말할이의 눈길을 따라 생생하게 드러냈다. 가까이 시인의 고향 정주에서부터 멀리 삼천포, 통영 같은 남녘 장터나 중국 동북 지역, 곧 마도강 벌에 이르기까지 숱하게 선택하고 있는 이러한 장소 영역은 무엇보다 전통 농경과 관련한 곳이다. 왜로 제국주의의 침탈과 예속 근대 현실에 의해 망가진 겨레의 삶터가 백석 시 안에 오롯이 담겼다.

그리고 이 일은 흔히 친족동일성을 일깨워 주는 주거공간 안밖 특정 장소에 이르거나 머물렀던 체험을 빌려 이루어진다. 게다가 그곳은 늘 안온하게 에워싸인 친밀감으로 채워지고 있어 장소사랑이라는 뜻에 모자람이 없다. 말할이가 자리한 장소는 세계 안쪽의 '중심' 구실을 다하고 있는 셈이다. 그의 시공간이 이차원 평면의 그림이나 조소적 묘사가 아니라 그 안에 몸담아 사는 이의 삼차원 영역이 되는 것은 당연한 노릇이다.

더욱이 그런 장소의 '직접환경'에 바탕을 둔 구체적 체험을 들내고 있어 장소사랑을 더욱 뚜렷이 한다. 「추일산조」만 하더라도 꼼꼼한 시각 묘사뿐 아니라, '산울림'에서부터 "돌이 굴어 날이는" 소리로 이어지며 영역 안쪽을 생생하게 되살려 내는 소리 울림이 그 점을 잘 보여 준다. 친밀한 장소에서 겪는 생생한 민속 체험이야말로 백석 시의 큰 특장이다. 고방과 그 안의 묵은 기물에 배어 있는 유년 기억을 되살려 내고 있는 「고방」 같은 작품이 좋은 본보기다.

백석 시의 장소사랑은 크게 『사슴』에 뒤선 작품들로 옮아가면서 어

---

3 『사슴』, 선광인쇄주식회사, 1936.

른 시점의 유랑체험과 맞물리며 마도강 지역이나 남북녘 여러 곳으로
영역이 넓혀진다. 친족동일성 감각으로 채워진 그의 장소사랑은 전통
농경사회라는 직접환경의 구체 층위에서부터 지나간 겨레 역사라는
추상 층위로까지 나아가고 있다. 장소사랑으로 굳건히 다져진 그의 건
축적 비전을 그만큼 너비와 깊이를 더하게 된 셈이다.

2. 중심 구축과 구체성의 미학

백석 시의 독특한 공간 체험은 장소사랑이라는 든든한 지향배경 위
에서 펼쳐진다. 뚜렷한 중심장소로서 단단하게 지어진 집과 그것이 상
징하는 바 혈연적 유대감을 넓혀 나가는 통로 체계, 그리고 그 영역을
채우고 있는 구체적인 아름다움이 그것이다.

1) 집짓기와 중심 확대

사람은 집에 거주함으로써 세계를 안·밖 공간으로 나눈다. 집을 중
심으로 사람은 바깥으로 나아가 세계 속으로 자신을 넓혀갈 수도 있고,
바깥공간의 협박과 적대성으로부터 물러나 자아동일성의 행복한 꿈
을 꿀 수도 있다. 나아가고 들어오는 이러한 역동적 관계 아래서 상호

주관적인 생활세계가 만들어진다. 체험 공간으로서 집은 삶 일반의 결정적 기초, 세계에 대해 궁극적 신뢰와 안정성을 주는 구체적 중심이다. 백석 시에서 눈여겨볼 일은 바로 이러한 집짓기, 곧 중심 구축에 기울이는 남다른 노력이다.

> 내가 언제나 무서운 외가집은
>
> 초저녁이면 안밖마당이 그득하니 하이얀 나비수염을 물은 보득지근한
> 북쪽제비들이 씨굴씨굴 모여서는 쨩쨩 쨩쨩 쇳스럽게 울어대고
> 밤이면 무엇이 기와골에 무리돌을 던지고 뒤울안 배낡에 쩨듯하니 줄등
> 을 헤여 달고 부뚜막의 큰솥 적은솥을 모주리 뽑아놓고 재통에 간 사
> 람의 목덜미를 그냥그냥 나려 눌러선 잿다리 아래로 처박고
> 그리고 새벽녘이면 고방 시렁에 채국채국 얹어둔 모랭이 목판 시루며 함
> 지가, 땅바닥에 넙너른히 널리는 집이다
>
> —「외가집」[4]

‘외가집은 집’ 이라는 단순한 진술을 틀로 삼아 ‘초저녁’부터 ‘새벽녘’까지 ‘외가집’ 안밖에서 겪었던 과거 친족 체험을 속속들이 되살려 내고 있다. 이렇듯 백석 시의 말할이는 크게 집에서, 또는 집 둘레에 자리잡아 독특한 집짓기를 되풀이한다. 선명한 추억의 자리나 기물 또는 거기서 겪었던 사건은 말할이를 끊임없이 들뜨게 한다.

따라서 백석 시는 흔히 몇 대에 걸친 친족이 과거 주거공간 안밖에

---

4 『시가집』(현대조선문학선집), 조선일보사 출판국, 1938.

서 겪었던 행복한 놀이나 사건 또는 기물 상상을 힘껏 드러내는 데 바쳐진다. 보호받는 세계 중심, 친밀경험으로 가득한 기억의 중심으로서 이러한 집은 안쪽으로 내부 건축을 이루거나, 바깥 드넓은 사회공간으로 나아가면서 중심 확대를 거듭한다.

나는 북관(北關)에 혼자 앓어누어서

어늬아츰 의원(醫員)을 뵈어었다

의원(醫員)은 여래(如來)같은 상을하고 관공(關公)의수염을 들이워서

먼넷적 어늬나라 신선같은데

새끼손톱 길게도은 손을내어

묵묵하니 한참 맥을집드니

문득물어 고향(故鄕)이 어데냐한다

평안도(平安道) 정주(定州)라는 곧이라한즉

그렇면 아무개씨(氏) 고향(故鄕)이란다

그렇면 아무개씨(氏)-ㄹ 아는냐한즉

의원(醫員)은 빙긋이 우슴을 띄고

막역지간(莫逆之間)이라며 수염을 쓴다

나는 아버지로 섬기는이라한즉

의원(醫員)은 또다시 넌즛이 웃고

말없이 팔을잡어 맥을보는데

손길은 따스하고 부드러워

고향(故鄕)도 아버지도 아버지의 친구도 다 있었다

—「고향(故鄕)」[5]

‘북관’ 어느 곳에서 병을 얻은 말할이 ‘나’와 ‘의원’이 서로 주받는 말을 따와 ‘북관’ 너른 지역 곳곳이 내 ‘고향’과 같이 안온한 중심장소가 됨을 깨달아 가는 과정을 흥겹게 보여 준다. 첫줄의 ‘나’ ‘혼자’라는 단수 체험에서 끝줄의 “고향도 아버지도 아버지의 친구도” ‘다’ ‘있었다’는 복수 체험으로 넘어가는 흐름에 그 점이 잘 담겼다. ‘북관’은 이미 낯선 곳이 아니라 드넓은 ‘고향’이다. 그 안에 안겨 있다는 잔잔하나 가득한 기쁨이 세마디가락을 빌려 한껏 살아난다.

주거공간뿐 아니라 더 넓은 사회공간에서도 친족동일성을 잃어버리지 않고, 세계와 내가 하나로 묶여 있다는 강한 유대감을 얻고 있다. 백석 시가 보여 주는 이러한 끈질긴 중심 구축과 중심 확대는 그것의 등질화를 이끌어 주는 두 통로 체계를 마련한다. 길이라는 구체적인 행위 이동의 수평 공간통로와 기억하고 꿈꾸는 바 수직 시간통로가 그것이다.

2) 길의 등질화 작용과 기억의 깊이

분절된 집안 한 장소에서부터 더 넓은 지역으로 나아가며 친족동일성으로 한결같았던 백석 시의 중심 구축 또는 중심 확대는 그 범위가 ‘자방(自方)’ 영역에 머문다. ‘이방(異方)’에 놓였을 때는 자방에서 지녔던 태도와 달리 자방 영역을 그리워하며 쓸쓸한 심회를 숨기지 않는다.

① 저녁밥때 비가들어서

<hr>

5 『삼천리문학』 2집, 삼천리사, 1938.

바다엔배와사람이 흥성하다

참대창에 바다보다푸른고기가께우며 섬돌에곱조개가붙는집의 복도에
　　서는 배창에 고기떨어지는 소리가들렸다

이즉하니 물기에 누긋이젖은 왕구새자리에서 저녁상을받은 가슴앓는사
　　람은 참치회를먹지못하고 눈물겨웠다

어득한 기슭의행길에 얼굴이햇슥한처녀가 새벽달같이
아 아즈내인데 병인(病人)은 미억냄새나는덧문을닫고 버러지같이 눟었다
　　　　　　　　　　　　　　　　　　　　—「시기(市崎)의 바다」[6]

② 녯날엔 통제사(統制使)가있었다는 낡은항구(港口)의처녀들에겐 녯
　　날이가지않는 천희(天姬)라는이름이많다
미억오리같이말라서 굴껍지처럼 말없시사랑하다죽는다는
이천희(天姬)의하나를 나는어늬오랜객주(客主)집의 생선가시가있는 마
　　루방에서맞났다
저문유월(六月)의 바다가에선조개도울을저녁 소라방등이붉으레한뜰에
　　김냄새나는 비가날렸다
　　　　　　　　　　　　　　　　　　　　　　　　—「통영(統營)」[7]

6　『사슴』, 앞의 책.
7　위의 책.

①과 ②는 둘 다 고향에서 멀리 떨어진 바닷가 포구 어느 집 방안이라는 비슷한 장소에 말할이가 자리하고 있다. 게다가 비 나리는 저녁이라는 시간 배경과 정황도 비슷하다. 그런데 느낌은 사뭇 다르다. ①에서 말할이는 "참치회를 먹지 못하고 눈물겨워" 하는 "가슴 앓는 사람"을 본다. '참치회'란 고향의 음식 '붕어곰', '송구떡'들과 달리 낯선 음식이다. 그 '병인'이 덧문을 닫고 '눈물겨워' 하는 까닭을 말할이는 잘 안다. 왜냐하면 그는 다름 아닌 이방에 놓여 있기 때문이다. 중심 바깥, 곧 이방에 '버러지'처럼 버려졌다는 자아 인식, 이것이 백석 시의 한결같은 고향 회귀를 푸는 실마리다.

이와 달리 ②에서는 ①과 같이 고향 바깥, 먼 '통영'에 말할이가 자리하고 있지만 그곳은 이방이 아니다. 고향과 다를 바 없이 '버러지'라는 자의식을 일으키지 않는 자방 영역이다. 거기서 만난 '천희'라는 처녀는 고향을 지키고 있을 낯익은 나의 누이며 고모의 다른 모습이다. 무엇보다 사랑해마지 않는 피붙이다. "소라방등이 붉으레한 마당"과 "김 냄새 나는 비"가 일깨워 주는 환한 느낌, 곧 "넷날이 가지 않은" 분위기가 그 점을 잘 드러낸다.

집 안·밖이나 공·사의 공간 분절보다 중심에 놓여 있음과 그 중심에서 벗어나 있음이라는 자방과 이방 사이 맞선 관계인식이 중요함을 알았다. 종족동일성을 자아경계로 삼아 자방과 이방 사이 견인력과 반발력이라는 양극성이 뚜렷하게 드러난다. 자방에서는 그 속의 모든 사물과 삶이 친숙하고 좋은 것이라는 강한 견인력을 보여 주며, 이방에서는 스스로 소외를 겪으면서 낯설고 나쁘다는 반발력을 보인다. 이방과 달리 자방 영역에서는 친족동일성을 느끼면서 그 속의 모든 삶에 공감하게 되는 것은 당연한 일이다. 따라서 그의 시에서 '길'은 말할이의 동일성 감각을 새삼스럽게 하는 즐거운 과정공간이거나 중심 밖에 버려진 이의 고통스러운 유랑 현실을 떠올려 주는 두 가지 구실을 아울러 맡는다.

① 삼리(三里)박 강(江)쟁변엔 자갯돌에서
비멀이한 옷을 부숭부숭 말려입고 오는 길인데
산(山)모롱고지 하나 도는 동안에 옷은 또 함북저졌다
(…줄임…)
이젠 배도 출출히 곱핫는데
어서 그 옹기장사가 온다는 거리로 들어가면 무엇보다도 몬저 '주류판매
  업(酒類販賣業)'이라고 써부친 집으로 들어가자

그 뜨수한 구들에서
따끈한 삼십오도(三十五度) 소주(燒酒)나 한잔 마시고
　　　　　　　　　　　　　　　— 「구장로(球場路)」 가운데서[8]

② 나는 지나(支那)나라사람들과 가치 묵욕을 한다
무슨 은(殷)이며 상(商)이며 월(越)이며하는 나라사람들의 후손들과 가치
한물통안에 들어 묵욕을 한다
서로 나라가 달은 사람인데

8　『조선일보』, 1939.1.8.

다들 쪽발가벗고 가치 물에 몸을 녹히고 있는것은

대대로 조상도 서로 모르고 말도 제각금 틀리고 먹고입는것도 모도 달은데

이렇게 발가들벗고 한물에 몸을 씻는것은

생각하면 쓸쓸한 일이다

—「조당(澡塘)에서」 가운데서[9]

①과 ②는 둘 다 길 위에 놓여 있는 말할이의 수평통로 체험을 보여 준다. 그러나 둘의 모습은 다르다. ①에서 비에 젖은 옷을 "부숭부숭 말려 입고 오는 길"은 고통스럽거나 쓸쓸한 느낌을 주지 않는다. 왜냐 하면 '한이십리' 더 가면 있을 '거리'는 허기진 배를 채우고 '함북' 인정 스러움에 젖을 수 있을 자방 영역일 터이기 때문이다. 이때 '길'은 말할 이를 고향 바깥 자방의 또 다른 등질적 장소, 곧 '조상도' '말도' "먹고 입 는 것도" 모두 한가지인 내 친족·종족이 어울려 살아가는 장소로 이 끌어 주는 통로다.

이와 달리 ②는 "서로 나라가 달은 사람"들이 살고 있는 이방 길을 떠돌다 그들과 '한물통안'에서 '목욕을' 할 기회를 가진 말할이의 생각 을 적고 있다. 그들과 뚜렷이 다른 '나'라는 깨달음과 이에서 비롯된 '쓸 쓸한' 심회를 숨기지 않았다. 이때 길은 말할이가 자방 영역 바깥을 떠 돌고 있음을 일깨워 주는 속 아픈 추억의 자리다. 이제 시간통로가 새 롭게 마련된다.

사람은 지금 여기에서 겪는 삶이 불안할 때 흔히 내면 시간감각의

---

9 『인문평론』 3권 3호, 인문사, 1941.

도움에 기대기 쉽다. 백석 시에서 그것은 옛 기억의 세계로 한정된다. 말할이는 시간이라는 통로를 따라 어릴 적 즐거웠던 주거 체험이나 놀이 체험과 같은 삶의 기억을 오롯이 현실 위로 떠올린다. 그러한 중심 기억을 되살려 내는 한결같은 기억의 건축술이야말로 백석 시의 뚜렷한 특성이다. 그런데 이러한 시간통로는 친족지(親族誌) 층위에 머물지 않고, 역사 층위로까지 깊어짐으로써 여느 시인들과 길을 달리한다.

> 나는 이 털도 안뽑은 도야지 고기를 물구럼이 바라보며
> 또 털도 안뽑는 고기를 시껌언 맨모밀국수에 언저서 한입에 꿀꺽 삼키는
>   사람들을 바라보며
> 나는 문득 가슴에 뜨끈한것을 느끼며
> 소수림왕(小獸林王)을 생각한다 광개토대왕(廣開土大王)을 생각한다
> ―「북신(北新)」[10] 가운데서

백석 시의 말할이가 시간통로를 따라 자신의 고향집이나 마을의 지난날 친족 기억을 떠올리는 데 머물지 않고, 오늘 이 자리 우리 삶의 원형으로서 끈끈하게 얽혀 있는 "거룩한 아득한" "사람들의 얼골과 생업과 마음들"(「산숙(山宿)」)의 세계로까지 내려서고 있음을 잘 보여 준다.

백석 시의 독특한 중심 기억의 건축은 길의 등질화 작용과 겨레의 역사적 과거로까지 내려선 시간통로에 기대 동심원의 물결처럼 땅 저 밑까지 울렸다 다시 말할이의 내면으로 되울림해 돌아오는 파상의 아름답

---

10 『조선일보』, 1939.11.9.

고도 깊은 장소의 꿈을 거듭한다. 낯선 근대 현실 속에서 그 꿈은 하찮고 고통스러운 것일 수밖에 없지만 백석은 그것을 쉬 단념하지 않는다.

> 내 지렁이는
>
> 커서 구렁이가 되었읍니다.
>
> 천년동안만 밤마다 흙에 물을주면 그흙이 지렁이가 되었읍니다.
>
> 장마지면 비와같이 하눌에서 날여왔읍니다.
>
> 뒤에 붕어와 농다리의 미끼가 되었읍니다.
>
> 내 리과책에서는 암컷과 수컷이있어서 색기를 나헛습니다.
>
> 지렁이의눈이 보고싶습니다.
>
> 지렁이의 밥과집이 부럽습니다.
>
> ──「나와 지렁이」[11]

백석 시의 영역 체험은 바로 그러한 꿈을 '밥'처럼 먹고 자란 한 마리 '지렁이'가 땅 속 너른 '집'에 굳건히 또아리를 튼 채, 그 집이 '천년' 뒤에 까지라도 영원히 이어져 나가기를 바라는 심지 굳은 소망이 마련한 것이다. 그리고 그 영역은 여러 자질에 힘입어 구체적인 아름다움으로 가득 채워진다.

---

11 『조광』 1권 1호, 조광사, 1935.

3) 민속 체험의 구체화

백석 시의 영역은 민속 체험이라 부를 만한 독특하면서도 전형적인
사건들에 대한 기억으로 짜여 있다. 그것을 빌려 백석 시의 영역은 너
비와 깊이를 아울러 얻어 내면서, 구체적인 울림을 마련한다.

> 날기멍석을저간다는 닭보는할미를차굴린다는 땅아래 고래같은기와집
> 에는언제나 니차떡에 청밀에 은금보화가그득하다는 외발가진조마구
> 뒷山어늬메도 조마구네나라가있어서 오줌누러깨는 재밤 머리맡의문
> 살에대인유리창으로 조마구군병의 새깜안대가리 새깜안눈알이들여
> 다보는때 나는이불속에자즐어붙어 숨도쉬지못한다
>
>
> 또이러한밤같은때 시집갈처녀 망내고무가 고개넘어큰집으로 치장감을
> 가지고와서 엄매와둘이 (…줄임…) 쇠든밤을내여 다람쥐처럼밝어먹
> 고 은행여름을 인두불에구어도먹고 그러다는 이불웋에서 광대넘를뒤
> 이고 또 눟어굴면서 (…줄임…)
>
> 섯달에 내빌날이드러서 내빌날밤에눈이오면 이밤엔 쌔하얀할미귀신의
> 눈귀신도 내빌눈을받노라 못난다는말을 든든히녁이며 엄매와나는 앙
> 궁웋에 떡돌웋에 곱새담웋에 함지에 버치며 대냥푼을놓고 치성이나
> 들이듯이 정한마음으로 내빌눈약눈을 받는다
>
> ─「고야(古夜)」[12] 가운데서

옮긴 작품은 여러 민속 체험을 두루 담고 있어 눈여겨볼 만하다. 난장이 '조마구네나라'로 드러나는 바 옛이야기 체험, '광대넘이', 구르기나 '뫼추라기' 사냥과 같은 놀이 체험, 명절과 음식 체험, 그리고 '눈세기물' 풍속과 같은 사실 체험이 그것이다. 어린 말할이 '나'가 캄캄한 밤 산비탈 외딴 집에서 겪었던 여러 민속 체험들을 두루 되새긴다. 백석 시 가운데서 많은 작품이 이처럼 민속 체험을 중심으로 짜여 있다. 이 밖에도 무속 체험이 끼어들고, 기물(器物) 상상력이 거들어 백석 시 영역 안쪽의 민속 체험을 더욱 다양하게 살려 낸다.

민속 세계야말로 나와 이웃, 과거와 현재를 이어 줄 뿐 아니라, 겨레가 한결같이 이어 오고 있는 삶의 양식 가운데서 가장 굳건한 것이다. 한때의 제도나 권력이 마음대로 손댈 수 없는 영속하는 가치 영역이다. 백석 시가 지닌 아름다움은 바로 그러한 토착 현실과 정서를 속속들이 되살려 낸 데 있다. 그리고 차분한 묘사와 절제된 사건 서술이 그 일에 더욱 힘을 보탠다.

차디찬 아침인데

모향산행(妙香山行) 승합자동차(乘合自動車)는 텅하니 비어서

나이 어린 계집아이 하나가 오른다

옛말속 가치 진진초록 새저고리를 입고

손잔등이 밭고랑처럼 몹시도 터졌다

계집아이는 자성(慈城)으로 간다고하는데

자성(慈城)은 예서 삼백오십리(三百五十里) 묘향산백오십리(妙香山百五十里)

묘향산(妙香山) 어디메서 삼촌이 산다고 한다

새하야케 얼은 자동차(自動車) 유리창박게

내지인(內地人) 주재소장(駐在所長)가튼 어른과 어린아이 둘이 내임을

　낸다

계집아이는 운다 느끼며 운다

텅 비인 차(車)안 한구석에서 어느 한사람도 눈을 셋는다

계집아이는 멋해고 내지인(內地人) 주재소장(駐在所長)집에서

밥을 짓고 걸레를 치고 아이보개를 하면서

이러케 추운 아침에도 손이 꽁꽁얼어서

찬물에 걸레를 첫슬것이다

— 「팔원(八院)」[13]

겨울 '아침' "묘향산행 승합자동차" 안에 자리해 겪었던 사건이다. 곧 가난 탓에 집을 떠나 "내지인 주재소장집"에서 허드렛일을 도와주다 먼 친척집으로 떠나가는 '계집아이'가 차에 올라 '느끼며' 우는 일을 연민 어린 눈길로 잔잔하게 이야기하고 있다. 서술시간이 짧고 말할이의 위치장소도 '자동차' 안밖으로 좁게 묶여 있어 뚜렷하게 이야기 자질이 드러나지는 않는다. 오히려 그 '계집아이'에 대한 묘사와 말할이의 연민 어린 마음이 두드러진다.

이와 같이 분명 사건 서술에 기대고 있지만 백석 시의 말할이는 서술자라기보다 묘사자 입장에 서서 사건을 보고 있다. 사건 얽힘이 약

---

13 『조선일보』, 1939.11.10.

하고 갈등이 잘 드러나지 않는다. 뚜렷하게 이야기시라 부를 만한 자질은 뒤로 밀려들기 일쑤다. 게다가 서술 단위도 주거공간이거나 마을, 거리의 단편 영역 안에서 단일 시점으로 짧게 겪은 사건 부스러기로 짜여진다. 그런데 이 점은 말할이를 늘 특정 장소 안쪽에 몸담고 있는 구체적 체험 주체로 만들어 줌으로써 묘사 자질과 더불어 더욱 든든한 장소사랑에 이바지한다. 굳건히 터 잡은 영역은 사건의 진행을 막아 주는 자연스런 장치인 셈이다.

이 밖에도 이야기 자질을 줄이고 있는 점은 특이한 가락 형성에서 찾을 수 있다. 많은 시들이 그 무렵 표준 인쇄공간 처리에서 벗어난 줄글 형식을 마련한다든가, 띄어쓰기 규범에 벗어난 쉼마디를 마련해 나름의 가락글 읽기로 이끌고 있을 뿐 아니라, 가락감 큰 말씨를 좇아 시의 울림과 구체 감각을 드높인다.

명절날나는 엄매아배따라 우리집개는나를따라 진할머니진할아버지가
    있는큰집으로가면

얼굴에 별자국이솜솜난 말수와같이눈도껌벅걸이는 하로에베한필을짠
    다는 벌하나건너집엔 복숭아나무가많은 신리(新里)고무 고무의딸이
    녀(李女) 작은이녀(李女)
열여섯에 사십(四十)이넘은홀아버지의 후처가된 포족족하니성이잘나
    는 살빛이매감탕같은 입술과 젖꼭지는더깜안 예수쟁이마을가까이사
    는 토산(土山)고무 고무의딸승녀(承女) 아들승(承)동이

(…줄임…)

밤이깊어가는집안엔 엄매는엄매들끼리 아르간에서들웃고 이야기하고
아이들은 아이들끼리 옹간한방을잡고 조아질하고 쌈방이굴리고 바리
꺼돌림하고 호박떼기하고 제비손이구손이하고

―「여우난곬족(族)」[14] 가운데서

어린이 시점을 빌려 "진할어미 진할아버지가 있는 큰집"의 명절 풍
경을 진할머니네, 고모네, 그리고 삼촌네로 이어지는 확대가족 구성원
의 서열을 좇아서 살려 내고 있다. 첫 토막에 '명절날 나는 엄매 아배
따라서 큰집으로 간다'는 단순한 진술을 변화 있는 되풀이 가락에 얹어
놓음으로써, 그 일을 흥거워했던 말할이 '나'의 어릴 적 마음을 되살리
며 시의 배경 정황을 마련했다. 둘째 토막에서는 그 세 '고무'네와 '삼
춘'네에 대한 소개를 장황한 줄글 묘사로 늘어놓는다. 그러나 그것은
시줄 끝에 이르러 "신리고무 고무의 딸 이녀 작은 이녀", "토산고무 고
무의 딸 승녀 아들 승동이"와 같은 놀라운 되풀이와 말잇기 가락으로
마무리했다.

셋째 토막부터는 그 앞 토막에서 들었던 많은 친족 구성원이 얽혀
겪는 구체적인 사건을 죽 늘어놓았다. "밤이 깊어가는" 시간 흐름에 따
라 긴장된 가락은 뒤로 갈수록 느슨하게 풀린다. 그러나 그들과 어울
려 겪었던 체험은 오히려 읽는이의 마음 속으로 더욱 생생하게 '올라'

---

14 『시가집』(현대조선문학전집 1), 조선일보 출판국, 1938.

오도록 마련했다. 작은 보기에 지나지 않은 것이지만 이렇듯 꼼꼼한 가락감이야말로 서술 자질을 교묘하게 줄이면서 백석 시가 흔한 넋두리가 아니라 더불어 즐길 만한 노래로 올라설 수 있도록 하는 힘이다.

이 밖에도 백석 시의 영역 체험은 땅·사람·동식물·음식물 그리고 기물의 홀로이름씨와 지역말 쓰임에서 우뚝 돋보이는 바, 명명공간에 힘입고 있다. 사람에게 있어 장소를 갖는다는 것은 세상의 구체적인 현실 속에 존재한다는 표시다. 이름도 마찬가지 뜻을 지닌다. 이름이란 우리의 기억이 살아 숨쉬는 또 다른 장소인 까닭이다. 특히 땅이름은 기억 환기력이 매우 뛰어난 '현실의 표지'다. 따라서 이름을 부르는 일은 그 이름에 낯익은 이들과 더불어 살고 있다는 확실성을 보증해 주는 것이다. 게다가 지역말은 표준어나 지배어와 달리 아늑하고 안정된 영역, 공통된 근원에 뿌리박고 있는 공동체 의식을 한층 돋우어 준다.

삶에 대한 깊은 앎과 사랑은 막연한 대상 경험이나 겉도는 묘사로는 이루어질 수 없다. 구체적인 명명공간은 영역 체험의 사실성과 기억의 생생함을 뒷받침하는 데서 나아가, 그 말이 담아 내는 현실을 적극 보존한다는 뜻을 지닌다. 백석 시는 왜로의 침탈에 의해 허물어진 우리 전통 농경사회의 민속 삶에 대한 사랑을 무엇보다 구체적 명명에서 시작하는 미덕을 넉넉히 보여 준다.

백석 시의 영역 체험은 위에서 살핀 바 다양한 민속 체험과 그것에 기울인 구체 묘사, 그리고 빼어난 가락으로 끌어 잡고 있는 서사 자질 뿐 아니라 개별 명명공간에 의해서 뚜렷하게 구체성을 띤다. 그러한 구체적인 아름다움은 「모닥불」에서 모자람 없이 드러나는 바와 같이 진정한 중심을 지닌 이가 그 중심에서 이루어졌고, 앞으로도 이어질 삶에 대한 굳건한 사랑을 힘있게 반영한다.

문제는 나에게 참된 삶의 감각을 주는 그러한 영역이 오늘 이 자리에는 없다는 데 있다. "나의 조상은 형제는 일가친척은 정다운 이웃은 그리운 것은 사랑하는 것은 우르르는 것은 나의 자랑은 나의 힘은 / 바람과 물과 세월과 같이 지나가고"(「북방(北方)에서」) 없다. 오늘 이 자리에서 보면 생생한 즐거움으로 나를 사로잡고 있는 그 세계는 이미 망가져 슬픈 되새김 속에서만 가능할 뿐이다. 비로소 우리는 백석 시 공간 체험이 내보이고 있는 지향의미를 따질 수 있는 자리로 옮겨 왔다.

3. 시간 역전의 지향의미

백석 시가 고집스럽게 선택하고 있는 세계는 지나간 친족 · 종족동일성의 세계며 그의 현실인식은 그것이 무너진 오늘 이 세계에 대한 "참으로 익이지 못할 슬픔과 시름"(「북방에서」), 절망과 탄식에 뿌리를 두고 있다.

거미새끼하나 방바닥에 날인것을 나는아모생각없시 문밖으로 쓸어버린다
차디찬 밤이다

어니젠가 새끼거미쓸려나간곧에 큰거미가왔다

나는 가슴이짜릿한다

나는 또 큰거미를쓸어 문밖으로 벌이며

찬밖이라도 새끼있는데로가라고하며 설어워한다

이렇게해서 아린가슴이 싹기도전이다

어데서 좁쌀알만한 알에서 가제깨인듯한 발이 채 서지도못한 무척적은

　새끼거미가 이번엔 큰

거미없서진곧으로와서 아물걸인다

나는 가슴이 메이는듯하다

—「수라(修羅)」[15] 가운데서

'거미' 일가가 헤어져 나뉜 정황을 챙겨 보면서 안타까움을 들내고 있는 이 시는 백석 시의 현실인식을 한마디로 줄여 주고 있다. 말할이는 '문밖으로' 차례차례 '거미'들을 '쓸어벌인다'. 그런데 "아모 생각없시" 버렸던 처음 '새끼거미' 때와 달리 '큰거미'와 "무척 적은 새끼거미"를 버린 데에는 분명한 까닭이 있다. 왜냐하면 비록 '찬밖'임에도 그곳은 어버이와 자식이 함께하고, "누나와 형이 가까이" '걱정을' 해 주며 온전한 피붙이로서 삶을 누릴 수 있는 공간이기 때문이다.

'나'와 '거미' 일가는 자신의 중심인 집으로부터, 피붙이로부터 뜻갈지 않게 헤어져 떠도는 '수라' 지옥에 놓여 있다는 점에서 같다. 나와 친족, 이웃은 물론 겨레 구성원 모두가 마찬가지다. 그러한 상황이 '나'

---

15 『사슴』, 앞의 책, 1936.

를 '가슴' 메이게 한다. 피식민지 한국인이 겪었던 궁박한 현실 곳곳을 꼼꼼하게 잡아 내면서, 그러한 현실을 백석은 '수라'라는 간명한 비유로 응축하고 있는 셈이다. 따라서 백석 시가 고집스럽게 되풀이했던 기억의 건축에는 그러한 '수라', 곧 '절망'적인 현실을 벗어나, '흰저고리' '검정치마' 제대로 차려입고 "아름답고 튼튼한" 삶을 되살고자 하는 "꼭하나 즐거운 꿈"(「북관에서」)이 아로새겨져 있다.

이제 백석에게 있어 과거란 사라져 버린 것이 아니다. 현재의 부분을 이루며 아직도 지속한다. 현재 속에 존속하는 이 변형된 과거가 백석이 살고 싶었던 공간의 모습이며, 미래까지 적극적인 의의를 지니는 시간이다. 현재 속에 과거를 연장시켜 둠으로써 이미 우리가 이루어 놓은 것, 우리가 소유하고 있는 것에 대한 의존, 곧 뒤로부터 지지를 분명히 함과 아울러, 희망하는 공간에 대한 꿈을 누구보다 뚜렷하게 보여 주고 있는 셈이다.

그러므로 말할이가 즐겨 천진난만한 어린이 세계 속으로 물러서는 일은 유다른 뜻이 있다. 삶의 전체성을 빼앗긴 노예 현실로부터 오는 폭력과 압력으로부터 일정한 해방의 뜻이 그것이다. 왜냐하면 제국주의 피식민 체제 아래서 식민자들이 손댈 수 없는 과거 민속세계, 그것도 어린이의 자족스러운 세계야말로 그 자체 커다란 가치가 되는 까닭이다. 과거의 가치화가 극단에 이른 자리에 다음과 같은 시가 놓인다.

첫 녀름 일은저녁을 해 치우고 인간들이 모두 터앞에 나와서 물외포기에 당콩포기에 오줌을 주는때 터앞에 밭마당에 샛길에 떠도는 오줌의 매캐한 재릿한 내음새

긴 긴 겨울밤 인간들이 모두 한잠이 들은 재밤중에 나혼자 일어나서 머
리맡 쥐발같은 새끼오강에 한없이 누는 잘매럽던 오줌의 사르릉 쪼로
록하는소리

그리고 또 엄매의 말엔 내가 아직 굳은 밥을 모르던때 살갗 퍼런 망내고
무가 잘도 받어 세수를 하였다는 내 오줌빛은 이슬같이 샛맑앟기도 샛
맑았다는 것이다

—「동뇨부(童尿賦)」[16] 가운데서

"터앞에 밭마당에 샛길에 떠도는" "매캐한 자릿한" 오줌 '내음새', 또
는 "한없이 누는" 오줌의 "사르릉 쪼로록하는 소리", 게다가 민속 사실
에 바탕을 둔 것이긴 하지만 '세수를' 하기도 했던 오줌의 "이슬같이 샛
맑앟기도 샛맑았다는" 빛깔을 읽어 내는 백석의 탐색은 대상에 압도당
한 '물화'의 경지로까지 나아가고 있다. 노예 현실에서 오는 긴장이 커
지면 커질수록, 그것에 맞서고자 하는 뜻이 깊어지면 깊어질수록 더하
는 가치화의 방향을 잘 보여 준다. 이것에 힘입어 현재와 과거의 역전
된 삶의 감각은 힘차게 살아난다.[17]

---

16 『문장』 1권 5집, 문장사, 1939.
17 시간 역전에 기댄 이러한 현실의 지지는 흔한 과거 고착이나 현실 부정과는 그 길을
　크게 달리한다.

4. 마무리

백석 시의 공간 체험은 장소사랑을 지향배경으로 하여, 삶의 중심장소를 마련해 가는 독특한 기억의 건축술을 지향상태로 보여 준다. 그것은 집짓기에 기울인 한결같은 노력과 그러한 친밀영역을 드넓은 사회공간 곳곳으로 넓혀 나가는 등질화된 중심 확대에 잘 나타난다. 행위통로로서 길과 과거 친족 체험을 거쳐 겨레 역사에까지 이르는 시간통로가 그것을 이끈다.

따라서 백석 시의 영역은 종족동일성을 자아경계로 한 자방 / 이방의 분리를 마련하면서 자방 안쪽의 민속 체험을 구체적인 아름다움으로 담아낸다. 구체 묘사, 서사 자질을 누그러뜨리는 교묘한 가락 형성, 명명공간이 그 일을 뒷받침한다. 이러한 지향상태는 마침내 과거 친족동일성·종족동일성 공간의 삶을 고스란히 되살려 지키고자 하는 시간 역전의 지향의미를 드러낸다.

그렇다면 한결같은 장소사랑으로 토착 민속 삶을 울림 큰 노래로 속속들이 되살려 낸 백석 시 공간 체험의 적극적인 의의는 무엇인가? 그것은 파괴를 거듭하여 이미 변두리로 밀려난 과거 토착 민속 현실이라는 든든한 하부문화를 되살려 왜로 제국주의 예속 현실의 공간지배와 폭력에 나름대로 힘껏 맞서려는 응전력에 있다. 한결같은 구체성이 체험의 진실성과 응전력의 강도를 보증한다.

당대 지배문화·식민문화가 손댈 수 없는 든든한 하부문화를 빌려 그 현실과 거꾸로 대거리하겠다는 옹골찬 속뜻이 여리나 심지 굳은 기억의 건축술 속에 도사리고 있는 셈이다. 따라서 백석 시는 당대 어설 픈 정치시나 얼치기 도시시, 바탕 없는 전원시와 길을 달리하면서, 우 리 근대시가 이룩한 뜻있는 본보기 가운데 하나로 우뚝 올려 세워도 한참 나머지가 있다.

하늘에서 빛날
겨레시의 보석상자

　백석은 1912년 평북 정주에서 태어났다. 100부 한정본으로 첫 시집 『사슴』을 낸 때가 1936년이다. 광복 이전에 낸 유일한 시집이었다. 그럼에도 백석 시는 나라잃은시기, 우리 문학이 이룬 빼어나고도 소중한 보석상자다. 그의 시는 제국주의 왜로(倭虜)가 망가뜨린 토착 민속 현실과 전통 정서를 옹골차게 끌어안으며, 그것을 부풀림 없이 속속들이 되살려 내는 일에 아낌없이 바쳐졌다.

　백석 시 곳곳에서 반짝이는 기물 상상력이나, 다양하고도 흥겨운 민속 체험, 게다가 친족과 겨레 공동체의 아픈 현실에 대한 한결같은 공감과 장소사랑, 식민자의 지배언어와 맞선 고향 평북의 생생한 토박이말 뿐 아니라, 그것을 두루 끌어안은 생명 존중과 합일의 정신 속에서 그 점은 잘 드러난다. 제국주의의 노예문화와 공간 지배에 맞선 대항문화로서 지닌 바 값지면서도 당당한 속뜻은 그로부터 말미암은 것이다.

　백석은 광복 뒤 북한에 그냥 머물며 활동했다. 그나마 1962년부터는 북한문단에서 숙청된 듯 이름이 보이지 않는다. 그 탓에 남북한 문학사 모두에서 그는 이제껏 알게 모르게 잊힌 시인이었다. 그에 대한 연구 논문이 나오기 시작한 때는 1980년을 지난 몇 해 뒤부터였다. 이동순이 처음으로 『백석시전집』을 묶어 세상에 그의 시를 다시 널리 알린 때는 지금부터 고작 십 년 앞섰을 뿐인 1987년이었다.

그 뒤 김학동이 엮은 『백석전집』과 시전집 『가즈랑집할머니』가 나왔다. 1950년대 발표했던 번역시까지 모아 송준이 『백석시전집』을 내놓은 해가 1995년이었다. 정효구가 엮은 『백석』이 뒤를 이었으며, 이동순은 1997년에 이르러 새로이 시전집 『여우난골족』을 묶어 냈다. 이리 보면 세상에 모습을 다시 드러낸 지 십 년을 넘어서는 짧은 동안에 백석의 작품은 여섯 차례나 전집 꼴로 묶이는 행운(?)을 얻은 셈이다.

폭발적인 관심의 대상이 되어 왔다 해서 지나친 말이 아니겠다. 게다가 여러 종에 이르는 선집까지 들면 수는 더한다. 올곧고 바른 창작 정신은 끝내 외롭지 않다는 사실을 그의 문학은 우리에게 일깨워 주고 있는 셈이다. 그러므로 백석 시는 벌써부터 뒷날 시인들에게 알게 모르게 많은 영향을 주기에 이르렀다. 어느덧 그의 시에 대한 영향사가 따로 쓰이고 있는 점이 그 사실을 잘 말해 준다. 반갑고 기쁜 일이다.

이제 김재용이 그동안에 나왔던 백석전집에서 훌쩍 더 나아간 『백석전집』(실천문학사, 1997)을 새로이 엮었다. 나라잃은시기에 씌어진 시 95편, 수필 3편, 소설 3편에다, 광복 뒤 발표한 동화시 12편, 시 13편, 평문 4편, 그리고 정론 3편을 이번 전집은 실었다. 새로이 여러 작품을 힘들여 찾아내고 간추려, 이제까지 나온 전집 가운데서 가장 많은 작품을 올렸다. 이 일만으로도 엮은이는 우리문학사에 큰 공을 이루었다.

그 가운데서도 각별히 1957년 북한에서 낸 동화시집 『집게네 네 형제』와 동화 평론을 처음으로 찾아 되살려 낸 점이 돋보인다. 백석은 광복 뒤 북한에 남아 있으면서, 한동안 조만식 선생의 비서로 일하기도 한 사람이다. 그 뒤 북한의 정치 변혁 속에서 어렵사리 살길을 찾아 나왔을 것이다. 백석이 새로이 찾아 들어섰던 어린이문학의 세계는 북쪽에서 마냥 곤고했을 그의 삶자리를 일깨워 주는 좋은 고리가 되는 까닭이다.

목숨의 있고 없음, 슬픔과 위안을 하나로 태워 주는 넉넉한 「모닥불」에서부터 혈연적 친밀감으로 환하게 살아 오르는 「여우난곬족(族)」, 배달겨레의 끊일 수 없는 기골을 그려 준 「북방에서」, 노예 현실에 대한 아픈 공감이 잘 옹근 「팔원」, 게다가 절망에도 품격이 있음을 아름답게 보여 주는 「남신의주유동박시봉방」의 목소리를 따라가면서 『백석전집』을 펼치다 보면, 어느 작품에서나 그의 시가 주는 감동은 새롭다.

읽는이는 그의 작품을 따라 읽으며 백석의 고향 평북 정주 벌판 — 백석이 좋아했던 선배시인 소월의 고향 곽산과 이웃한 곳이다 — 을 꿈꾸어 볼 일이다. 진달래꽃 아름답게 핀 약산 동대는 먼 곳, 그곳을 바라보며 백석이 사랑해 마지않았던 여인과 지중지중 게처럼 오갔을 원산 앞바다를 뒤따라 걸어도 좋으리라. 백석이 끌어다 주는 밝은 시의 볕살이 읽는이의 마음을 따사롭고도 따사로이 비춰 줄 것이다.

새로이 전집이 나온 일을 기회 삼아 백석 시 연구뿐 아니라, 백석 시가 일반인 속에서 더 널리 사랑받기를 바란다. 읽는이는 백석이 지녔던 섬세한 생명에 대한 사랑과 심지 굳은 합일의 정신을 따라가면서 독특하면서 흔하지 않은 감동에 젖을 수 있을 것이다. 아직까지 찾아내지 못한 백석 시에 대한 관심이 더욱 꼼꼼하게 이루어질 수 있도록, 연구가의 잇따른 발품 또한 이 책이 재촉하는 바다.

백석, 그는 우리 겨레가 오래도록 사랑할 나머지를 한참 더 남겨 둔 시인이다. 그의 시는 나라잃은시대 우리 문학이 절망과 비탄 속에서 솟구쳐 올린 이채롭고도 환한 붙박이별이다. 하늘로 솟아올라 환하게 빛나는 문학, 그런 문학을 우리는 고전이라 일컫는다. 백석 시는 우리가 알게 모르게 잊고 돌아보지 않았을 때에도 일찌감치 하늘 드높이 올라서 스스로 빛나는 별이었다.

4부

우리시를 읽는 즐거움

허무혼의 논리

오상순론을 위하여

1.

공초(空超) 오상순은 칠십 평생 무소유·무정치를 실천하면서 반승반속(半僧半俗)의 삶을 살다 간 특이한 시인이다. 그를 가깝게 따랐던 이에 따르면 그런 특이함은 짐짓 위대함을 다르게 일컫는 말로 올라선다.

이제 이 나라, 아니 동방의 현자(賢者) 한 분은 숨져 가고 있다. 공초 선생님은 하나의 종교를 창시하였다거나 새로운 사상을 형성하였다거나 위대한 예술을 완성했다던가 하는 그러한 유실(有實)의 족적을 남기시는 것이 아니라 오히려 무교리의 종교가로, 초논리의 사상가로, 시작(詩作) 않는 시인으로 그대로 생을 자기 정신 속에 투철시켜 그야말로 완수한 현대 아성(亞聖)이라 하겠다.[1]

임종을 지켜보는 이가 겪는 아픔과 사랑이 절절이 배어 있는 글이라는 점을 감안하더라도 그를 "동방의 현자"며, "현대 아성"이라 치켜세운 말에 아연 압도당하지 않을 수 없다. 그의 삶은 과연 우리를 압도할 만한 것이었던가? 다른 사람의 글을 보자.

(오상순은) 세상에 적응하지 못하고 독신인 채 방랑하다가 생애를 마쳤다. 세상을 떠난 해인 1963년에야 유작시집 『공초 오상순시선』이 나왔는데, 오랜 세월 동안 무엇을 이루었던가 하는 의문을 품게 한다. 여유 있는 집안에서 태어나 일본에 가서 대학을 졸업하고서 다른 일은 버려두고 고독한 예외자인 시인이 되었으며, 시에서 뚜렷하게 얻은 것도 없다. 기독교 전도를 하다가 불교에 기울어져 절간을 전전했지만 종교시를 쓴 것도 아니다. 진지하게 살아가는 자세가 없이, 설익은 관념을 안고 시답지 않은 글을 긁적이며 일생을 헛되이 보냈다 하겠다.[2]

사뭇 한 시인을 두고 그를 낮추어 보는 말씨가 지나치다 할 어름에까지 이르렀다. 시인으로서 오십 년 남짓 살아왔으되, "진지하게 살아가는 자세가 없이, 설익은 관념을 안고 시답지 않은 글을 긁적이며 일생을 헛되이 보냈다 하겠다" 했으니 이에 덧붙일 말이 없겠다.

오상순의 시와 삶에 대한 값 매김이 이렇듯 엇갈리고 있음은 물론 서로 다른 관점의 차이에서 비롯된 것이다. 크게 보아 앞글은 초월적 사실에, 뒷글은 윤리적 당위에 초점을 둔 데서 말미암은 매김으로 여

---

1 구상, 「후기」, 『공초 오상순 시선』, 자유문화사, 1963, 208쪽.
2 조동일, 『한국문학통사』 5권, 지식산업사, 1989, 160쪽.

겨진다. 그런 까닭에 둘 다 나름의 문제를 지닌다. 앞글에서는 "시작 않는 시인"이 어떻게 시인일 수 있는가 하는 점을 풀어야 할 터이다. 뒷 글에서는 나라잃은시대에 나라를 되찾기 위한 싸움을 제쳐둔 어떠한 삶이 달리 정당화될 수 있는가를 밝혀야만 한다. 만약 그와 또 달리 "진지하게 살아가는 자세"가 가능하다면 "고독한 예외자인 시인"의 삶도 그 자체만으로 정당화될 수 있어야겠다.

나에게는 '현인'의 삶이나 나라잃은시대의 시답게 '잘익은' 시가 어떤 것인가를 판별할 수 있는 힘이 아직까지 없다. 이 글에서는 거칠게나마 한 특이한 시인으로서, 오상순이 일궈 놓은 시와 삶에 다가서기 위한 나름의 실마리를 찾아보고자 하였다. 이 일을 위해서는 먼저 그가 기미만세의거를 앞뒤로 해서 활발하게 나왔던 초기 동인지 문학인이었다는 사실을 염두에 두고자 한다.

2.

1894년 갑오년은 잘 알려진 바와 같이 나라 이저곳에서 동학군이 일어나고, 제국주의자에 의해 억압변혁이 저질러져 매우 어지러웠던 해였다. 이 해 공초 오상순은 서울에서 목재상을 꾸리고 있는 부유한 집안의 아들로 태어났다. 어렸을 적부터 이른바 신식교육을 받으면서 자란 그는 열아홉 살 어린 나이에 왜나라로 건너가 거기에서 여섯 해에 걸친 유학을 마치고 돌아왔다. 그 뒤 동인지 『폐허』를 중심으로 문학에 골몰했다. 이와 같이 그는 주요한이나 김억·황석우·남궁벽과 마찬가지로 전형적인 1920년대 초기 동인지 문학인 가운데 한 사람임을 알 수 있다.

이들은 어느 정도 국권 회복에 대한 정치적 전망이 열려 있었던 앞 세대 국권회복기 문학인과는 달리 나라를 아주 빼앗겨 버린 치욕스런 피식민지 젊은이였다. 그러면서 일정하게 피식민지 안쪽에서 성장을 거듭할 수 있었던 예속 중산층 자제였다. 따라서 그들이 나아가고자 한 바 근대 의식과 그들이 놓인 바 계층적 속성에서 말미암은 반봉건적 토대 사이에는 심각한 이율배반이 가로놓여 있었다. 새롭고도 자유로운 나라 건설이라는 그들의 의식은 그 열의에도 실천 가능성은 뚜렷한 한계를 지닐 수밖에 없었던 셈이다.

따라서 1919년 기미만세의거를 앞뒤로 일어났던 무장 광복 항쟁이나 민주 공화정에 뿌리내린 새로운 근대 민족주의 전망, 또는 제국주의 수탈지로서 겪는 총체적 민족 현실이 그들에게 적극적으로 자각될 리가 없었다. 오히려 식민자의 문화에 대한 동일시에 빠져 서구 근대와 보편적 격차만을 문제 삼았다. 그로 말미암은 문화 충격 앞에서 심한 상대적 박탈감에 시달렸다. 근대 지향에 대한 참여도가 큰 사람일수록 그것이 더 심각했을 것임은 더 말할 나위가 없다.

1920년대 초기 동인지 문학인이 내보였던 과도하게 부풀린 허무와 퇴폐의 정서는 이러한 구조적 긴장에 눌려 심리적으로 불안정한 상태에 있었던 그들의 절망감을 표현하는 하나의 길이었다. 따라서 1920년대 초기시는 앞 시대 시가(詩歌)에서 보이는 공공적 명분과 확신에 찬 청자지향적 목소리와 달리 "내적, 외적, 심적, 물적의 모든 부족, 결핍,

결함, 공허"[3]와 같은 경험적 허무에 사로잡힌 채 우울하고 막연한 내성적 목소리에 골몰하기 시작한 것이다.

> 폐허의 제단에 길이 넘는 검은 머리 풀고
> 맨발로 소복 입은 처녀들의
> 말도 없이 경건히 드리는
> 목단향(木檀香)과 기름등불은
> 주검같이 소리 없는 폐허의 하늘
> 바람 한 점 아니 이는데
> 끝도 밑도 없는 깊은 밤 어둠 속에
> 아프게도 우울하고 단조하고도 끊임 없는
> 곡선의 가는 흰 길을 찾아 허공에
> 헤매이다 헤매이다!
> 꿈나라의 한숨같이 그윽히도 가는 향(香)의 곡선은
> 헤매이다 헤매이다.
>
> —「폐허의 제단(祭壇)」[4]

현실은 발전과 개선의 전망이 보이지 않은 채 "애수, 억울, 고뇌"의 "뿌연 안갯가루"(「타는 가슴」)에 감싸인 "폐허의 제단"일 뿐이다. 그 제단의 향불에 불을 붙이면서 말할이는 '꿈나라'를 헤맨다. 아마도 말할이에게 꿈은 단순히 현실을 일탈하는 것에서 더 나아가, 현실을 보다 자

---

3   오상순, 「시대고와 그 희생」, 『폐허』 창간호, 폐허사, 1920, 52쪽.
4   따온 시들은 편의를 좇아 요즘말로 옮긴 『공초 오상순시 전집—아세아의 마지막 밤 풍경』(한국문화사, 1983)에 따른다.

유롭게 열어 나가는 영감의 근원일 수도 있었을 것이다. 꿈꾸는 낭만적 정열, 그것이먀말로 "폐허의 제단" 앞에서 시인이 할 수 있는 한 극단의 방법인지 모른다.

> 꿈밖의 꿈 꿈 속의 꿈 깨임 없는 꿈
>
> 깸 없으니 무의 꿈 이 꿈 참꿈가
>
> 두어라 꿈타령은 끝도 없거니
>
> 영원히 애태우는 속 모를 이 꿈
>
> ―「항아리」

꿈이 삶이고 삶이 꿈이니 그 꿈은 "무의 꿈"이다. 그리고 꿈인 탓에 "영원히 애태우는 속 모를" 것임에 틀림없다. 말할이에게 꿈은 폐허와 죽음으로 뒤덮인 현실 속에서 내면적 자유를 열어 나가는 중요한 방법이었던 셈이다. 이 꿈 속에서 현실은 이미 외적 실천의 장소로서 지닌 바 뜻을 잃어버린다.

3.

1920년대 초기 시인들이 경험적 허무에서 벗어나기 위해 부른 이러한 '꿈노래'는 크게 두 갈래로 나뉜다. 첫째는 내면적 자유를 최대한으

로 누리면서 환상이나 죽음과 같은 관념적 실재나 보편 윤리를 확보하
고 그것을 극단에까지 밀고 나가는 경우다. 다른 하나는 생활이나 계
급과 같은 집단적 관념 윤리를 빌려 외면적 자유를 좇는 경우다.

> 태양계에 축이 있어
>
> 한번 붙들고 흔들면
>
> 폭풍에 벚꽃같이
>
> 별들이
>
> 우수수
>
> 떠러질듯 한 힘을
>
> 이 몸에 흠뻑
>
> 느껴 보고 싶은
>
> 청신한 가을아침

—「힘의 동경」

　오상순이 따른 길은 첫길이었고 그가 좇았던 것은 '생명'이었다. 그
생명이 현실 속에 구현된 강렬한 '힘'이었다. "황량한 폐허"의 '시대고
(時代苦)' 앞에서 오로지 유일하게 좇아갈 값진 실재는 힘 있는 생명의
본질, 그 자체의 신비였다. 그런데 오상순은 그것을 다양한 현실 대상
에 대한 감각적 직관을 통해 찾고자 한다. 옮긴 시는 그것을 잘 보여 준
다. "자연 물상(物象)을 통한 직관의 형식으로 우주의 본체와 만나는"[5]

5　유시욱, 「1920년대 한국시의 두 양상 연구」, 서강대 박사논문, 1987, 85쪽.

그의 자세란 바로 이 점을 두고 한 말이다. 이때 그 "우주의 본체"란 다름 아닌 생의 신비였던 셈이다.

그의 시가 "어휘 구사가 생경하고 정서의 습도도 제대로 마련되지 않았'을 뿐 아니라, "시의 원자질로 생각되는 작품의 해조가 조성된 성싶지 않음"[6]에도 동시대 여느 시인들과 다른 길을 걸을 수 있었던 까닭이 여기에 있다. 생명이란 관념적 실재가 현실·직관을 통해 현상과 본질, 몸과 마음의 이원론을 뛰어넘는 깨달음 속에서 그 모습을 드러낸다. 그것의 등가물 가운데 하나가 흔히 나타나는 '어머니'며 "어머니 젖꼭지 빠는 소리"였다.

> 별의 무리 침묵하고 춤추는
>
> 깊은 밤
>
> 어둠의 바다같이 고요한 밤에
>
> 갓난아기의
>
> 어머니 젖꼭지 빠는 소리만
>
> 크게 들린다—
>
> —「생의 수수께끼」 가운데서

현실 속에서 '생의 수수께끼'를 찾아 내는 것, 그것이 오상순이 나아갈 길이었고 생명이야말로 그의 시의 구경적 실재였다. 초월적·관념적 실재인 힘과 생명의 신비를 직관적 실재로 깨달음으로써 그의 허무는 경험론적인 것에서 이미 인식론적인 것으로 나아가고 있다.

---

6 김용직, 『한국근대시사』 상, 학연사, 1986, 163쪽.

4.

　오상순 시는 거의 명상시적 성격을 띤다. 명상시는 흔히 대상 자체의 이미지에 얽매이지 않는다. 오히려 대상이 윤리나 신념 또는 문화 상태와 같은 일반적 주제를 구현하는 보기로 여겨진다. 또는 사상이나 반성 행위가 시 속에 구체화하거나 그것이 시를 지배한다. 따라서 그것을 위해 마련한 예증 이미지는 다양하게 바꿀 수도 있다.[7] 그의 시는 이러한 명상시적 특성을 충실히 따르면서 현실 직관의 형식을 빌려 생명의 구경을 밝히고자 했다.

　명상시 속에서 직관이란 다름 아니라 상징을 발견하는 일이다. 상징은 자연의 피상적인 모습에 만족하지 않는다. 그 깊은 곳에 숨겨진 참된 현실이 존재한다는 것을 인정하며, 만물 속에 유전하는 생명의 구경에 이르기 위해 그는 직접적 직관에서 한 발 더 나아가 흔히 간접적 직관에 기댄다. 그 하나가 언어 표현에 부정적 표지를 빌려 실재를 가리키게 하는 부정적 방법, 곧 이것도 아니고 저것도 아니다라는 형식이 그것이다.

　비가 내린다
　좌악 좍 내린다
　내가 내린다

<hr>

7　H. H. Waggoner, *American Visionary Poetry*, Louisiana State Univ. Press, 1982, p.11.

좌악 좍 내린다

비가 내가 한결에

좌악 좍 내린다

비도 나도 아닌데

좌악 좍 내린다

—「소류(表流)와 저류의 교차점」 가운데서

이미 「허무혼(虛無魂)의 선언(宣言)」을 비롯한 여러 시에서 보인 방법이 이것이다. 직접적 부정에 의하여 주체와 객체의 이원론을 허물고자 한다. 앞 부분에서 긍정적 실재를 내세워 놓고, 뒤에 가서 그것을 부정해 버림으로써 분별되는 것, 이론적으로 생각될 수 있는 것들을 모조리 부정해 버리는 것이다. 이러한 직관 방법을 빌려 말할이는 자연계에 널리 미만해 있는 무한한 생명의 실재를 일깨우고자 한다.

나그네의 마음

오— 영원한 방랑에의

나그네의 마음

방랑의 품속에

깃들인 나의 마음

나는 우다

모든 것이 다 있는 그 세계 보고

나는 우다

　　모든 것이 다 없는 그 세계 보고

　　나는 우다

　　한 없는 그 세계 보고

　　나는 우다

—「방랑의 마음·2」 가운데서

　짧게 옮겨 놓은 시줄은 앞과 달리 역설적 언어 방법을 빌려 비이론적인 논리를 가리키고자 한 보기다. "방랑의 품속에 깃들인 나의 마음"은 "흐름 위에 / 보금자리 친 / 오− 흐름 위에 보금자리 친/나의 魂……"(「방랑의 마음·1」)이 말하는 역설적 진리[8]의 또 다른 변주라 하겠다. 말할이는 이러한 역설을 빌려 생명의 본질에 다가가고자 한다. 그것은 "모든 것이 다 있는" 것이면서 "모든 것이 다 없는" "한없는 세계" 앞에서 유한자인 말할이의 울음이 발견하는, 비의 속에 깃들 어떤 뜻이다.

　이러한 부정 표현과 역설이 담고 있는 것은 진정한 실재는 말로 표현할 수도 없고 이에 대한 정확한 지식도 가질 수 없다는 사실이다. 생명의 본질이란 이에 이르면 바로 허무 그 자체인 셈이다. 이러한 인식론적인 허무는 이미 불가나 노장적 사유의 핵심으로 잘 알려진 것이다. 여기에 그의 명상시가 지니고 있는 전통적 요소가 있다. 실재에 대한 인식론적 허무는 삶의 신비라는 비의를 드러 내는 본질 요소이며, 그 신비를 존재하게 하는 직능이다. 이에 다다르면 시란, 시인이란 어찌 보면 한갓된 것이겠다.

8　「방랑의 마음·1」에 나타나는 역설에 대해서는 아래 글에 꼼꼼한 풀이가 이루어졌다. 김열규, 「오상순과 형식주의」, 『현대문학』 통권 28권 6호, 현대문학사, 1983.

오상순의 시는 명상시로서 어쩔 수 없이 갖게 된 되풀이하는 표현이나 거친 말솜씨를 드러낸다. 그럼에도 관념을 관념으로 보여 주지 않고 직·간접적 직관을 빌려 포괄적인 깨달음의 세계로 읽는이를 이끌어 들인다. 보이는 것만 알 수밖에 없고, 아는 것만 볼 수밖에 없는 사람의 유한성을 그것이 뛰어넘게 해 주는 것이다. 이런 점에서 그는 어느 특정 사상이나 종교에 매인 시인이었다기보다 기독교적 이원론[9]까지 싸안으면서 동양적 사유의 전통에 폭넓게 맞닿아 있는 명상 시인이었다고 해야 옳을 성싶다.

5.

오상순은 어찌 보면 한 시대의 예언자로서 추종자를 거느린 유사종교의 교주와 닮은 느낌을 준다. 오랜 방랑생활을 거치면서 숱한 젊은이, 늙은이에 둘러싸여 그 자신 『청동문학』[10]과 "운명의 실끝"(「타는 가슴」)처럼 풀어지는 담배 공양에 집요하게 매달렸던 일은 유사종교의 상징적 의식과 썩 닮은 바가 있다.

그 속에는 나라잃은시대 예속 중산층 출신 젊은이가 어쩔 수 없이

---

9 특히 그의 긴 시 「아시아의 마지막 밤 풍경」은 니이체가 『비극의 탄생』에서 말한 디오니소스적인 것과 아폴론적인 것의 이원론에 크게 힘입고 있다.
10 『청동문학』이라는 잡기록은 아래 두 책에 그 일부가 실려 있다. 『시대고와 그 희생』, 한라출판공사, 1979; 『흐름 위에 보금자리 친 나의 영혼』, 한국문학사, 1982.

맞닥뜨린 경험적 허무에서부터 일어나 '생명'이라는 보편적 가치와 그
것의 신비를 좇아 하나하나 현실의 거짓 욕망을 떨구면서 인식론적 허
무의 들판을 천천히, 그러나 끝까지 가로질러 간 진실과 깨달음이 도
사리고 있다. 거짓 욕망을 꾸미고 부추기는 역사의 흐름 속에 바른 '생
명의도'를 좇아 씌어진바 "전생명의 절대적 표현"(「표현」)인, 그의 많지
않은 명상시가 가르치는 뜻이 바로 이것이다.

그리고 생명을 탄압하는 거짓 욕망과 얽힌 싸움에서 분노하고 고뇌
하는 모습이 아니라 낙천적이면서도 걸림 없는 듯한 말씨에서 그 명상
은 더욱 빛난다. 그의 시가 고승들의 게송을 닮고 있는 것은 어찌 보면
당연한 일이겠다. 우리 근대시사 속에서 같은 시대 한용운의 잘 계산
된 여성주의와 세련된 법어적 말씀씨 곁에서 그의 시가 지닌 전통성을
찾을 수도 있으리라는 생각은 지나친 것일까.

김광균 시
새로 읽기

1.

　김광균이 우리 근대시 흐름 속에서 이루어 놓은 일은 크게 두 가지에서 돋보인다. 하나는 1920년대 중반 무렵부터 가지를 치기 시작했던 이른바 모더니즘과 끈을 댄 회화적 개성에 있다. 지닌바 생각이나 느낌을 애써 누르면서 구체 감각으로 그려 보이려는 미덕, 상관 이미지를 빌려 그것을 질서화·조형화하려는 노력은 당대 모더니스트 시 가운데서 유독 빼어난 성과를 거둔 것으로 꼽힌다. 이와 다른 자리에 감상벽이라고까지 말할 만한 고착된 내면 서정성이 놓여 있다. 모더니즘이라는 쪽만을 내세울 때는 못마땅한 일로 여겨지기도 했던 이 점은 오히려 그의 시가 기미만세의거 뒤부터 쭉 넓혀져 나온 주관적 내면 서정시의 흐름과 줄기를 같이하고 있음을 알려 준다.

　서로 맞서는 듯한 이러한 이원성, 곧 현실의 객관적 조형화와 내면

주관성의 지나친 노출이 마련하고 있는 엇갈림 때문에 그의 시에 대한 값매김은 여태껏 평자에 따라 한결같지가 않았다. "서정주의에 뿌리를 내리고 방법적으로만 시각적 이미지로서 그림을 그린"[1] 시인이라는 지적이 그런대로 온당하게 여겨진다. 그런데 이러한 독특한 엇갈림은 시대 현실에 짓눌리지 않으면서 스스로를 버텨 나가고자 했던 김광균 특유의 방법적 긴장이 이룬 결과라는 점에서 그의 시에 대한 새로운 읽기로 우리를 이끌어 들인다.

2.

회화적 개성이라는 쪽에서 살피면 김광균 시는 흔히 특장으로 지적하곤 하는 참신한 비유와 강력한 형용어법에 힘입어 군데군데 명징한 감각공간을 내보인다. 그럼에도 크게 보아 그가 펼쳐 놓은 회화적 공간은 일상 원근법적 조망에 충실한 시지각 경험에 바탕을 두고 있다. 먼 곳에서 가까운 곳으로, 가까운 곳에서 먼 곳으로 눈길을 옮겨가든가, 아니면 고정 대상에다 눈길을 붙박아 두고 연상공간을 마련한다. 그러면서 그들은 목소리나 시점 변화, 또는 다양한 이미지 병치에 따른 비약, 창조와는 거리가 멀다. 단조로운 시지각적 가락과 연속하는

---

1   유병석, 「절창에 가까운 시인의 집단」, 『문학사상』 통권 28호, 문학사상사, 1975.

방향력에 이끌리는 단편 시공 영역성을 특징으로 삼는, 사뭇 위축된 시각적 비전을 보여 주고 있는 셈이다.

게다가 속속들이 현실 속으로 뛰어들어 내남 사이 얽힘을 읽어 내고 그것을 펼쳐 보이는 적극성이 모자란다. 그를 비롯한 그 무렵 모더니스트들이 애써 그리고자 했던 현실이 도시공간이라는 지적은 옳다. 이때 도시란 단순한 배경이나 정황 차원의 것이라기보다 내남이 어울려 겪는 상호주관적 현실과 그에서 비롯되는 갈등과 분열을 얼개로 갖는 삶의 행태를 뜻한다. 이렇게 볼 때, 김광균 시의 회화적 개성은 그러한 도시적 현실에 대한 힘 있는 해석과는 동떨어진 평면적인 조형화에 힘을 쏟고 있다. 도시공간 바깥에서 그곳을 건너다보기, 또는 소박한 산책 경험이야말로 그의 시 말할이가 놓이는 두드러진 국면이다(「창백한 산보」). 자아와 바깥 현실 사이를 이어 주는 구체적인 생활 체험이 뚜렷하게 빠져 버린 채 '석고'처럼 "고요히 응고한" 현실과 마주 선 거리 감각만이 한결같다.

따라서 김광균 시는 구체 현실과 끈을 대지 못한 채 분위기 중심의 시로 떨어지기 일쑤였다. 그가 공을 들인 회화적 공간이 '작위적'[2]인 인상화로 여겨지는 까닭이 여기에 있다. 그에게 있어 모더니즘의 영향이란 다만 명분의 문제였을 뿐, 그것을 현실 재해석의 도구로 충실하게 활용하고 있지 않다. 그것은 시라는 문화관습을 선택한 시인 스스로 당대 현실과 만날 수 있는 최소한의 끈이었다. 모더니즘이라는 새로운 방법을 빌려 그는 "신뢰할 하나의 현실도 없는" 가운데서 짐짓 '신뢰할' 현실을 마련할 수 있었던 셈이다.

2　김종철, 「30년대의 시인들」, 『시와 역사적 상상력』, 문학과지성사, 1978.

3.

김광균 시는 거의 상실 체험에 빌미를 둔 슬픔·외로움·고향 그리움과 같은 느낌으로 가득 채워져 있다. 그를 "엘레지의 시인"[3]이라 한 말이 억지스럽지 않을 정도다. 이때 그러한 상실 체험의 밑바닥을 끌어 잡고 있는 것은 무엇보다 죽음이라는 주제다. 지난날에 겪었던 친족이나 가까운 벗의 죽음에서부터 더 나아가 현실 도시공간 풍경을 "늘어선 고층 창백한 묘석"(「와사등」)으로 읽고 있는 데서 그것은 한 끝에 이른 듯싶다. 그의 시는 죽음을 통한 내면 서정을 고집함으로써 독특하면서도 끈질긴 상실의 미학에 이르고 있는 셈이다.

그런데 이러한 죽음의 주제는 매우 막연한 사적 경험과 닿아 있을 뿐 아니라 차라리 선험적인 것으로 여겨지기도 한다. 죽음이 그것을 이음매로 한 새로운 현실 발견이나 현실 초월의 힘으로 동기화하고 있지 않다. 그에게 죽음이라는 비극적 체험은 세계로 열려 나가는 추진력이 아니다. 오히려 바깥 현실과 무관한 자리에서 서정적 자아의 굳건한 내면공간을 이루도록 이끌어 주는 뼈대다. 그 누구도 손댈 수 없는 친족의 사사로운 죽음에 대한 기억에서부터 세계 자체의 죽음으로까지 넓혀 나갔던 이러한 상실 체험과 그것을 싸안고 있는 부풀린 느낌은 바깥 현실과 그 자신 사이를 가로막아 주는 경계 구실을 충실히 다하고 있다.

3 　정태용, 「김광균론」, 『현대문학』 통권 190호, 현대문학사, 1970.

따라서 김광균 시가 내보이고 있는 서정성은 바탕에서부터 죽음을 빌린 현실 배제와 그것에 힘입은 소극적 동일성 유지 노력에 본뜻이 있는 것으로 보인다. 특별히 고착된 경험에 지나치게 빠져듦으로써 현실과 맺고 있는 다양한 관계를 지레 차단해 버리는 독특한 방법에서 우리는 김광균이 겪고 있었던 근대 현실에 대한 두려움과 긴장의 강도를 엿볼 수 있다. 이러한 점에서 경험 결핍에까지 이른 것으로 보이는 그의 고착된 내면서정에는 예사롭지 않은 방법적 치열성이 숨어 있다. 두려운 현실에서 더 이상 훼손되지 않으면서 최소한의 사적 실존, 곧 토대를 잃어버리지 않으려는 고집스런 안간힘이 그것이다.

4.

모더니즘이라는 공적 명분과 죽음이라는 사적 실존 근거 사이, 서로 엇갈리는 듯한 방법적 선택이 김광균 시를 푸는 열쇠다. 동전의 앞과 뒤처럼 이것은 시인 스스로를 바깥 현실로부터 차단시켜 주는 서로 다른 장치였다. 그것을 빌려 그는 바깥 현실로부터 짐짓 영향 받지 않았을 뿐만 아니라, 스스로의 진실로부터도 벗어날 수 있었다. 김광균이 생성이나 변화 관념과는 무관한 전반성적 자아상을 지속할 수 있었던 데에는 이러한 방법적 긴장에 그 까닭이 있다.

그의 시가 지닌 그러한 이원적 엇갈림은 어찌할 수 없는 틀로 보인다. 김광균 시는 시각적 조형과 정서 표출 사이를 따로따로 오가거나, 그 둘이 한 작품 안에서 대비적 짜임으로 묶여서 나타난다. 통시적으로 보면 이것은 막연한 정서 노출에 기댔던 1920년대 무렵 습작기 작품과 이른바 모더니즘의 방법을 빼어나게 이루었다고 평가하는 1930년대 작품, 그리고 광복 뒤부터 보여 주었던 가벼운 생활 서정시 작품으로 나아간 시기별 교체와 맞물린다. 그런 한쪽으로는 개성 지역문단과 서울 중앙문단, 그리고 그 뒤 문단 현장과 거리를 두기 시작했던 활동과 연결되기도 한다.

공간 체험이라는 쪽에서 살피면 이러한 엇갈림에서 비롯된 긴장은 중천(中天)에 대한 강한 집착을 빌려 풀어 볼 수 있다.[4] 그의 시에서 땅 위에 비껴 떠 있는 중천이란 자아와 세계 사이 경계에 마련된 간섭환상(intervening fantasy)의 자리다. 그곳이야말로 시각적 조형과 죽음이라는 이원적 엇갈림이, 자아 바깥과 안이, 현재와 과거가 하나로 아름답게 묶이는 공간이다. 땅 위로 돋아 오른 무덤과 그것을 싸안은 더 큰 무덤인 산, 그리고 구체적인 이름으로 그 위를 덮고 있는 꽃뿐 아니라 아늑하게 이마 위에 걸려 있는 노을에서, 밤낮으로 그의 내면을 비춰 주는 등불에서, 섬세한 소리로 하늘과 땅 사이로 흩날리는 눈발에서 그 간섭환상은 힘 있게 살아나 그의 시에서 가장 생동감 있는 국면을 엮어 낸다.

김광균 시가 지닌 아름다움은 흔히 이야기하는 바 감각적 표현이나 비유공간의 신선함에서 오는 부분적인 것이 아니다. 오히려 그 모두를 싸잡고 있는 이러한 비현실적이면서도 생생한 간섭환상의 아름다움

4　박태일, 「한국 근대시의 공간 현상학적 연구―김광균·이육사·백석·윤동주 시를 중심으로」, 부산대 박사논문, 1991.

에 있다. 이것이야말로 세계와 자아 그 모두로부터 더는 영향 받지 않고 예속 근대 현실 아래서 자신을 힘겹게 버텨 내고자 했던 김광균 특유의 방법적 새로움이다.

그와 함께 모더니즘의 영향 아래 놓이는 오장환이 자유분방한 감정 노출로 나아가 버림으로써 오히려 자기 상실에 이른 잘못이나, 김기림이 방법 그 자체에 빠져듦으로써 사이비 근대에 매달렸던 일과는 다른 긴장된 힘이 그의 시 속에 도사리고 있는 셈이다. 이런 점에서 김광균을, 의식과 토대 사이 불일치가 운명적일 수밖에 없었던 나라잃은시대 중산층 지식인이 현실과 대거리해 온 독특한 방법과 그 마음바닥을, 번잡한 논리가 아니라 구체적인 작품을 빌려 보여 준 대표 '시인'으로 꼽아 모자람이 없다.

긴장의 속과 겉,
그 황금빛 어둠
황동규의 시

이즈음 들어 시를 읽는 맛이 시들하다. 제 속을 쉬 보여 주지 않는, 그래서 줄곧 긴장을 요구하는 작품을 만날 일이 드물다. 그나마 마음 속에 담아 둔 몇몇 시인의 작품마저 없다면 영 혀를 버려 놓을지 모를 일이다. 무기력한 시들이 뻔한 분위기나 빤한 몸짓으로 제 수사법에 걸려 어기적거린다. 그런 속에서 자리를 고쳐 앉게 만드는 시, 거듭 읽다 마음을 다른 데로 놓았다 다시 바싹 다가앉도록 이끄는 시를 만나는 즐거움은 크다.

황동규 시가 지닌 큰 힘 가운데 하나가 읽는이를 작품에서 눈을 못 떼게 하는 그 긴장된 즐거움이다. 쉬운 독해법으로 그는 결코 무너지지 않는다. 어깨로 허리로 밀려드는 무거운 범종소리처럼 그의 시를 읽는 일은 긴, 그러나 전면적인 공감을 필요로 한다. 이번 시집 『우연에 기댈 때도 있었다』(문학과지성사, 2003)도 완결성에서는 한결같다. 황동규만큼 오래도록 우리시의 긴장을 이끌어 준 시인을 한국 근대시사가 일찍이 지닌 적이 있었던가.

황동규의 시는 다채롭다. 현실의 만화경이다. 관심이 전방위적이다. 흔히 지적하곤 하는 여행 모티프도 실상 그가 열어 두고 있는 여러 방법 가운데 한 꾀에 지나지 않는다. "세상 끄트머릴 지지는 물소리를 찾아왔다"(「밤 바다」)고 말하는가 싶더니, 어느새 두근대는 '화석'(「빗방울 화석」) 곁을 스치며 그 온기를 눈으로 훔친다. 그와 세상의 만남에 한 치의 빈틈이 없다. 그런 긴장을 따라 읽는이들은 함께 부풀고 함께 졸아든다.

시는, '노래'는 황동규에게 "황금빛 어둠"이었다. 환하면서도 '가장 위험한'(「젊은 날의 결」) 그 집중 속을 그는 오래 홀로롭게 걸어왔다. 그의 삶에서 노래를 떼어 놓는 일은 불가능하다. "팽팽한 삶 속에 탱탱히 가고 있는"(「풀이 무성한 좁은 길에서」) "타는 심지"의 긴장감. "소리꾼의 마지막 소리"와 같이 무겁다. 아니다. 그는 가볍게 걷고 비스듬히 난다. "길에서 벗어나지 않고 벗어나" "느린, 늘인 걸음으로"(「해마(海馬)」) 날생각을 반짝인다.

"새로 눈금 하나 조인 띠 두르고" "몸무게 줄인 지구를 걷는다"(「200년 5월 2일 CNN에서 지구가 가벼워졌다는 보도를 듣고」)는 놀라운 위트에서부터, "안 오는 버스" 기다리며 "밟아 문지른 짚신나물꽃" 탓에 "못난 인간"(「헛발질 꽃」)으로 밀물지는 마음의 결은 매우 맑다. 게다가 신문으로 덮인 "노숙자들"을 향해 눈물이 "흘러내릴 얼굴이"(「흘러내릴 곳」) 없다고 외치는 시인의 애증은 곧장 현실의 핵심부로 향한다. "속을 다 내주고도" "새로 부서지는 소리"(「속이 다시 부서지는 소리」)를 듣는 그의 귀는 또 얼마나 섬세한가.

촛농이 타는 듯이 정밀한 황동규 시어의 큰 특성 또한 세상에 대한 다양하면서도 구체적인 열중과 긴장에서 말미암은 바다. 보통의 시인은 나이가 듦에 따라 언어와 맞서지 않고, 느슨한 수사학과 그럴 듯한 분위기에 자신을 내맡기기 일쑤다. 그런 점에서 황동규는 매우 희귀한 본보기다. 덜어 낼 수도, 더할 수도 없는 긴밀감과 손댈 데 없을 경제성이 황동규 시적 조사의 특징이다. 오랜 기간 닦아 온 드높은 공력이 아니면 흉내 내기조차 힘든 경지다.

"가고, 있는, 시간 틈새에"서 듣는 "한 가닥 유리딱새 소리"와 "모차르트 유리(琉璃) 하모니카 몇 소절"이 "되담을 수 없는 빛 한 잔(盞)"(「어스름」)으로 환하게 되살아나는 정치한 시공간이 이즈음 그가 이른 득의의 풍광이다. 따뜻한 목숨과 차가운 금속이 홀연 "빛 한 잔"으로 눈부신 그 '틈새'야말로 황동규의 언어감각이 놓인 경이로운 자리인 셈이다. 스스로 밝힌 바 '얼결에' "햇빛 반사 속에" "시력을 잃은 채", "더듬이로 한없이 만져본"(「눈먼 나비」), 그 '봄'의 부피가 바로 "빛 한 잔"이 아니던가.

황동규 시는 읽는이에게 주어지는 방식도 여럿이다. 극서정은 그 가운데서 시인이 세계와 맺은 밀착된 긴장감과 언어적 구체성이 하나로 묶일 수 있는 필연적인 결과로 보인다. 그는 누구보다 해체를 저질렀으면서도 극단에 이른 해체로 나아가지 않았고, 엄격하면서도 매우 날렵한 됨됨이를 보였다. 그 점이 극서정이라는 장치를 마련했다. 시인의 변화와 아울러 읽는이도 적극 변화로 이끌기 들이기 위한 매우 효과적인 길인 셈이다.

갈천문도 가고 김영무도 갔다.

동짓날 졸아든 하루가 다시 불지 않고 계속 오그라든다.

초겨울 베란다에서 소리 없이 불 켜던 제라늄이

언제부턴가 불을 껐다.

달력을 보지 않기로 한다.

밤이 깊었다.

아파트 밖에는

늦게 눈인사 나누던 불빛이 성글어졌다.

동지 언저리라 일찍들 잠드는가

불 끄고 나처럼 잠 못 드는가.

희미한 그믐달 동과 동 사이에 떴다.

한창때 어깻죽지와 날개가 분별 안 되던 그 무엇,

가지 떠난 꽃잎 마음 고쳐먹고 다시 위로 날아오르던,

시작이 반이던 그 무엇!은 이제

저 아래 주차장에 누군가 켜두고 간 미등,

배터리 나가기까지 차는 계속 골똘한 생각에 잠기리.

건너편 동에서 불이 하나 더 꺼진다.

가만, 시작이 반이면 끝도 반이 아니겠는가?

그 반은 어디에?

혼자 있을 때면 은은한 빛으로

나 여기 있다고 알려오는 남해 빛 바다,

고성 아니면 해남 어디

저도 몰래 9천만 년 전 발자국 남긴 공룡처럼

실하고 깊은 자국 남기지는 못해도

차차 얕아지는 한 걸음 한 걸음 대신

퍼질러 엎드려 두 무릎 형상 남기진 않으리.

하늘과 땅이 서로 조심스러워진 초겨울 뻘 위를 그냥

걸으리, 발자국 홀연 안 찍힐 때까지.

—「한 걸음 한 걸음 이리 얕아지니―마종기에게」

앞에 올린 「한 걸음 한 걸음 이리 얕아지니」는 이즈음 황동규 시가 놓여 있는 자리를 잘 보여 준다. '빛'의 꺼짐 / 켜짐을 통한 극서정이 그것이다. 그의 많은 작품이 그렇듯이 하나의 근본 모티프가 시를 끌어 잡았다. 이 시에서는 그것이 '불빛'이다. 첫째 토막에서 시인은 겨울이라는 계절 시간 안에서도 동짓날 밤, 그 불빛의 꺼짐을 깨닫는다. 둘째 토막에서는 현재 공공공간인 '밤' 아파트 이웃 속에서 그 불빛 꺼짐을 느낀다.

셋째 토막에서는 자신의 개인공간이다. 방의 불을 끄고 창가에 나서서 '주차장'을 내려다보는 행위가 불빛 꺼짐을 보여 준다. "골똘한 생각에 잠기"다 마침내 꺼지게 될 '미등'은 바로 시인의 대치물이다. 그런데 그러한 구심적인 시공간 축소, 곧 빛의 꺼짐은 거꾸로 마음의 원심적 확대를 이룩한다. 넷째 토막의 내면 성찰이라는 형식이 그것이다. 시인의 바깥세계와는 전혀 다른 새로운 질적 전환이 있다. "9천만 년 전" 공룡 세계의 마련이 그것이다.

그리고 넷째 토막에서 돌연 그런 전환은 고스란히 독자의 몫으로 되돌려진다. 시인에게 있어 9천만 년 앞이나 지금은 한가지다. "하늘과 땅이 서로 조심"스럽게 만나는 탈공간, 무시간의 자리일 따름이다. 그런 시공간 속에서 시인이 다짐하는 지난한 예술가적 자의식을 넷째 토막은 고스란히 보여 준다. 끝까지 "두 무릎 꿇지 않고" 당당히 맞서고, 품어 안으며, 옹골찬 언어로 걸어가겠다는 시인의 홀로롭고도 아득한 내면의 켜짐이 그것이다.

어릴 적 잠시 겪었던 고향에 대한 향수에나 목을 놓는 나 같은 얼치기 지역주의자 자리에서 보면 황동규는 참으로 자유롭고도 강한 시인이다. 가는 곳곳이 모두 자신의 고향 아닌 곳이 없다. 아니다. 아예 고향을 죄 지워 버린 시공간 위에 그의 놀라운 긴장과 변화의 드라마가 있다. 이런 점에서 그의 시는 근대적이면서도 탈근대적이다. 시어 또한 편벽됨이 없다. 삶의 안밖을 구체적이면서도 미끄럽게 오가는 일상어 감각은 그의 시를 매우 대중적인 영역으로 내려놓게까지 한다.

게다가 그의 시가 담고 있는 진면목, 곧 삶 / 죽음, 욕망 / 무욕, 동양 / 서양, 반생명 / 생명의 긴장된 울림은 우리에게 매우 미래지향적이다. 황동규 시야말로 20세기 우리시가 "울음을 몸속에 담고" 이룬 대표적인 성과다. 그리고 21세기 독자에게 가장 많이 열린 개방공간이다. "환해진 외로움"인 황동규의 홀로움이, "어슬어슬 세상"을 마냥 걸어 보여 주는 "시간의 속마음!"(「집보다는 길에서」), "지상의 속모습"(「지상(地上)의 속모습」)이 우리를 홀연 그러나 오래도록 '황홀'케 하리라.

틈새말 즐기기,
또는 여우의 길
최정례의 시

1.

　낯익은 시인은 아니다. 두어 번 만날 기회가 있었다. 그녀가 받았던 문학상 수상식장에서 한 번, 진해에서 두 번, 그것이 모두였을 것이다. 언젠가 백석 시인에 대한 자료 문제로 멀리서 전화를 주받았던 기억이 한 차례 더 있다. 1990년에 등단했다 한다. 나이에 견주어 늦깎이 시인이다. 그녀의 작품을 읽을 기회가 분명 있었을 터이나, 기억에 없다. 내 취향이 아니었던 탓이리라.

　아니면 왁자지껄한 문단의 평판에 자주 오르지 못한 탓이겠다. 그런데 벌써 세 번째 시집을 냈다. 늦었던 등단에 견주면 과작이라 할 수 없을 시작 활동이다. 그녀의 앞선 시집 둘을 책장에서 찾아낼 수 없었다. 어느 하나도 읽지 못한 처지에 『붉은 밭』(창작과비평사, 2001)을 제대로 걸어 보기란 어차피 어려운 일이다. 시인에게 미안하다. 그녀는 후기에서 "이번 시집에서도 시간과 기억으로부터 관심을 돌릴 수 없었다"고 말하고 있지 않은가.

그녀가 앞선 두 시집에 묻어 두었을 그 '시간과 기억'에 대해 나는 아는 바 없다. 시인과 나 사이에 굳이 공통점이 있다면 1950년대, 전후 세대라는 사실이다. 군더더기 잘 치는 그녀의 능숙한 말솜씨에서 시를 바라 떠내려 보냈을 묵은 시간을 짐작할 뿐이다. 어쨌든 시 읽기에 왕도가 있을 리 없다. 거칠게나마 몇 가지 큰 거멀못이라도 짚어 보기로 한다.

2.

최정례 시는 재미있다. 읽는이에게 읽기를 강요하거나, 내리누르는 듯한 무거운 자세를 찾기 힘들다. 드높은 목소리로 당위론이나 도덕론을 펴 보이고 있지도 않다. 아예 그런 데에는 관심이 없는 듯싶다. 그래서 그녀 시는 자주 가볍다. 시인의 시에서 느끼는 재미는 먼저 말씨로부터 말미암는다. 자연스런 입말투가 그것이다. 투명한 셀로판지처럼 민감해 보이는 한 여자의 혼잣말이나 슬쩍 말 건네기, 곧 극적 방식이 그녀의 주된 말씨다.

그녀 시는 글말투의 무거움에서 비켜서 있다. 언어적 긴장을 쉬 잃지 않는 까닭이다. 천진하다 할 정도의 솔직함까지 안에 담겼다. 날랜 상상력도 갖추었다. 짐짓 깨달음을 뻐기는 허풍이나, 비극을 부풀리는 거친 숨소리에서 그녀 시는 멀다. 자신에게, 가까운 이에게 나직나직 건네는 시인의 익은 말은 읽는이를 쉬 그녀의 목소리에 귀 기울이게 한다.

게다가 시인의 말씨는 많은 경우, 오늘 이 자리에서 이루어지고 있는 현재적 발화의 방식을 따르고 있어 친밀감을 보탠다. 과거 회고의 발화나, 과거적 자아의 현재적 재현 발화도 그녀 시에서는 드물다. 무엇보다 현재 감각에 사로잡혔다. 잊혀진 옛일도 문득문득 나타났다 가라앉는 현재적 환영의 한 주름을 이룰 뿐이다. 과거조차 현존 속에 묻혀 들고, 사물도 시인의 입 안에서 되새김되는 순간에만 빛을 낸다.

괜스레 묵직한 역사적 과거로 가라앉아, 어둡고도 느슨한 자장을 연출하는 여느 시의 길과 그녀 시는 갈라진다. 과거가 현재 위로 들기름처럼 천천히 떠오르더라도, 그것 또한 사적인 단위에 머무는 것이어서 가볍게 읽히기는 마찬가지다. 현재적 자아의 현재적 발화에 초점을 둔, 톡톡 튀는 듯한 싱싱함이 그녀 시를 읽는 즐거움이다.

열두 굽이굽이 산너머엔
금빛 꼬리 여우가 산다구?

내려가고 내려가고 내려가서
올라가고 올라가고 올라가서
온갖 방향으로 흔들리라구?

깜깜하고 좁고 아득한 길을 찾아
색깔의 폭도들이 몰려오면

빨강에게 보라에게 껌정에게

쫓겨다니라구?

마지막을 향해 달리다가

처음을 향해 또 달리다가

공허의 줄기 끝에

매달리라구?

벼랑 끝에 창을 하나 내라구?

얼굴을 내밀라구?

아이구 저기 막장 끝에

저게 여우라구? 꽃이라구?

—「꽃」

봄에서 가을로 시간의 매듭을 타고 나무는 돋아 오른다. 그 모습을 산 속 "금빛 꼬리 여우"의 삶자리와 병치시켜 보여 준다. 아름다운 시다. 구체적이고 섬세한 세부 묘사가 뒷받침하고 있지는 않다. 그럼에도 시간과 시간의 가벼운 부딪침, 또는 상상의 부드러운 이음새는 잘 드러난다. 자연스러운 의인법이나, 은유적 동질성이 주된 표현 장치로 뒤를 받쳐 준다. 그녀가 즐겨 좇는 발상법이다.

그러하니 시인의 그림 안에서는 비극적 사건이 일어나지 않는다. 그 흔적도 드물다. "소용돌이치며 울던 피"(「피」)의 '가물가물'한 그늘이거나, 언뜻 한 빛깔로 칠해진 '붉은 밭'과 같이 암시될 뿐이다. 그러나 짐짓 드러나고 있는 화해와 연속성의 감각이 시인의 속내는 아니다. 오히려 오늘 이 자리에서 겪고 있는 심리적 단절감과 그로 말미암은 아픈 자의식을 부드럽고도 친근한 그녀의 현재적 발화는 감추고 있는 까닭이다.

3.

최정례 시인에게 현실은 늘 자신을 밀쳐 내거나, 자신과 다른 쪽에 무더기로 몰려 앉은 어떤 정황이다. 그 단절의 시공간에 끼어, 갓 본 풍경에 대해 말하거나 장소의 환영을 좇는다. 어쩌면 그녀 시는 그런 틈새에서 불편하게 살지 않기 위해, 그 안에서 무의미하게 "녹다 흐르다 가버리"(「투명한 덩어리」)지 않기 위한 안간힘일지 모른다. 사람들에게 그것이 엉뚱한 재잘거림으로 들리건, 웅숭 깊은 속말로 들리건, 어찌 그녀가 마음에 둘 바랴. 시인에게 중요한 일은 사람 속에 있으되 다른 자리, 다른 순간을 살고 있다는 거듭하는 자각이다.

우리 동네엔 빵집이 다섯
교회가 여섯 미장원이 일곱이다
사람들은 뛰듯이 걷고

누구나 다 파마를 염색을 하고

상가 입구에선 영생의 전도지를 돌린다

줄줄이 고깃집이 있고

김밥집이 있고

두 집 걸러 빵냄새가 나서

안 살 수가 없다

그렇다

살 수밖에 없다

— 「빵집이 다섯 개 있는 동네」 가운데서

그는 밖에 있고

나는 안에 있다

깜깜하다

문은 없다

쟁쟁 울리는 망치 소리

아무도 듣지 못한다

그는 안에 있고

나는 밖에 있다

얼마나 오랫동안

부리 하나로

깜깜한 방을 두들겼는지

— 「돌 속에 새」 가운데서

햄스터가 쳇바퀴 돌 듯 틀 짜인 거리, 자신은 온데간데 없다. 바깥 현실이 강요하는 대로 삶은 기꺼이 각색된다. 깊은 궁리가 필요 없다. 조금만 애쓴다면 '영생'조차도 그리 비싼 데 있지 않다. 그리 편리한 나날살이인데도 시인은 자꾸 불편하다. 거북스럽다. 거리에 서면 가끔 자신은 "머리에서 뿔이"(「사슴 구경」) 돋은 사슴과 같다. 딴 족속이다. 말이 통하지 않을 것은 당연하다. 사람들과 오가며 나누는 말은 웅웅 "도대체 무슨 뜻인지 / 내가 알아듣지 못하는"(「당나귀 귀의 숲」) '소리'일 따름이다.

그녀와 다른 사람 사이에 가로놓인 거리감은 어쩔 수 없다. 가족도 사정은 마찬가지다. 살을 맞대고 사는 남편이라 해서 다를 바 없다. '나'와 '그'는 안과 밖으로 나뉘었다. 서로 알아듣지 못할 소리를 거듭 외쳐 댈 뿐이다. 그들과 시인 사이에 소통불가, 붉은 네 글자의 팻말이 선명하다. 말이 있되, 온전히 오가지 못하는 그 틈새에서 시인은 "깜깜한 입을 벌리고 / 하루 온종일"(「가족」) 혼잣말을 되새김질한다.

어둠 속에서 끌려나와 흙은 어둡다
막 도착한 피안의 냄새를 풍기고 있다
쌓인 보도블럭 쪽으로
몰리며 밟힌다
침묵한다

—「파헤쳐진 흙」 가운데서

내 머리 위를 건너뛰는

매몰찬 흰구름

아무렇지 않게

몰려가는 저 저 능청 구름

—「구름 위의 집」 가운데서

그녀의 삶은, 그녀의 말은 어렵게 "어둠 속에서 끌려나"온 흙더미 같다. 오랜만에 신선한 냄새까지 풍긴다. 그것도 잠깐, 그녀의 삶은, 자의식은 마침내 자신의 말은 "덮여 봉해지고 관리"되어야 할, '제거돼야' 할, '낯선' 것으로 전락한다. 단지 "자연스럽지 못하다"는 세상의 "지배적인 믿음"에 따라 '폭력적으로' 되묻혀야 할 어떤 것이다. 시인은 다시 가로 "몰리며 밟힌다". '침묵'을 강요당한다.

"아무렇지 않게 / 몰려가는 저 저 능청 구름"처럼, "매정하게 무관심하게" 살아갈 수 없다는 데에 최정례가 겪는 아픔이 있다. 쓸쓸함이 있다. 버릇된 막막함이 있다. 시인은 늘 바깥에 있다. 거리의 모를 사람 속에서도, 밀쳐낼 수 없을 벽과 같이 둘레로 "진드기처럼 붙어 선"(「가족」) 가족 속에서도, 시인은 마치 돌멩이의 안밖과 같은 '끔찍한' 거리감에 난처하다. 세상은 온 데서 환청처럼 그녀를 옥죈다.

저 끝, 아주 먼 곳에

내가 생각하는 네가 있지

돌멩이 돌멩이 돌멩이

거기까지 도저히 갈 수는 없지

그가 하는 말 전혀 알아들을 수 없지

귓속에서 쟁쟁쟁 종만 때리고

유리창에 소리없이 금이 가고

묵묵부답이지

그곳까지의 내면의 거리

길도 없고 다리도 없고

그 끔찍한 내면의 거리

길도 없고 다리도 없고

무언의

접근하고 하나가 되는 것을 반대하는

거부가 있을 뿐이지

돌멩이 돌멩이 돌멩이 속으로

불가능의 꿈속으로

그 아득한 거리를 짐작해 보는 것

이게 겨우 나의 사랑이지

으으 돌멩이 돌멩이 돌멩이

—「돌멩이 돌멩이 돌멩이」

그녀가 궁글리고 있는 문제가 무엇인지 선명하게 보여 주는 시다. 세상의 "말 전혀 알아들을 수 없"음. 시인은 말 막히고, 기 막히는 "아득한 거리"를 살아간다. 구르다 구르다 홀로 비루해지는 한 돌멩이와 같다. 사람들 곁에서도 실체가 없는 그림자다. '뚱뚱한' 덩어리이기는 하나, 투명할 뿐이다. 그 틈새에 마음을 일으켰다 가라앉힌다. 시간으로 볼 때, 그 틈은 "햇살이 아찔하게 길바닥에 쏟아"지는 한동안이다. '방충망'에 "검은 좁쌀알들이 솜털 같은 다리를 다는" 것을 볼 수 있는 '바람결의' 잠깐이다(「바람결에」).

　"비행기 떴다 / 아주 작은 점이" 되어(「비행기 떴다 비행기 사라졌다」) 사라진다. 펄럭이는 '비닐 봉지'가 "짧게 꿱" 우는 "한 마리 오리"로 바뀌는 즐거움도 짧은 틈새의 일이다. "사슴이 장대에 올라 해금을 켜는 걸"(「사슴이 장대에 올라」) 보는 듯 어처구니없는 일도 겪는다. "못할 일이" 없을 것 같은 그 짧은 동안에도 세상은 시인과 무관하게 바삐 종종거릴 뿐이다. 시인은 낙망한다. 자주 다친다.

　"녹다 흐르다"(「투명한 덩어리」) 그녀는 어느 한순간 사라져 버릴 것인가. 그래도 구르는 소리 낭랑한 돌멩이로 남고 싶다. 마음껏 날아다니는 "돌 속의 새"가 되고 싶다. "흐를 수 없는 것들의 간곡함으로 / 흐르"(「고래 횟집」)고 싶다. 그녀는 어느새 혼자 말하고 혼자 곱씹는 백일몽이다. 그동안 어릴 적 "붉은 밭"도 보고, '바퀴벌레도' 깨우고, "서둘러 겨드랑이에/새파란 날개"를 달기도 한다.

　무거운 현실의 규율 속에서, 강고한 시간의 포획틀 안에서 어릴 적 "빨간 다라이"와 같이 여태껏 눅진하게 붙어 있는 것이 그녀의 시다. 주절거림이며, 중얼거림이다. 이미 "벙어리 자명종"에 머물 그녀가 아니다. 구름처럼 확 부풀고, 금빛 여우처럼 도시의 벽과 유리를 타 넘으며, 그녀는 날쌔게 "금빛 꼬리"(「여우의 길」) 흘리고 싶다.

　시인에게 세상은 짧게 부풀리는 몽상의 말풍선, 그 바깥의 지리멸렬함일 뿐이다. 사람과 뒤섞여 이루는, 느슨하고 구체적인 파탄의 드라마 또는 삶에 대한 보다 객관화한 눈길이 그녀에게 깃들 틈이 없다. 「화투」에서 보는 바와 같은 탈이 시인에게 드문 것은 당연한 일이다.

"나는 나 자신을 떠나지 못한다"(「두 사람의 잠」)는 그녀의 말이 어쩌면 고스란히 참인지도 모른다.

　　4.

　최정례 시인에게 있어 나날살이는 바닥에서부터 많이 불편한 어떤 것이다. 그녀의 말은 "깜깜하고 좁고 아득한 길", 그 "막장 끝에"(「꽃」) 이르러 어렵사리 얼굴을 내미는 꽃봉우리와 같다. 풍자나 반어와 같은 진폭 큰 느낌이 자리잡기는 힘들다. 웃음이나 너스레가 깃들 자리도 없다. 그녀는 삶의 틈새에서 마냥 진지할 뿐이다. 한 돌멩이가 제 안에서, 제 구르는 소리에 귀를 기울이듯 그녀의 말풍선은 팽팽하다.

　"뱃속에 쑤셔 넣은 돌멩이"(「늙은 여자」)와 같이 불편한 나날 속에서 그녀는 혼자 안간힘 쓴다. 세상은 그녀의 말을 가로막는다. 끊는다. 엉뚱하다 손을 내젓는다. 말을 거듭하면 할수록 자신의 말에서조차 낯설다. 말을 막고, 그래서 더욱 말이 막히는 악순환이다. 세상은 한 여자의 말을, 마음을 그렇게 덮어 버리고, 밟고, 바삐바삐 지나친다, 더 힘 센 이의 말로, 더 잘난 이의 말로. 그래보아야 기껏 "게임판이거나 / 축구 경기의 채널"(「두 사람의 잠」)을 잡았다 놓을 뿐인 손으로, 그녀의 입을 짓누른다.

스포츠 뉴스가 끝나면

드라마는 훌쩍이고

자정의 티브가 지직거리고

애들은 숙제에 엎드려 잠들고

식탁 위에 찌꺼기는 굳어간다

누구 떨치고 일어나

스위치를 눌러 끌 자

없다

플라스틱 집 속에 햄스터는

착실하게 바퀴를 달려

먼 길을 가고 있다

지독한 형광의 불빛에

눈부셔 쓰러진 숟가락들 고요하고

—「햄스터의 밤」 가운데서

텔레비전이 꼬박꼬박 이끌어 가리켜 주고 있는바, 오늘의 '착실한' 운행 속에 그녀가 깃들 자리는 없다. 그래도 그 틈새의 낮꿈은 다채롭다. 혀 짧은 '햄스터'로 살고 싶지는 않아, 그녀는 단호하게 되뇌인다. 그녀 시는 오늘의 대중영웅이, "스포츠 뉴스"가, '드라마'가 버린 말이다. 그들이 억누른 말이고, 짓밟은 말이다. "가물가물 불빛"과 같이 작고 부스러기진 틈새말이나, 그런 까닭에 더욱 아름답다.

그런데 최정례 식의 말하기 방식에 어떤 뜻이 있는 것인가. 말 막음 / 말 막힘의 오랜 악순환을 거듭하는 세상의 틈새에 끼여 틈새말 띄워 올리는 그녀의 숨은 가쁘다. 거대 산업자본주의의 선적 기획, 꽉 짜인 서사적 일상에 대응하는 한 방식일 수 있는 것인가. 그녀의 틈새말, 그 시적 울림이 더불어 함께할 만한 소중한 경험 가운데 하나로 떠오를 수 있는가.

시인은 불편한 현실의 틈새를 힘껏 비집는다. 비집고 앉아 혼잣말을 긴 삼실처럼 잇는다. 그녀 바깥 세상이 모르는 작은 말뭉치를, 때로는 엉뚱하게, 때로는 천진스럽게, 막막하게. 그리고 그런 몽상의 자리에 그녀다운 간결한 점묘법이 빛난다. 틈새 존재의 틈새말이 마련해 가는 현실 변형의 힘겨우나 경쾌한 발걸음 소리가 단정하다.

5.

최정례의 시를 읽는 자미는 친근한 입말에 담긴, 현재적 감각 표현의 재기 발랄함에 있다. 재미와 가벼움이 어울린 싱싱한 공간이 그녀 것이다. 그러면서 잘 갈무리한 맵시를 보여 준다. 말씨도 단단하다. 읽는이를 긴장시키지 않고, 스스로 고양되도록 기다려 주는 강점이 그것이다. 그녀 시는 알맞게 튀고 알맞게 다친다. 그녀의 보수적 위상이 엿보이는 자리다.

온몸으로 현재의 문제를 목소리 굵게 외치는 격렬함에서 그녀 시는 떨어져 있다. 촌철살인의 감각으로 현실의 빈자리에 칼금을 긋 듯 하는 시의 날카로움에서도 그녀는 못 미친다. 그런 쪽은 시인이 처음부터 나아가고자 한 방향이 아니었다. 정서 과잉을 연출하거나, 유행에 따를 허욕에서도 비교적 자유롭다. 보수적인만큼 자기다움이 더 오롯한 셈이다.

시인은 어쩌면 다치기 쉬운, 한 조심성 많은 여자의 자의식을 꽃피운 듯싶다. 가벼운 독서법에 걸맞은 시가 아닐 건가. 그런 까닭에, 그녀 시에서 꽃이나 사물, 또는 장소나 인칭이 자주 무명에 머무는 일이 예사롭지 않다. 구체적인 사건 묘사나 서사적 긴장에서 떨어져 앉은 탓이리라. 그 자리가 현실 인식의 유약성을 뜻하는 것인지, 아니면 틈새의 낮꿈을 키우기 위한 그녀 특유의 꾀인지는 알 수 없다. 그녀 스스로 고심이 잦으리라.

한 나무에게로 가는 길은

다른 나무에게도 이르게 하니?

마침내

모든 아름다운 나무에 닿게도 하니?

—「숲」 가운데서

제 안에서 머뭇거리고 기진하고 있는, 그녀다운 물음이다. 최정례의 시가, 그녀의 "푸른 흔들림"이, 우리 시단에서 날랜 "금빛 꼬리 여우"(「꽃」)로 둔갑할 수 있을까. 어두운 시대의 심장을 날것으로 싱싱하게 도려내 삼킬 수 있을까. 읽는이들이 그 피맛을 함께할 수 있을까. 세상의 두꺼운 거죽을 찢어발기기에 그녀의 잇몸은 너무 부드럽다. 이도 가지런하다.

그러나, 그래서, 그럼에도 이 겨울 긴 밤, 어느 '거리'에선가 한 시인이, 한 낯선 여자가 자꾸 자신을 담금질하고 있다.

거리의 벽을 후려친다

미친 듯 요염한 재주를 넘는다

전광탑 위로 뛴다

날랜 밤의 여우들

화농의 긴 골목도

지루하고 질긴 이 몸도 좀

벗어던질 수 있도록

이 시간의 유리창을

차버리시지

간절한 비명 한줄기로

깨뜨려주시지

—「여우의 길」 가운데서

우리시의 반딧돌 열 개

1. 모닥불의 풍속과 친밀공간 – 백석의 「모닥불」

새끼오리도 헌신짝도 소똥도 갓신창도 개니빠디도 너울쪽도 짚검불도
가랑잎도, 머리카락도 헌겊조각도 막대꼬치도 기와장도 닭의 짓도 개
터럭도 타는 모닥불

재당도 초시도 問長늙은이도 더부살이 아이도 새사위도 갓사둔도 나그
네도 주인도 할아버지도 손자도 붓장사도 땜쟁이도 큰 개도 강아지도
모두 모닥불을 쪼인다

모닥불은 어려서 우리 할아버지가 어미 아비 없는 서러운 아이로 불쌍하
니도 몽둥발이가 된 슬픈 역사가 있다

— 「모닥불」

백석 시는 나라잃은시대인 1930년대 후반기 우리 시가 일군 한 이채롭고도 소중한 풍경이다. 그 풍경은 무엇보다 제국주의 왜로에 의해 저질러진 식민문화·지배문화에 맞선 독특한 하부문화·대항문화라는 값진 속뜻을 지닌다. 이 점은 다시 넷으로 나누어 살필 수 있겠다.

첫째, 백석 시의 말할이는 당대 식민문화가 손닿을 수 없는 과거를 옹골차게 가치화, 극대화함으로써 생활세계의 식민화에 맞서고자 했다. 그의 시 곳곳에서 살아 숨쉬는 기물이나 민속 사실 또는 옛이야기는 과거 친족 역사에서부터 겨레 역사로까지 넓혀지고 깊어진 그의 시간 지평이 길어올린 당연한 물목이다.

둘째, 백석 시의 말할이는 이미 무너졌거나 무너지고 있었던 농촌 공동체 영역의 삶과 꿈을 되새기고 되살려 놓는 일에 공력을 쏟았다. 이 일을 빌려 제국주의 피식민 도시의 노예문화가 지닌 발빠른 속도와 견디기 힘든 무게에 짓눌려 피폐해진 겨레 삶의 미덕과 값어치를 지켜 내고자 했다.

셋째, 백석 시는 장소사랑 또는 지리학적 상상력을 그다운 표현 방식으로 보여 준다. 가장 사적 영역인 집에서부터 마을로, 더 넓은 특정 지역으로 눈길을 옮겨가며 그의 말할이는 이 일을 되풀이한다. 그러면서 그러한 친밀공간에 안온하게 몸담고 있다는 자족감을 노래하거나, 그것을 잃어버린 이가 느끼는 서러움이나 그리움을 읊조린다. 한결같은 장소사랑과 구체적인 아름다움으로 가득 채워진 장소감이야말로 왜로 식민자에 의한 공간 지배, 친밀공간의 상실에 대한 대응이라는 적극적인 뜻을 지닌다.

넷째, 백석 시의 말할이는 고향인 북녘 관서 지역의 토박이말과 전통적인 말솜씨를 의도적으로 지킴으로써 식민자의 지배언어와 그 문법에 대한 저항이라는 뜻을 몸소 이루었다. 그는 우리 토속 언어를 빌려 짓밟히고 잊히고 있었던 겨레 공동체의 아픈 현실과 끝내 지켜야 할 가치를 아울러 드러내고자 한 것이다.

짤막한 줄글시 「모닥불」은 빼어난 작품이라고 말하기는 어렵다. 그럼에도 백석 시의 면모를 잘 보여 주는 대표작 가운데 하나로 꼽아 모자람이 없다.

시의 밑그림은 단순하다. 흔한 농촌 지역, 때는 겨울이다. 마을 어귀 해살받이나 타작마당 한 귀인 듯싶은 자리에 모닥불을 피워 놓고 내남, 위아래 없이 둘러 서서 불을 쬔다. 어린 말할이도 그 속에 끼어 불을 쬐며 모닥불에 얽힌 "슬픈 역사"를 떠올린다. 또는 그러한 정황을 어른이 되어 이제 새삼스럽게 되새긴다. 어느 쪽이든 모닥불을 이음매로 우리 농촌의 흔한 정황을 떠올리고 있는 셈이다.

첫 토막에서는 모닥불 속의 여러 탈 것을 들었다. 부스러지고 버려지고 잊혀졌던 하찮은 것들이다. 그러한 것이 죄 타 따뜻한 불꽃 하나로 환하게 살아난다. 둘째 토막에서는 빙 둘러서 그 불을 쬐는 한 무리 사람과 그들을 따르는 짐승을 들었다. 그들은 나와 한 핏줄이며, 같은 마을 구성원이며, 마을을 드나들며 서로 친밀하게 연을 맺고 있는 이들이다. 하찮은 사물과 사물이, 사람과 짐승이, 목숨 있고 없는 것이 나눔 없이 하나로 어울린 이러한 모습이야말로 우리 농촌 공동체가 이상으로 삼는 풍경일지 모른다.

마지막 셋째 토막에서는 모닥불 속에 숨겨진 한 내력을 떠올린다. 내 '할아버지'는 어버이를 여읜 "서러운 아이로" 돌보아 주는 이 없이 자랐다. 추운 겨울 모닥불을 피워 놓고 놀다 잠들어 그 불에 발을 태워 '몽둥발이'가 되어 버렸다는 애잔한 이야기가 그것이다. 말할이가 떠올리고 있는 "슬픈 역사"는 내 할아버지의 내림 이야기다. 그것은 한 집안, 한 마을의 이야기거리로만 머물지 않는다. 왜냐하면 "우리 할아버지"는 어쩌면 농촌 공동체 역사 그 자체일 수도 있기 때문이다. 어미 아비 없는 "우리 할아버지"의 "슬픈 역사"를 나라 잃은 겨레 '역사'로까지 넓혀 읽기가 가능한 까닭이 여기에 있다.

그렇다고 이 시의 뜻이 그 "슬픈 역사"를 들추고 되새기고자 하는 데 있는 것은 아니다. 오히려 그러한 슬픔까지도 넉넉하게 받아들이고 하나로 아우르는 모닥불의 따뜻함과 그것이 뜻하는바 농촌 공동체의 화해로운 세계에 대한 강한 공감을 보여 주고자 한 데 있다. 첫 토막 둘째 토막에 또박또박 14개씩 되풀이 쓰이고 있는 '~도' 토씨야말로 그러한 뜻을 드러내기 위해 마련한 장치로 보인다.

이제 모닥불은 단순히 자질구레한 것들이 타 이루는 불꽃이 아니다. 타는 것과 쬐는 사람의 하나 되기, 사물과 사람 그리고 짐승의 하나 되기가 가능한 친밀공간이다. 모닥불은 "애틋한 소외 존재들이 서로 만나고 있는 평등한 장소"(이동순)일 뿐 아니라, 그들을 한 울타리, 한 하늘로 엮는 중심이다. 따라서 모닥불과 같이 화해로운 친족 동일감, 공동체 의식이 살아 있는 세계 안에서는 비록 고통스럽고 서러운 역사일망정 끈끈한 내적 충일감 하나로 녹아 버린다.

「모닥불」은 어릴 적 누구나 흔히 겪었을 법한 농촌 공동체 삶의 한 아름다운 풍경을 꼼꼼하나 담담한 말씨 속에 담았다. 시 공간을 가득 채우고 있는 말할이의 찬찬한 눈길은 서럽고도 고통스러웠던 삶도 역사도 화해롭게 받아들이고, 그것을 뛰어넘을 수 있도록 이끄는 우리 겨레의 넉넉한 마음 바닥을 읽는이에게 오롯이 일깨워 준다. 그러한 세계에 대한 힘찬 공감이야말로 끝내 받아들일 수 없는 식민문화·지배문화에 대한 당당하고도 한결같은 대거리를 가능케 해 준 힘 가운데 하나가 아니던가.

2. 시름의 윤리 — 조지훈의 「봉황수(鳳凰愁)」

벌레 먹은 두리기둥 빛 낡은 단청(丹靑) 풍경소리 날아간 추녀 끝에는 산새도 비둘기도 둥주리를 마구 쳤다. 큰 나라 섬기다 거미줄 친 옥좌(玉座) 위엔 여의주(如意珠) 희롱하는 쌍룡(雙龍) 대신에 두 마리 봉황(鳳凰)새를 틀어 올렸다. 어느 땐들 봉황이 울었으랴만 푸르른 하늘밑 추석을 밟고 가는 나의 그림자. 패옥 소리도 없었다. 품석(品石) 옆에서 정일품(正一品) 종구품(從九品) 어느 줄에도 나의 몸둘 곳은 바이 없었다. 눈물이 속된 줄을 모를량이면 봉황새야 구천(九天)에 호곡(呼哭)하리라.

— 「봉황수(鳳凰愁)」

해박한 국학자였고 당당한 지사였던 조지훈 시인이 우리 시사에 남긴 자취는 실로 뚜렷한 바 있다. 탈속과 '선미(禪味)'의 자연 서정에서부터 시대 현실과 맞서고자 했던 사회 서정, 또는 전통 지향성과 서구 지향성의 사뭇 이질적인 두 세계를 오가면서 다양하게 이루어졌던 그의 시는 우리시의 높이를 한 단계 끌어올렸다 할 만하다.

추천시 가운데 하나인 「봉황수(鳳凰愁)」(『문장(文章)』 12월호, 1940)는 바로 그 두 세계 사이에서 고통스럽게 자아정립에 이르고자 하는 서정적 자아의 면모를 담고 있는 작품이다. 유미주의적 탐미와 기교를 좇았던 습작기의 서구적, 당대적 세계에 대한 관심을 버리고 우리 겨레의 역사와 전통 속에서 자기 정체성을 찾아 새로이 제 목소리를 가다듬는 변화과정에 이 시는 놓인다.

이 작품은 여섯 개의 월을 한 토막 줄글로 묶어 놓은 줄글시[散文詩]다. 궁전 안밖 장소에 말할이가 잠시 머물며 슬픔 심사에 젖는 정황을 바탕으로 마련했다. '옥좌'와 '품석'이 있다 했으니 '나'는 궁궐 가운데서도 임금이 조회를 받던 곳에 있다. 말할이는 궁전 겉을 살핀 다음(첫째 월), 그 속을 들여다본다(둘째 월). 그런 다음 궁전 아래 뜰로 내려서 눈물 어린 심사로 서성거리다가(셋째·넷째·다섯째 월), 멈추어 북받친 눈물을 참는다(여섯째 월). 말할이의 움직임에 따라 네 단락으로 나뉘는 것을 볼 수 있다. 만화처럼 네 개의 이어진 작은 그림들이 하나의 큰 그림을 이루는 꼴이다. 기승전결의 전통적인 짜임새를 따랐다.

궁전의 축대를 경계로 삼으면 이것은 다시 궁전 건물과 궁전 아래뜰로 장소 공간이 크게 둘로 나뉜다. 그리고 이러한 분단은 표현방식과도 맞물려 있다. 첫째, 둘째 단락의 궁전 겉과 안에 대한 외적 묘사와 나머지 셋째, 넷째 단락의 내적 서정의 표출이 그것이다. 작게는 넷, 크게는 둘로 나누어 볼 수 있는 이러한 짜임은 가락과 의미 분단에 그대로 되풀이한다.

한 토막 줄글로 된 이 시를 읽다 보면 의외로 틀 잡힌 가락을 느낄 수 있다. 첫째와 둘째 단락은 각각 시줄 셋으로 된 세걸음가락 정형율을 이룬다. 첫 단락 첫 줄만 보기를 든다면 "벌레 먹은 / 두리기둥 / 빛 낡은 단청"으로 읽힌다. 셋째 단락에서는 가락마디를 생략하는 방법을 빌려 여러 시줄로 늘이고 가락을 흐트렸다. 그런 다음 마지막 넷째 단락에서 다시 세걸음가락 두 줄로 시 전체 흐름을 마무리 지었다.

규칙적인 가락으로 첫째, 둘째 단락의 가라앉은 서경적 묘사를 뒷받침한 다음 말할이의 느낌이 고조되기 시작하는 셋째 단락에서 큰 변화를 주고, 마지막 단락에서 짧게 마무리한 셈이다. 따라서 이 시의 가락을 주도적으로 끌어 잡고 있는 곳은 의미 전개나 가락 흐름에서 가장 동적이고 고양된 셋째 단락이다. 이 시를 줄글시 꼴로 묶을 수밖에 없었던 까닭 가운데 하나는 이 단락의 변화에도 있을 법하다.

이 시를 새겨 읽는 일은 '쌍룡'과 '봉황'의 대조, '패옥소리도', '몸둘 곳도', '없었다'고 거듭하는 부재감·상실감의 뜻을 살피는 일에서부터 시작할 필요가 있다. 여기서 '쌍룡'이란 스스로 천자라 일컬었던 중국 황제의 표상이다. 가장자리 왕들은 격이 낮은 봉황을 두르는 것으로 만족해야만 했다. 실제로 중국의 속국이라고 비난받았던 조선 시기의 궁전인 창경궁 명전전(明政殿)에는 봉황이 그려져 있다. 그러다 왕조 후기, 서구 제국의 힘겨루기 속에서 나라이름과 연호를 바꾸어 가며 꺼지는 국권을 되살리고자 했던 대한제국시기의 궁전인 덕수궁 중화전(中和殿)에는 '쌍룡'이 그려져 있다. 그러한 안간힘에도 마침내 왜로(倭虜)에 나라를 빼앗기는 치욕을 겪어야 했던 것이다.

따라서 "쌍룡 대신에 두 마리 봉황새를 틀어" 올린 데에 더하여 이제는 '옥좌'에 '거미줄'까지 쳤다는 표현은 '큰 나라'에 기대어 주체성 없이 속국처럼 머물다, 이제는 나라마저 빼앗겨 버렸음을 뜻한다. 예부터 성인이 나타나면 봉황이 운다고 했다. 나라를 되찾을 성인도 희망도 나타나지 않는 시대에 봉황은 시름에 잠겨 있을 수밖에 없다. 속국과 망국으로 이어지는 역사 속에서 우리 겨레가 겪었던 시름을 생각하며 말할이는 참을 수 없는 슬픔에 젖는다.

나라를 빼앗긴 왕조의 궁궐은 어느덧 누구나 마음대로 오갈 수 있는 놀이터로 바뀌어 버렸다. 게다가 왜로는 우리 궁궐에다 원숭이며 구렁이를 집어넣고 창경원이라 이름을 바꾼 뒤, 한낱 구경거리로 만들지 않았던가. 옛 궁전을 거닐며 품석 옆에도 서 보나 한갓된 일이다. 제 역사와 제 뜻으로 살아갈 바, "몸둘 곳"이 있을 리 없다. 망국민에다 이민족의 노예로 던져져 있는 자신을 되돌아 보니 새삼 "구천에 호곡"하고플 만큼 슬픔이 북받친다.

「봉황수」는 우리 겨레가 겪었던 슬픈 역사를 발견하고, 그 속에서 자기 정체성을 깨달아 가는 과정에서 겪는 서정적 자아의 깊은 슬픔을 퇴락한 왕조의 건물과 둘레 풍물을 빌려 담고자 한 작품이다. 물론 겨레 역사를 보는 눈길이 소박하고, 과거 역사와 유물에 대해 막연한 가치화에 얽매여 있다는 투의 따져읽기도 가능하다.

그럼에도 이 시의 미덕은 무엇보다 서정적 자아가 겪는 깊은 시름과 겹겹의 슬픔에도 그것을 다스려 의젓하게 뛰어넘고자 한 데 있다. 더 큰 슬픔과 공감을 읽는이에게 요구하는 힘이 이것이다. 단정한 짜임새와 가락, 축약된 말씨, 절제된 목소리가 이에 거들고 있음은 물론이다. 고전주의자로서 한결같았던 조지훈 시인의 모습을 우리는 이미 여기서 보고 있는 셈이다.

3. 반어적 조망과 우주적 생명극—황동규의 「아득타!」

예수는 33세로 어느덧 세상 떠나고

이젠 어쩔 수없이

80세까지 겨웁게 황톳길 걸어 적멸한

불타의 뒤꿈치 좇아가는 길.

30대 초반

나무에도 다람쥐에도 성벽 여기저기 입혀지는 돌옷에도 뛰놀던

저 땅의 핏줄

십자가에 오른 예수는 보았을까.

저 아래 뒹구는 손도끼 곁에서 막 새로 태어나는 바람을,

아득타!

이제는 시무외인(施無畏印)으로 사람들 안심시키던 오른손을 거두어

가슴의 상처 가리고

가시 면류관 쓴 채 옆으로 누워 열반하는 예수,

지상의 마지막 끼니 소화하지 못하고 열에 떠 나무 타고 올라

두 팔 벌려 십자가 되어

하늘 끌어당기는 불타를 꿈꾸랴.

아득타!

—「아득타!」

황동규 시인은 젊다. 아니다. 젊음이라는 말로는 죄 담을 수 없을 열

정을 그는 온몸으로 밀고 왔다. 1958년 스물한 살 나이로 시단에 나섰으니, 시력 마흔 해에다 다시 몇 해를 앞섰다. 그 긴 세월 그가 이룬 줄기찬 시의 성취에는 한 개인으로서나, 한국시로서나 매우 놀랍고도 소중한 경험이 고스란히 담겨 있다. 우리 현대시는 그를 빌려 고뇌했고, 그와 함께 거듭났으며, 그 곁에서 위안 받았다.

늘 온몸으로 감동할 준비가 되어 있는 '날것' 시인이 황동규다. 동어 반복에 대한 거부, 싱싱한 호기심이 전방위로 갈기 세운 걸음걸이는 늘 날렵했다. '반역의 시인', '변화의 시인'이라는 일컬음조차 군더더기다. 버리면서 채워 왔고, 채우면서 더 깨끗이 비워 버리는 용맹정진을 그는 멈추지 않았다. 마침내 죽음의 깜깜함까지도 슬쩍 그러나 황홀하게 우리 곁으로 돌려세운 한마당, 투명한 정신의 씻김굿을 그의 「풍장」은 완성하지 않았던가.

그는 지난해에도 난바다를 밀고 나서는 새벽 파도의 기개를 마냥 보여 주었다. 외진 절집, 바위 속 숱한 '물고기'가 두드리는 '범종소리'를 건져올리고(「삼랑진 만어사 물고기 바위들」), 햇살이 "만쌍의 눈을 뜨고 깜빡이는 남해 바다" 점점점 동백꽃 지는 "섬들의 겨드랑이"로 망설임없이 뛰어들었다(「무이산 문수암」). "간지스강 가" 다비장, 가난과 체념을 제의처럼 되풀이하게 하는 인류의 잔인함에 몸서리쳤다(「인간의 맨 다리」).

게다가 "그대 기척 어느덧 지표에서 휘발"해 버려 "홀연히 사라진 강물처럼 / 황당"했을 상실 앞에서도 시인의 「더 쨍한 사랑노래」는 거침없었다. 숱한 은행잎이, 가지가 만났다 떨어졌다 서로 머뭇대는 휘모리가락에 아슬아슬 마음을 실을 수 있었던 까닭이다(「은행잎을 노래하다」). 걸음에는 더욱 속도가 붙고, 이마는 더 맑은 이슬로 담금질하였다. 그리고 그 옆, 우주의 지붕 아득히 올라서 손을 흔드는 그의 모습이 눈부시다.

"예수는 33세로 어느덧 세상 떠나고 / 이젠 어쩔 수 없이 / 80세까지 겨웁게 황토길 걸어 적멸한 / 불타의 뒤꿈치 좇아가는 길"로 시작하는 「아득타!」(『문예중앙』 봄호, 2001)는 시인의 변모를 예감케 하는 문제작이다. "성벽 여기저기 입혀지는 돌옷(地衣)에도 뛰놀던 / 저 지구의 핏줄 / 십자가에 오른 예수는 보았을까, / 저 아래 딩구는 손도끼 곁에서 막 새로 태어나는 바람을"로 이어지는 상상의 마름질은 그가 어느새 우주적 '극'까지 품어 안았음을 일러 준다.

「아득타!」에는 놀라운 반전이 있다. 삶과 죽음의 지평선을 켜켜로 밟고 온 이의 싱싱한 반어적 조망공간이 있다. 먼 석기시대에서 현재까지, 지구에서 태양계 바깥까지, 그 도저한 시·공간 위에서 황동규 식의 경쾌한 탭댄스는 자유롭게 가락을 고르기 시작했다. 멀고 가까움이, 환몽과 현실이, 불타와 예수가, 또한 위대함과 사소함이 그싯그싯 한 정신의 심지 위에서 타오르는 우주적 '생명극' 속으로 시인은 들어섰다.

'전존재를 던져' 시를 써온 시인이 황동규다. 「아득타!」는 그의 열정이 빚어낼 새 드라마의 첫 징후다. 모든 생명의 신생을 위한 초혼제를 의도하는 것일까. 시인의 삶은 나날이 흐르면서 빛나고 그의 시는 편편이 폭발하며 새롭다. 스스로 태어났다 스스로 죽어 가는 어느 살별의 폭발음, 그 순간의 환한 정밀과 초월의 안쪽에서 그는 읽는이를 향해 조용히 손을 내민다, 어서 들어서라고. 참으로 '아득타!'

4. 무욕과 신생을 향한 결 고른 사색－최승호의 「구름들」

구름에 걸려서 사람들이 넘어진다

그렇게 많은 사람을 덧없이 죽여 놓고

구름들이 조용히 여름 대낮을 흘러간다

보라! 큰 감자 모양의 구름

어떤 구름은 상어를 닮았다

구름은 넘어지는 법이 없다

넘어진 사람들을 넘어서

구름들이 낮과 밤을 흘러가고

남대문시장에 북적거리던 인파가

오늘은 동대문 시장에서 시끌벅적 출렁거린다

옷, 옷들, 옷가게의 점원들,

하나의 몸뚱이를 휘감는 천들이 있고

흘러가는 구름 아래 수많은 옷들이 있다

벌거벗지 않고 사람들은 모두 옷을 입고 돌아다닌다

그러나 구름을 걸친 채 누워 있는

알몸뚱이를 보았는가

이 세상 옷이 아니기 때문에

수의는 값이 비싸다

어느 여행객에게 수의를 입히고

먼길을 떠나는지 모르겠으나

느린 장의차에서는 벌써

구름 냄새가 피어오른다

— 「구름들」

최승호의 시는 이제껏 때로 무겁고 때로 가벼웠다. '무겁다'라는 쪽에서 그의 시는 겉도는 종교적 사유나 사변에 즐겨 내맡겨져, 읽는이의 평균적인 독해를 가로막곤 했다. '가볍다'라는 쪽에서 그의 시는 작위적인 태도를 제대로 녹이지 못한 말놀이에 자주 머물곤 했다. 이즈음 들어 시인은 그러한 데서 많이 벗어난 자리에 서 있는 것으로 보인다.

지난해 최승호는 작품의 양과 질에서 남다른 정진을 보여 주었다. 「멍게」·「열목어」·「밤 없는 밤」·「백만 년이 넘도록 맺힌 이슬」·「끈」에서 한결같이 되풀이한 말놀이도 거슬리지 않을 재미를 녹였다. 읽기를 가로막곤 했던 도뜬 생각도 시어와 화해롭게 어울렸다. 생각과 말을 능숙하게 갈무리한, 한 단계 올라선 경지를 시인은 보여 준 셈이다.

「구름들」은 네 토막 스물두 줄에, 쉽고도 자연스런 시어 선택과 점증하는 가락이 잘 어울린 공교로운 작품이다. 그 안에다 낯익은 글감, 구름에 대한 격조 높은 재해석을 펼쳤다. 비록 눈으로 잡을 수밖에 없는 세상의 것이지만, '구름처럼 일어났다 구름처럼 사라지는 삶'은 한국인의 마음바닥에 너무나 깊이, 오래도록 자동화되어 온 경구가 아닌가.

첫째 토막에서 드러나는 '구름들은 흘러간다'가 바탕 월이다. 그것을 뿌리 삼아 연상의 줄기를 쑥쑥 키워 나가며 울림 큰 공간을 이루었다. 나머지 세 토막에서 차례차례 이어지는, '인파는 출렁거린다', '사람들은 돌아다닌다', '장의차는 떠난다'는 그 변형 월이다. 그리고 그들에 맞서는 다른 대립 월을 시인의 일깨움을 전달하는 장치로 마련했다.

첫째 토막 '사람들은 넘어진다'가 그것이다. 이 월은 "구름을 걸친 채" "알몸뚱이로 누워 있다"로 이어졌다, 넷째 토막 "구름 냄새가 피어오른다"로 마무리한다. '구름들은 흐른다'와 '사람들은 넘어진다'라는 두 대립 월이 시의 처음에서 끝까지 나란히 맞물렸다. "구름에 걸려서 사람들이 넘어진다"라는 도발적인 첫 시줄이 결코 도발에 머물지 않은 까닭이다.

시의 속뜻은 무엇보다 넷째 토막 '여행객'으로 표현한 죽은이와 그가 타고 갈 '장의차'에서 피어오르는 '구름 냄새'가 암시한다. 구름 흐르는 "낮과 밤을" "시끌벅적 출렁"거리며 우리는 끝내 "이 세상 옷이" 아닐, 비싸고 좋은 옷을 걸치고 '돌아다닌다'. 권력·허명·애욕·질투와 같은 것이 "몸뚱이를 휘감는 천"이며, 그 좋다는 옷의 세목이다.

그러나 돌아보라. 기껏 목숨을 다하고 나서야 남들이 입혀 주는 비싼 수의에 싸여 호사를 흉내 내 볼 뿐인 삶인 것을. 우리의 몸과 마음을 휘감을 참된 옷감은 구름이다. 그래서 자꾸자꾸 "구름에 걸려" 넘어지며 깊어질 일 아닌가. '시끌벅적'한 가식을 버린 채 구름으로 옷을 해 입고, '덧없이' 구름 아래 '누워' "구름 냄새"를 맡아 볼 일 아닌가.

흘러가는 구름을 앞세워 무욕의 삶을 향한 성찰, 신생에 대한 결 고른 사색으로 읽는이를 오롯이 끌어들이고 있는 시가 「구름들」이다. 시인의 오랜 적공이 보다 드높은 자리로 시를 이끌고 있음을 잘 보여 주는 문제작이다. 최승호의 시법은 얼마나 웅숭깊을 것인가. 속기를 제대로 곰삭힌 그의 구름 산책, 구름 사색에 벌써부터 나는 조바심을 친다.

5. 북과 몸의 들끓는 변주─김혜순의 「낙랑공주」

그녀가 온다. 북을 둥둥 치며 온다. 하늘의 고막을 둥둥 울리며 온다. 벼락을 안고 오는지 대문이 저절로 무너진다. 그녀가 온다. 한 발자국 한 발자국 내 디딜 때마다 그녀의 마음이 내게로 온다. 내 마음이 둥둥 울린다. 이렇게 두꺼운 아버지의 고막을 찢고 그에게 가리. 나는 마치 바다를 깔고 누운 것 같다. 커튼을 치고, 뇌파를 차단하고, 아아 그녀가 떠들썩한 텔레비전 방송국을 망치로 내리친다. 베개에 피가 번진다. 내 온몸의 세포가 나를 떠나려 한다. 심장이 번개처럼 갈라진다. 나는 벼락 맞은 땅처럼 아프다. 그녀가 온다. 내 몸속으로 온다 일곱 시간째 걸어온다. 파수병이 깰 것이다. 아아 아버지의 군대도 깰 것이다. 잘 당겨진 북처럼 팽팽한 하늘을 달이 텅텅 친다. 그녀가 온다. 태풍의 눈을 둥둥 두드리며 온다. 나는 그녀가 잘 지나가라고 내 몸을 판판하게 펴준다. 내 몸 위로 말발굽이 지나간다. 그녀가 내 몸속에 칼을 높이 치켜든다. 어디선가 전투기들이 출정한다. 멀리서 온 북양함대가 전멸한다. 텔레비전 방송국이 폭발한다. 궁성의 우물들이 넘쳐흐른다. 그녀의 눈속에서 샘물이 철철 솟아 흐른다. 안 보이던 별들이 비오듯 쏟아진다. 물쥐들이 머릿속을 갉아먹는다. 그녀가 온다.

아직도 온다. 아버지의 궁성이 땅속으로 꺼지고 거기서 연못이 솟아오른
다. 수양버들이 미친 듯 흔들린다. 그녀가 운다. 천둥 번개를 안고 운다. 아
버지의 북이 둥둥 울릴 때마다 내 안의 병사들도 출정한다. 내 몸속에서 시
냇물처럼 소리치며 쉼 없이 흐르던 칼의 바다. 그녀가 나를 부른다. 그녀
의 쓰라린 맨발이 둥둥 내 빈 가슴을 울린다. 내 몸속 우물이 철철 넘쳐흐
른다. 아 아 아버지. 이 북을 찢고 그를 만나러 가리, 그녀가 울면서 온다.

— 「낙랑공주」

김혜순은 꾸준히 몸을 주도 동기로 삼아온 시인이다. 내남 어느 것
없이 몸을 경계 / 이음매로 삼은 그녀의 상상적 율동은 날렵했다. 그러
면서도 언어적 가학을 즐기는 여느 시인과 달리 읽는이를 짓누르지 않
는 견실함까지 갖추었다. 무거운 주제를 가벼운 울림으로 읽는이에게
되돌려 주는 시인의 미덕은 이즈음 시에서도 예외없이 빛난다.

"숨막히게 크고 / 검은" 호수 경관에서 얻은 흔치 않은 감동을 다룬
시가 「티티카카」(『인스위즈』 1월호, 2001)다. 시인은 몸을 커다란 한 고막
처럼 부풀린 채, 그것을 고스란히 갈무리했다. 「허공에 뿌리를 내리는
나무」(『시안』 가을호, 2000)에서는 어느 "물구나무 기록 보유자"의 거꾸로
걷는 몸과 철잊은 겨울 동백꽃 사이에 마련된 비유적 자장이 삶의 어
려움을 차분하게 일깨운다. 「흐느낌」(『세계의 문학』 겨울호, 2000)은 "몸
속으로 깊이" 숨어 들었던 '눈물이' 자신의 몸 바깥으로 '넘쳐'흐르는 자
의식을 감각적으로 펼쳐 보인다.

바깥 대상에 대한 내 몸의 반응이나 다른 사람의 몸에 대한 관찰, 또
는 내 몸 안쪽의 작용을 다루고 있어 상상력의 방위가 다채로움을 알

수 있다. 「낙랑공주」(『세계의 문학』 겨울호, 2000)는 이러한 김혜순 식의 몸 상상력이라는 쪽에서 보면, 다른 사람의 몸과 내 몸 사이에서 이루어지는 간섭현상을 극적 독백 형식으로 담은 작품이다. 그러면서 그 틀은 "그녀가 온다", "그녀가 운다", 그리고 "그녀가 울면서 온다"로 드높아가는 월로 단단하게 묶었다. 아버지에 맞서 "아버지의 궁성"을 지켜 줄 북을 찢어 버린 옛이야기 속 여자 영웅, 낙랑의 몸과 마음을 자신의 것과 하나로 공명시키는 격렬한 과정이 자연스런 숨길을 갖춘 셈이다.

문제는 아버지의 권력, "아버지의 군대"를 배신하고, "아버지의 북"을 찢는, "그녀의 마음" 또한 찢어지는 아버지의 한 북소리에 지나지 않는다는 데 있다. 북은 몸의 다른 이름이 아닌가. 그러한 자기당착을 온몸으로 감당할 수밖에 없었을 낙랑, "그녀의 마음"과 시인의 '마음'이 하나로 겹쳤다 떨어지고 떨어졌다 다시 겹치는 맥놀이가 처연하다. 아름답다. 폭발하기 앞서 "떠들썩한 텔레비전 방송국", '물쥐들'에게 갉아먹힌 '머릿속' 같이 어지럽다.

가부장제 현실에 대한 성찰과 거부라는 시인의 오랜 주제의식에 몸 저린 아픔이 부쩍 더했다. 바람이 썰물처럼 빠진지도 모른 채 가죽만 두텁게 남아 있을 뿐인 큰북, 서울로 표상되는 한국형 남자권력은 자성의 계기도, 변화의 전망도 잊어버린 채 단조로운 북소리만 거듭하고 있다. 그 강고함이 시인을 마냥 어느 구석까지 밀까. 뚜렷한 사실은 그녀도 어느덧 호혜적 반전을 겪고 있다는 점이다.

마침내 옛 아버지의 딸이 아니라 새 아들의 어머니로 살아야 한다는 깨달음은 김혜순 시의 율동에 많은 변모를 끌어들일 것이다. "철철 넘쳐" 흐르는 그녀의 '쓰라린' 상상력이, 몸이, 북소리가 저 "허공에 뿌리"

내린 새로운 "태풍의 눈"이 될 것인가. '유화'에 이어 스스로 옛 나라 슬픈 사랑의 주인공, '낙랑공주'의 찢어진 북과 북채를 제 몸으로 챙긴 시인의 비린 춤마당과 음역이 더욱 깊어질 것을 믿는다.

6. 폭발하는 상상력이 꽃피운 생명 간구의 시

—최정례의 「고래 횟집」

누가 고래 새끼를 묶어놓았네

즐비한 횟집 아래

비가 오고

고래는 자기가 죽은 줄도 모르고

엄마 젖을 부르네

빠져나가는 치맛자락 붙잡네

놓치고 헤메다니네

빗속에서

고래는 죽은 눈을 뜨네

떠내려가는 파돗자락 붙잡네

죽은 입을 벌리고

흐르려구

죽은 꼬리를 죽은 지느러미를 젓네

빗줄기가

회집 유리창을 쓸어내리네

간판 가장자리를

가죽나무 가지가지를

이마를 가슴을 창자를 다리를

흐르려구

흐를 수 없는 것들의 간곡함으로

흐르기로 하려구

—「고래 횟집」

최정례 시인의 약진이 두드러진다. 마흔 나이를 넘기고부터 시에 속도가 붙고 힘이 더해졌다. 창작에서 꾸준한 열정이 얼마나 중요한 자질인가를 몸소 보여 주고 있는 셈이다. 그녀의 시를 읽는 즐거움은 무엇보다 낯익은 나날살이를 순간순간 찔러 대는 생뚱한 말씨에서 말미암는다. 엉뚱하다 할 그 틈새말이 읽는이에게 주는 울림은 뜻밖에 크다.

그 속에는 "암놈 위에 붙은 두꺼비처럼"(「그늘 아가리」) 악착스러운 가족이 산다. "젖빠는 강아지처럼"(「북국 생각」) 배들이 엎드린 먼 북쪽 나라, 거기서 건너온 친구의 부고도 있다. "야채 행상 트럭의 뒤를"(「배추요 무요 양파요」) 따르다가도 그녀는 구름을 삼킨 미루나무처럼 생각을 멈추지 않는다. "시간의 진창을" 거쳐 온 절망도 어른거린다.

「고래 횟집」은 그녀의 생뚱함을 잘 볼 수 있는 작품이다. 어느 갯가에서나 쉬 만날 수 있을 횟집들이 「고래 횟집」이라는 이름을 얻었다. 시인은 빗줄기가 유리창을 쓸어내릴 듯이 때리는 순간을 놓치지 않는다. 어라, 바닷가 횟집이 한 새끼 고래가 되어 "엄마 젖을 부르"며, "떠내려가는 파도자락"을 "엄마의 치맛자락"인 양 붙잡고 우는 모습이라니.

그런데 그 고래는 자신이 죽은 줄도 모른다. "죽은 눈을" 뜨고, "죽은 꼬리를 지느러미를 젓"는다. "가슴을 창자를" 빗줄기에 내맡긴 채, 엄마를 찾는다. "흐를 수 없는 간곡함으로", 그래서 더욱 흐르고 싶어 하는 새끼 고래의 슬픔이 깊다. 시인이 일깨우고자 하는 바가 분명해진 셈이다. 사람들이 오래 길들여져 온 탐식에 대한 꾸짖음이 그것이다.

오늘날 지구에 남아 있는 가장 큰 짐승이 고래다. 사람과 한가지로 길짐승이었다가 바다로 옮겨 간 때가 6,000만 년 앞이었다. 우리가 맞닥뜨리고 있는 생태계 파괴까지 내다보고 일찌감치 지구의 70%나 되는 바다로 삶자리를 바꾸었던 것일까. 그런데 이제는 그곳에서조차 내쫓기고 있다. 죽은 고래로 이어진 시인의 상상이 예사롭지 않은 까닭이다.

네 다리를 버리고 네 지느러미로 새 삶을 좇았던 고래. 그 꿈의 바다에서 잡혀 나와 사람의 탐욕 앞에 내몰린 목숨의 실상을 시인은 갯가의 한순간을 빌려 고스란히 되돌려 준다. 거친 빗속에서 죽은 채 엄마를 부르는 고래는 앞으로 우리가 겪을 비극에서 멀지 않다. 그녀는 간곡한 노여움으로, 간절한 슬픔을 일깨우고자 한 셈이다.

시인의 폭발하는 순간 상상력이 보여 주는 아름다운 생명 간구의 뜻을 담은 시가 「고래 횟집」이다. 그렇다면 그녀가 마침내 딴죽을 걸고 싶은 자리는 어딜까. 한순간도 굽힐 줄 모르는 화폐 권력이나 남성 담론일까. 어떠한 틈도 엉뚱함도 받아들이지 않는 제도 현실일까. 그녀가 문득문득 뱉는 말은 그 모든 데서 싱싱하게 꽃필 것인가.

햇살이 송곳처럼 그늘로 향하듯 그녀의 눈이, 마음이 가닿는 순간 딱

딱한 세상의 벽은 흠칠거린다. 팔월이다. 푸른 곳곳에 붉은 배롱꽃이
한창이다. 펑펑펑 꽃잎 뇌관들을 틔운다. 그녀의 시 속에는 그 긴장음
이 숨겨져 있다. 시인의 "몸속에 갇혔던 / 연기와 불꽃과 비명을"(「폭탄
에 숨다」), 생뚱하나 빛나는 틈새말을 우리는 이제 자주 듣게 될 것이다.

7. 그리움은 치욕이다 —이영진의 「봄밤에 비는 내리고」

봄에 제사를 지낸다 꽃이 핀 자리마다 눈을 떨구고 무릎꿇어 본다 숨죽
여 귓속말을 주고받는 바람 사이로 툭툭 푸른 열매들이 맺힌다 눈도 코도
귀도 없는 봄 열매들은 꼭 봄에 죽은 내 친구들의 얼굴 같다 날개도 없이
흰 돛단배도 없이 어둔 하늘 검은 강을 건너 이승에 들리러 온 꼭 그놈들
목 메인 스물다섯 내 친구들 영락없다 사람들을 피해 지나는 거리에 오동
꽃 필 때마다 그래 이제 용서하자 그래서 나까지도 용서하자 눈물짓던 그
자리 다시 봄밤에 비가 내린다.

— 「봄밤에 비는 내리고」

『6·25와 참외씨』의 시인 이영진이 어느 봄밤의 '제사'로 나를 초대
했다. 흔치 않은 기별이다. 비극의 그 봄부터 스무 해를 넘도록 한결같
이 거듭해 온 시인의 일. 제수도 변변찮다. 흰밥 한 그릇, 탕국 대접도
보이지 않는다. 봄밤이다. 시인 홀로 모시는 제의다. 꽃 진 자리 푸른

열매들이 영정 속 파랗게 질린 얼굴 같다고 시인은 중얼거린다. 살아 이 자리에 함께했어야 할 '친구들'이 모두 "눈도 코도 귀도 없는 봄 열매"로 매달렸다. 스물다섯 젊은 나이로 저승길 떠난 이들이다.

해라 해마다 '오동꽃' 피는 늦봄에는 '꼭' "어둔 하늘 검은 강을 건너"와 시인에게 안부를 묻는 그들. 잘 있었느냐, 숟가락 드는 사람살이가 어떠냐고, 가끔 바람벽에 말리는 이승 살림이 어떠냐고 묻고 또 묻는다. "봄에 죽은 친구들"이라 봄에 더욱 그리운 이름이다. 비만 내린다. 저승의 '친구들'은 그들을 젊은 죽음으로 몰아갔을 이 세상을 이제 용서하기로 한 셈인가. 살아남은 날이 온통 부끄러움이지만, 그래도 사랑하자, 용서하자는 시인의 되뇌임을 듣는 옆자리다. 봄밤이다.

이영진의 「봄밤에 비는 내리고」는 그의 시가 여전히 1980년대 광주라는 역사적 상상력에 단단하게 붙박혀 있음을 잘 보여 준다. 그의 친구들이 묻힌 무덤에는 뱀과 들쥐가 방을 들였다. "마른 잔디 아래 누운" 그들을 시인은 잊은 적이 없다. 그와 함께했던 세대의 시인이 한둘 새로운 세상 길로 내려서고 난 뒤에도, 농익은 버찌인 양 시인은 마냥 검붉다. 결코 용서할 수 없을 세상과 용서받지 못할 자신에 대한 아픈 자책을 무성한 잎처럼 매달고 흔들린다.

그런 점에서 이 시는 느슨한 알레고리를 기본 뼈대로 삼았다. 봄밤의 하릴없는 '제사'가 무엇인가는 자명하다. 시인에게 봄은 스물두 해 앞부터 온통 무덤이었다. 군화와 총검으로 찔린 하늘 아래서 시인의 젊음도 친구의 꿈도 모두 벌건 대낮에 길바닥에 쏟아져 흥건하던 굴욕이었다. 봄이란 거듭하는 그 죽음 제의의 한 마당, 이 시는 그것을 부드러운 언어 직조로 싸안고자 했다.

봄 열매들은 꼭 봄에 죽은 내 친구들의 얼굴 같다
하늘 검은 강을 건너 이승에 들리러 온 꼭 그놈들

그에게 그 봄은 운명이다. 봄밤의 '제사' 또한 운명이다. 거듭하는 부사어 '꼭'이 그 점을 잘 말해 준다. "꼭 봄에 죽은 친구들"이며, "꼭 그놈들"이다. '영락없다'. 앞으로도 그 봄과 안타까운 죽음의 그들에게서 벗어날 수 없음을 '꼭'은 보증하고 있는 셈이다. 그런데도 시인은 그 봄의 가해자를 잊을 수 있는가. '다시' 비 내리는 '봄밤', "용서하자 그래서 나까지도 용서하자"라는 시인의 다짐은 참인가. '이제' '다시' 라는 어찌씨는 '참으로' 이루어지기 어려울 그 일 앞에서 새로운 출발을 간구하는 뜻을 한껏 담았다.

그래 이제 용서하자 그래서 나까지도 용서하자 눈물짓던 그 자리 다시
　봄밤에 비가 내린다

그리고 '이제' 시인은 앞 시대의 관습 어귀를 조용히 끌어 댄다. "날개도 없이 흰 돛단배도 없이"라는 표현은 처음이다. 이어지는 "어둔 하늘 검은 강"이나 더 앞 줄에 있는 "눈도 코도 귀도 없는"이라는 익은 표현 또한 마찬가지다. 시인은 이제껏 겪어 온 바와 마찬가지로 앞으로도 자신의 아픔을 힘껏 다스릴 수 있음을 읽는이에게 짐짓 알려 주고 싶다. 그리고 사이사이 토씨 '도'가 싹을 틔워 싱싱하다.

눈도 코도 귀도 없는 봄 열매

날개도 없이 흰 돛단배도 없이

그래서 나까지도 용서하자

시인이 벌이고 있는 봄 '제사'에 '도'라는 토씨 채비가 따뜻하다. '친구들'과 시인 자신이 온전히 한 삶, 한 죽음으로 묶여 있음을 보여 주는 넉넉한 상차림이다. 시인의 한결같은 제의가 앞으로'도' 그 점을 확인시켜 줄 것이다. 이영진의 시는 그사이 차분해졌다, 비록 딱딱한 알레고리의 '거리'를 벗어나지는 않았지만, 그리고 거기서 쉬 벗어나기 어려울 터이지만. 지난 시기 시인은 드높은 분노와 증오를 칼비늘처럼 온몸에 겹쳐 입고 떠돌았다. 스스로에게나 다른 사람에게나 상처가 컸다. "이제 용서하자"는 말은 '그래' '그래서' 더욱 뜻이 깊다.

그래 이제 용서하자 그래서 나까지도 용서하자

시로써 시인은 역사를 용서할 수 있는 것인가. 봄마다 "어둔 하늘 검은 강을 건너"오는 '친구들'의 무성한 '열매' 밑에서 시인은 앞으로도 오래 흔들릴 것이다. 그리움이 치욕인 삶이다. 그에게 더 깊고 넓은 현실 상징의 자리로 나서도록 권하는 것은 온당치 않을지 모른다. "사람들을 피해" "숨죽여 귓속말을 주고" 받는 모든 '봄'마다 이영진은 시인으로 살아 '목메일' 것이다. 비도 그쳤다. 더운 풀비린내 훅훅거린다. 오동꽃 밤이다. 하늘에는 참외 씨만 한 별들이 벌써 하나둘 '툭툭' 돋는다.

8. 김종삼의 「내가 재벌이라면」

내가 재벌이라면

메마른

양로원 뜰마다

고아원 뜰마다 푸르게 하리니

참담한 나날을 사는 그 사람들을

눈물 지우는 어린 것들을

이끌어 주리니

슬기로움을 안겨 주리니

기쁨 주리니

— 「내가 재벌이라면」

'한국의 가장 밝은 보헤미안 시인'인 김종삼. 그의 시는 어렵지 않다. 왜냐하면 그의 시적 언술은 거의 모두 명료한 진술로 한결같기 때문이다. 그러한 명료성은 구문의 단순성이 더욱 받쳐 준다. 『누군가 나에게 물었다』(민음사, 1982)에 실린 이 시도 마찬가지다. 말할이인 '나'의 일인칭 가정법 구문 하나로 이루어졌다. 그런데 통사론 차원의 단순성 속에 놓여 있는 시줄과 시줄 사이의 의미론적 단층은 뜻밖에 넓고 깊다.

이 시적 공간을 그는 초기시에서부터 한결같이 음악의 나라, 향수의 나라, 신앙의 나라, 그리고 죽음이라는 근원적 주제로 채워 왔다. 그는 흥분하거나 감상적인 태도를 취하지 않는다. 이런 점에서 그는 20세기 후반기 한국시에서 언어의 미덕을 사랑하고 실천한 몇 안 되는 시인 가운데 한 사람이다. 그는 박용래의 느낌의 절제와는 달리 생각의 절제를 보여 주면서 사람의 근원을 응시하는 묘사의 힘을 보여 준다.

그는 우리에게 말을 건네는 것이 아니라 말의 씨를 가만히 놓아 주고 이내 가 버린다. 우리는 그가 남겨 두고 간 말의 씨앗을 들여다보면서 한 영혼이 살다 간 아름답고 견고한 시적 건축을 상상한다. 그 집은 '돌각담'을 끼고 있는 '오두막집'이나 '뾰죽집'이다. 우리는 그 속에서 "나 지은 죄 많아/죽어서도/영혼 없으리"라 조용히 뇌까리고 있는 이 시대 가난하나 밝은 영혼의 발자국 소리를 듣는다. 그 소리는 우리 마음속 평화로운 천상의 세계로 열려 있다. 아, 그래서 그런가. 그의 시는 적어도 쉽지 않다. 우리는 이것을 시의 힘이라 일컫는다.

김종삼, 그의 "직장은 시"다.

9. 이유경의 「명례에서」

저녁 연기들이 강 건너 김해 쪽으로 날아간다.

그 위로 기러기가 끼룩거리며 해진 창원 쪽으로 날아간다. 기러기와

연기들이 다 함께 구름이 되는 것도

명례(明禮) 강둑에선 환히 보인다.

들판 끝 마을

죽어서 묻힐 묘지 하나도 없다.

무가 빠져 나간 무밭과

배추가 뽑혀 나간 배추밭

모래가 뿌옇게 일어서 있었다.

얼지도 않은 강물이 차갑게 밤 속으로 흘러갔다.

마른 삼다발이 뒷곁에서 부스럭대며

지난 여름의 무성함을 지껄이고

명례(明禮)는 들판 끝에서 지금

혼자 웅크리고 있다.

— 「명례(明禮)에서」

이유경 시인의 1975년도 작품. 그의 두 번째 시집 『하남시편』에 실렸다. 명례로 한정하고 있는 우리 삶의 원공간을 구체적인 아름다움으로 서정화하는 데 성공한 작품이다. 삶과 죽음을 한가지로 '강둑'에서 확인하는 시인의 부드러운 눈길의 확산은 청각 이미지를 빌려 더욱 역동화하고 있다. "죽어서 묻힐 묘지 하나" 없이 "혼자 웅크리고" 있는 명례 공간의 발견은 1970년대 우리시가 이룩한 중요한 방향 전환을 암시한다.

10. 박남철의 「백의환향」

인생은 어쩌면 슬픈 것

아기도 없고 악의도 없는 이 몸이 늙은 부모님을 모시고 아버지님 업히
세요.

쓰러져 가는 것 굶주린 아우들은 자라나서

호박잎 넌출이 담벼락을 덮으면 갑자기

푸른 달이 뜨고 지친 아버님이 선풍기 옆에서

아버님 걱정 마세요 제가 대학원만 졸업하면

졸업하면

졸……업하고 나면 갑자기 푸른 달이

흰 구름 속으로…… 버님 걱정 마세요 제가

이제 곧 장가만 들게 되면 맞벌이를 하지요.

아버님

기운을 내세요 이까짓 낡은 집은 헐어 버리고요

아버님 신경통약…… 기운을 내세요 어머님 그까짓

신경통쯤이야

제가 이제 곧 대중소설을 쓰게

되고 아기를 한 스무 마리쯤 낳아

시장에 내다 팔지요

이름 모를 잡풀이 마당 한 귀퉁이에서 어쩌면

어쩌면 인생은 슬픈 것

평화도 없고 사랑도 없는 이 몸이 빚더미 위에 올라앉아 아버님 걱정 마

세요 제가

이제 곧 대학원만 졸업하게 되면 불티 나게 잘 팔리는

엽기소설을 쓰게 되어 아버님 제가 이제 곧

기가 막힌 여자도 얻게 되고요

아버님 화전놀이 가실 때

아버님 이 박카스 잡수세요 아버님

이 박카스 잡수세요 아버님

걱정 마세요 제가 이제 곧 대학원만 졸업하게 되면

— 「백의환향」

　사람이 세계에 대응하는 방법에는 단순하게 말해 폐쇄와 개방의 두 가지 태도가 있다. 앞의 것은 자신이나 집단이 이미 익숙한 기존 가치 체계로 자신을 편입시키고 거기에서 삶의 느낌을 충족하는 태도다. 이에 견주어 뒤의 것은 새로운 것, 또는 변화하는 새로운 가치에 자신의

기대지평을 마련하고 그것과 거리조정에서 참된 삶의 느낌을 보장받는 태도다.

앞의 것에 의해서 사람은 그 자신의 소속과 삶에 대한 연속성을 확보한다면, 뒤의 태도를 통하여 운동·변화·역사에 대한 생각을 갖는다. 우리의 삶이란 바로 이러한 폐쇄와 개방의 두 태도가 균형화하는 역동적 시공간이다. 그런데 이 둘이 개인이든 시대든 서로 화해하지 못하고 혼란스러운 시대가 있다. 가치혼란기, 가치변혁이 일어나는 과도기 상황에서는 이것이 양가치(ambivalence)로 분열하고 배타적인 관계에 놓이기 쉽다.

문학이 삶에 대한 앎의 표현이며, 그것을 아름답게 틀짜기한 것이라는 점에서 이러한 두 태도는 그대로 문학에 반영된다. 사조로 볼 때 고전주의와 낭만주의가 그렇고 기존의 선험적 체계에 따르는 타설적 표출과 자기 경험에 관심을 두는 자설적 표출이 그렇다. 이것은 자신이나 세계에 대한 조화 / 부조화, 연속 / 불연속의 관념을 만들어 냄으로써 문학의 흐름에 중요한 영향력을 행사하는 것이다. 이러한 두 태도가 균형 감각을 이루지 못하고 갈등하는 시대나 개인에게서 드러날 수 있는 문학의 정신과 그 기법 가운데 하나가 아이러니, 곧 시침떼기다.

시침떼기는 기존 가치 도식 속에서 상반하는 두 태도, 목소리를 아울러 제시함으로써 과도기적 삶의 시공간에 놓여 있는 자신의 진실성을 오히려 절실하게 드러 내는 것이다. 상반하는 두 가지의 윤리, 두 가지의 태도를 선택함으로써 오히려 현실의 긴장된 관계를 더 참되게 독자의 몫으로 돌리는 기법이다. 박남철이나 최승자와 같은 1980년대 젊은 시인들이 이러한 시침떼기 기법을 즐겨 선택하고 있는 것은 바로 갈등하는 시대 속에서 균형 감각을 유지하려는 최소한의 방법적 진실성이라 볼 수 있다.

위에 든 시 「백의환향」(『지상의 인간』, 문학과지성사, 1984)도 시침떼기를 채용하고 있다. 우리에게 상반된 두 시점, 두 목소리를 통한 삶의 긴장된 인식을 보여 준다. "졸업하면 대중소설을 쓰고" "아기를 한 스무 마리쯤 낳아 / 시장에 내다 팔지요"라 말하는 장난기 어리고 천진스러운 바보 말할이의 목소리와 "굶주린 아우"와 "지친 아버님"에게 "기운을 내세요"라 말하면서 "인생은 어쩌면 슬픈 것"이라 짐짓 노출하는 현명한 말할이의 두 목소리 사이에서 우리는 새로운 삶의 경험 가능성으로 이끌린다. 그것은 비꼼과 거부라는 속뜻을 불러일으킨다. 바보스런 말할이의 목소리를 빌려 아버지에 대한 섬김이라는 규범 가치가 짐짓 익살스럽고 우스꽝스럽게 무화하여 버리는 것이다.

삶이란 무엇인가. 이 시인의 말처럼 "어쩌면 슬픈 것"일지도 모른다. 그러나 그 슬픔은 적어도 일상적 삶, 자동화한 삶의 껍질을 까고 속을 들여다보는 사람만이 지닐 수 있는 눈길에서 나올 수 있는 느낌이다. "걱정 마세요"라며 현명한 말할이는 드러난 들을이인 '아버지'에게 말하고 있다. 하지만 우리는 긴장하지 않을 수 없다. 이 시인이 재구성해 놓은 현실은 오늘날 우리 시대나 독자들이 걷는 길인 까닭이다. 여기서 돌연 이 시인의 시침떼기는 빛나기 시작한다. 아버지, 그것은 이 시대를 말하는 다른 이름이 아니던가.

| 실린 글 출전 |

1부

「성인 학습으로서 시 창작과 그 방향」, 『시안』 가을호, 시안사, 2005.
「시의 길손이 지닐 네 가지 덕목」, 『시와정신』 가을호, 시와정신사, 2005.
「좋은 시와 나쁜 시」, 『파라 21』, 이수, 2004 .
「장소시의 발견과 창작」, 『시와반시』 겨울호, 시와반시사, 2004.
「생태시의 방법과 미세 상상력」, 『문학과 환경』 3집, 문학과환경학회, 2004.

2부

「시의 조건, 시인의 조건」, 『시와시학』 봄호, 시와시학사, 2012.
「시간지리학으로 가는 길」, 『시와시학』 여름호, 시와시학사, 2012.
「시론시의 자리, 창조와 수사 사이에서—문정희 신작시를 중심으로」, 『시와시학』 가을호,
　　　시와시학사, 2012.
「우리시가 밟아 나갈 세 길」, 『시와시학』 겨울호, 시와시학사, 2012.
「우리시의 높낮이와 창의적 서정」, 『시와시학』 봄호, 시와시학사, 2013.
「모멸의 시학」, 『시와시학』 여름호, 시와시학사, 2013.
「시와 언어 경제」, 『시와시학』 가을호, 시와시학사, 2013.
「시라는 괴물과 더불어 살기」, 『시와시학』 겨울호, 시와시학사, 2013.

3부

「장소사랑과 탈근대의 꿈」, KBS고전아카데미 엮음, 『고전의 반역』, 나눅, 2009.

「백석과 장소사랑의 드라마」, 『백석』(한국대표시인 101인 선집 8), 문학사상사, 2005.

「백석 시와 명성의 사회학」, 『문학사상』 8월호, 문학사상사, 2005.

「백석 시의 공간 현상학」, 『백석』, 도서출판 새미, 1996.

「하늘에 빛날 겨레시의 보석상자」, 『책소식』 11 · 12월호, 동보서적, 1997.

4부

「허무혼의 논리 — 오상순론을 위하여」, 『서정시학』 2집, 나남, 1992.

「김광균 시 새로 읽기」, 『와사등』, 미래사, 1991.

「긴장의 속과 겉, 그 황금빛 어둠 — 황동규 시집 『우연에 기댈 때도 있었다』」, 『시평』 12호,
　　시평사, 2003.

「틈새말 즐기기, 또는 여우의 길 — 최정례 시집 『붉은 밭』」, 『제1회 살류쥬 월례공개문학토
　　론회 발표문집』, 김해여성복지회관, 2002.

「모닥불의 풍속과 친밀공간 — 백석의 「모닥불」」, 『시와시학』 가을호, 시와시학사, 1994.

「시름의 윤리 — 조지훈의 「봉황수」」, 『시와시학』 봄호, 시와시학사, 1994.

「반어적 조망과 우주적 생명극 — 황동규의 「아득타」」, 『중앙일보』, 2001.8.16.

「북과 몸의 들끓는 변주 — 김혜순의 「낙랑공주」」, 『중앙일보』, 2001.8.30.

「무욕과 신생을 향한 결 고른 사색 — 최승호의 「구름들」」, 『중앙일보』, 2002.8.22.

「폭발하는 상상력이 꽃피운 생명 간구의 시 — 최정례의 「고래횟집」」, 『중앙일보』, 2002.8.13.

「그리움은 치욕이다 — 이영진의 「봄밤에 비는 내리고」」, 『시평』 8호, 바다출판사, 2002.

「김종삼의 「내가 재벌이라면」」, 『지산간호보건대학보』, 지산간호보건대학, 1986.

「이유경의 「명례에서」」, 『지산간호보건대학보』, 지산간호보건대학, 1986.

「박남철의 「백의환향」」, 『지산간호보건대학보』, 지산간호보건대학, 1986.

기타 /